KB274618

투아웃 인생

투아웃 인생 야구 몰라요, 인생 더 몰라요

곽상원의 아저씨 사는 이야기

초판 인쇄 | 2013년 06월 10일
초판 발행 | 2013년 06월 15일

지은이 | 곽상원
펴낸이 | 신현운
펴낸곳 | 연인M&B
기   획 | 여인화
디자인 | 이희정
마케팅 | 박한동
등   록 | 2000년 3월 7일 제2-3037호
주   소 | 143-874 서울특별시 광진구 자양로 56(자양동 680-25) 2층
전   화 | (02)455-3987 팩스 | (02)3437-5975
홈주소 | www.yeoninmb.co.kr
이메일 | yeonin7@hanmail.net

값 13,000원

ⓒ 곽상원 2013 Printed in Korea

ISBN 978-89-6253-134-3 03810

곽상원의 아저씨 사는 이야기

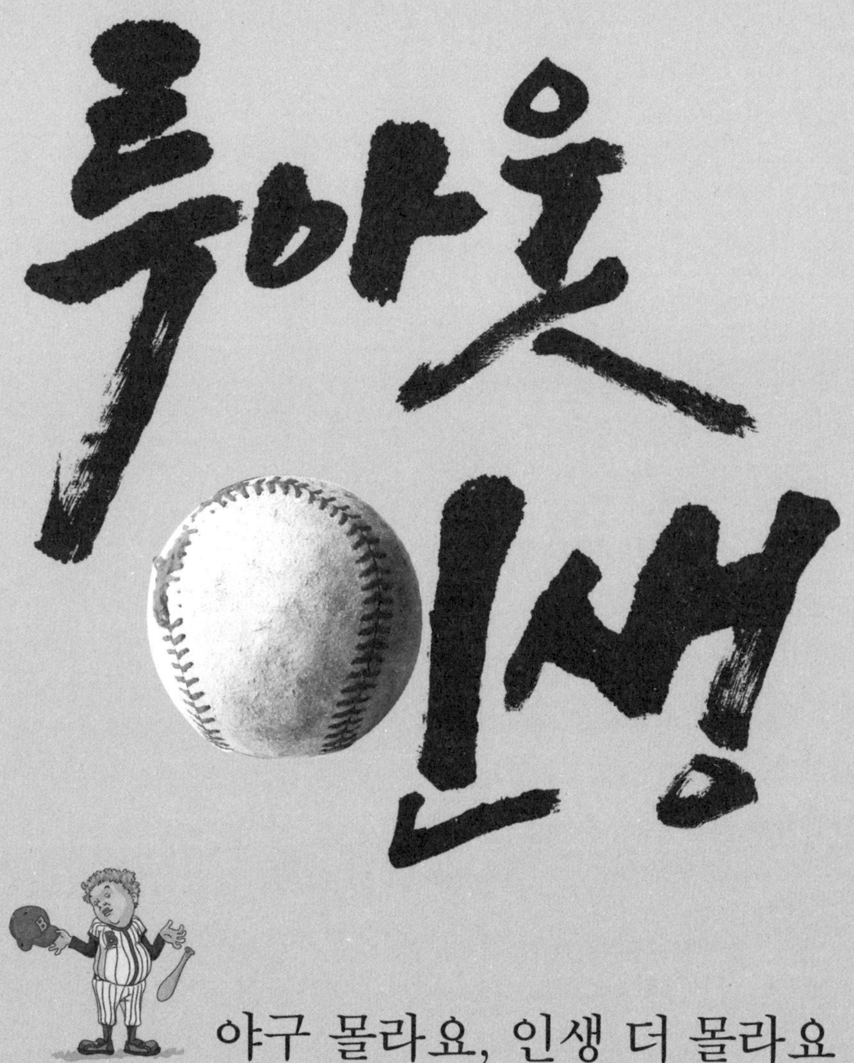

투아웃 인생

야구 몰라요, 인생 더 몰라요

"투아웃 인생? 웃기지 마라. 우리 그런 거 안 키운다. 쓰리아웃 되면? 걱정 마라. 다음 이닝 또 있다.
9회가 끝났다고? 우리가 졌다고? 괜찮다. 야구 하루 이틀 하냐? 오늘만 날이 아니다. 내일도 모레
도 경기는 계속 있다. 올 시즌이 끝났다고? 우리가 꼴찌라고? 내년엔 시즌 없냐? 야구 1년만 하고
말래?" 모두 힘들 내시라. 기회는 분명히 또 있다.

연인 M&B

여는 글

고희연(古稀宴)—내 어머니의 힘겹고 고달픈 삶에 작은 기쁨이 되었으면 합니다.
엄마, 영자 씨께 이 책을 바칩니다.

어린 시절 보았던 공상 만화에나 등장했을 법한 2013년을 살아가는 중입니다. 상상을 하면 많은 부분이 실제 현실이 되는(특히 전자와 통신 계통은 참 대단합니다) 이 세상을 허겁지겁 따라가는 일조차 버겁다고 느낄 때가 가끔 있습니다. 가정을 꾸려 식솔들을 거느리는 가장이 된 지도 제법 오래고 나이도 벌써 마흔여섯입니다.

잘 살고 있는 건지 모르겠습니다. 어릴 때 바라본 제 나이의 어른들은 참 의젓하고 강건해 보였습니다. 저는 참, 부끄러울 때가 많습니다. 철이 들려면 아직 멀었나 봅니다.

지난 3월 30일, 프로야구 2013시즌이 시작되었습니다. 한화 이글스와 신생팀 NC 다이노스는 맹렬한 기세로 앞다투어 연패를 기록하기 시작했습니다. 인큐베이터를 갓 벗어난 NC야 그렇다 쳐도 한화의 연패 행진은 충격적이었습니다. 그나마 7연패에 그친 NC와 달리 한화의 연패는 10에 가까워지더니 급기야 그마저도 넘어섰습니다. 프로야구 전체의 분위기가 가라앉기 시작했습니다. 끝이 없어 보이는 한화의 패배가 많은 사람들의 마음을 불편하게 만들어 갔습니다. 스포츠 채널의 아나운서들도 침울한 목소리와 말투로 한화의 이야기를 전했습니다. 도저히 깨지기 힘들어 보이던 31년 전의 기록. 삼미 슈퍼스타즈가 세운 18연패의 기록이 어쩌면 깨질지도 모른다는 불길한 이야기들이 사람들의 입에 조심스레 오르내리기 시작했습니다. 언제부터인가는 한화에게 이긴 상대팀의 선수들도 웃거나 기뻐하지 못하는 이상한 상황까지 연출이 됩니다.

한화의 연패는 열네 번째 경기에서 마침내 멈추었습니다. 프로야구 최다승인 1,476승을 기록 중이던 김응룡 감독은 그야말로 만감이 교차한 표정으로 1,477승의 인터뷰에 응했고 15억 원의 연봉을 받는 주장 김태균 선수는 울먹이며 말을 제대로 잇기 힘들어 했습니다. 그리고 그들의 뒤 관중석에는 지나간 열세 번의 게임을 치르는 동안 단 한 번도 웃으며 집으로 돌아가지 못했던 한화 이글스의 팬들이 마치 한국시리즈의 우승이라도 차지한 듯 얼싸안은 채 울고 기쁨의 함성을 지르는 모습들이 카메라에 잡혔습니다.

4월 19일 친구와 함께 한화를 응원하기 위해 잠실야구장을 찾았습니다. 13연패를 끊고 곧바로 NC에게 3연승을 거둔 한화가 올 시즌 처음으로 서울 원정을 와 두산 베어스와 맞붙는 경기였습니다. 비록 한 수 아래로 평가받는 신생팀에게 거둔 승리였지만 지긋지긋한 연패 직후의 3연승을 계기로 해서 이제부터는 힘을 내주기 바라는 마음이 간절했습니다. 경기가 시작되었고 한화의 고졸 신인 투수는 1회부터 두들겨 맞기 시작했습니다. 반면 두산의 선발투수는 노히트노런급 투구를 이어 갔습니다. 경기는 4회말 10-0, 7회말 15-0으로 진행되어 갔습니다. 물론 한화가 0점입니다. 친구와 나는 들고 간 닭다리를 아드득 아드득 씹으며 술만 들이켰습니다. '그러면 그렇지!' 아무래도 술이 부족할 듯했습니다. 야구를 그만 보고 싶었습니다. "그래도 한화가 한 점 낼 때까지는 보고 가자."는 나의 말에 "그건 집에 가지 말자는 소리 아니냐?"는 친구의 허탈한 농담이 돌아왔습니다. 그런데 말입니다. 5회? 아니면 6회였을까요? 한화의 선수가 안타를 치고 1루로 나갔습니다. 그때 한화의 응원석에서 노래가 흘러나왔습니다.

"나는 행복합니다. 나는 행복합니다. 정말 정말 행복합니다!"

한화의 선수가 안타를 치거나 도루를 하거나 하면 어김없이 이 노래가 나왔습니다. '나는 행복합니다…….' 점수는 12-0이었습니다. 코끝이 찡해 왔습니다. 진정으로 야구를 사랑하는 팬들이라는 생각이 들었습니다. 그런데 어느 순간 갑자기 그라운드에 서 있는 한화의 선수들이 내 눈에 들어오기 시작했습니다. 13연패를 당하고 겨우 한숨 돌리는가 싶더니 또 12-0으로 지고 있는 상태의 선수들 말입니다. 지금 저 선수들은 얼마나 야구하기가 싫을까요? 정말 죽도록 하기 싫지 않을까요? 하지만 그래도 해야겠죠. 하기 싫다고 그만둘 수는 없겠죠. 야구가 선수들의 직업이고 삶이니까요. 그게 그들의 인생이니까요. 힘들다고 해서 인생을 포기할 수는 없으니까요. 아무래도 올 시즌은 한화를 많이 응원해야 할 것 같습니다.

그날 한화는 8회에 1점을 내서 15-1로 졌습니다. 다행히 우리는 집에 갈 수 있었습니다. 한국 프로야구에서 기아와 삼성에 이어 세 번째로 많은 우승을 차지한 팀은 지금은 사라진 현대 유니콘스입니다. 창단 첫해부터 한국시리즈에 진출하고 일곱 번의 시즌 동안 네 차례나 우승했던 막강 현대 유니콘스의 역사를 거슬러 올라가 보면 재미있게도 그 뿌리에는 이 팀이 있었습니다. '삼미 슈퍼스타즈'입니다.

야구도 모르지만 인생도 모릅니다. 음지가 양지되고 양지가 음지된다는 말도 있습니다. 삶을 관통하는 가장 큰 지혜가 버티기라는 말을 들은 적 있습니다. 지금 좀 힘들어도 일단 버텨 봅시다. 버티다 보면 좀 살만해지겠지요. 가능하면 즐겁게 버텨 봅시다. 참, 한화는 다음 게임에서 두산에게 1-0으로 이겼습니다. 재미있지 않습니까?

글을 쓰는 8개월여의 시간 동안 즐겁기도 했고 힘이 들기도 했습니다. 얻은 것도 있습니다. 즐겁게 살아야 한다는 생각을 많이 했습니다. '즐거운 인생' 생각할수록 참 의미심장한 말인 듯합니다. 기왕 사는 인생, 잘살든 못살든 좀 즐거워야 하지 않을까요? 죽을 때 조금이라도 덜 억울하려면 그래야 하지 않을까요? 까짓 철 좀 안 들면 어떻습니까? 즐겁게들 삽시다. '등이 휠 것 같은 삶의 무게'에 눌린 채 살아가는 가족들에게 또 이웃들에게 그리고 친구들에게 건배를 제의합니다. 즐거운 인생을, 위하여!

오랜 세월 동안 글 쓰는 선비의 전형으로 늘 묵묵히 자리하시는 불암산 시인 박종철 국장님께 새삼 감사의 인사를 올립니다. 마지막으로 이렇듯 사소하고 개인적인 소회(所懷)를 보기 좋은 책으로 정성들여 꼼꼼히 엮어 준 연인 식구들과 현운 형에게 고마움과 미안함의 인사를 함께 전합니다. 항상 기억하겠습니다.

2013년 5월
여름의 문 앞에서
곽상원

차례

야구 몰라요, 인생 더 몰라요

야구 몰라요, 인생 더 몰라요

1982년 3월 27일, 프로야구가 시작되었다

야구를 아는가? MBC 청룡을 아는가? 삼미 슈퍼스타즈를 아는가? 세상의 온갖 스포츠 중에서 규칙이 가장 복잡한 종목, 그것은 야구다. 너무나 복잡한 규칙을 가진 탓에 심판들조차도 그것에 관한 책을 지니고 다니며 수시로 확인하는 경우가 흔하고, 여러 가지 낯선 용어와 규칙들을 알기 쉽게 풀어 설명해 주는 책들이 적잖이 출판되는 곳이 야구다. 특히 몇 년 사이에 폭발적으로 증가한 프로야구 팬과 야구에 대한 관심은 출판 시장에도 큰 영향을 끼쳐 야구와 관련된 온갖 책들이 쏟아져 나오는 요즘이다. 야구의 전성시대라 부를 만하다.

야구를 떠올리면 무엇이 가장 먼저 생각나는가? 야구장? 선수들?

치어리더? 야구의 꽃은 누가 뭐라 해도 홈런 아닐까? '딱' 하는 소리 와 함께 환히 불 밝혀진 눈부신 녹 색의 그라운드를 훌쩍 넘고 담장마 저 넘어 관중석으로 사라져 가는 홈런을 보고 있노라면 가끔 아름답 다는 생각마저 든다. 그것도 주자

가 가득 찬 상태에서 만루 홈런이 터지는 기쁨과 희열은(물론 이기 는 팀과 팬에게) 정말 어마어마하지 않겠는가?

그렇다면 그 만루 홈런이 이런 상황에서 터진다면 어떻게 될까? 경 기의 마지막 이닝인 9회 말이나 연장전에서 말 공격을 하는 팀이 1~3점 차이로 지거나 동점인 상황에서, 주자가 만루일 때 홈런이 터 져 나온다면, 말 그대로 끝내기 만루 홈런이 나온다면?

아마도 이기는 팀의 팬에게는 평생 잊기 힘든 짜릿하고 강렬한 마 치 영화와 같은 경험이 될 수밖에 없으리라. 지는 팀? 이유는 전혀 다르겠지만 잊기 힘들다는 면에서는 비슷하지 않을까?

이와 같은 끝내기 만루 홈런은 31년 동안의 한국 프로야구에서 열 다섯 번이 기록되었다. 2012년까지 서른한 번의 시즌 동안 프로야구 가 치러 낸 경기의 총합은 무려 14,508경기다.(이거 자료 보고 찾아 낸 숫자 아니다. 일일이 다 계산해서 뽑아냈다. 뿌듯하다) 총 14,508 경기에 열다섯 번의 끝내기 만루 홈런이 나왔다. 무려 967.2경기를 치러야 겨우 한 번 경험할 정도로 진귀한 장면이다. 한 경기에서 나

올 확률을 따져 보면 0.00103%가 된다. 이제 끝내기 만루 홈런이라는 녀석이 얼마나 보기 힘든 귀한 존재인지 아시겠는가?

여기서 퀴즈를 하나 내보겠다. 거의 1,000경기를 치러야 한 번 나올까말까 하는 이 대단한 끝내기 만루 홈런이 처음 나온 경기는 언제일까?

아마도 어지간한 야구팬이라면 정답이 어렵지 않으리라. 그렇다. 정답은 1982년의 프로야구 첫해 첫 번째 경기인 MBC 청룡과 삼성 라이온스의 개막전이다. 놀라운 일 아닌가?

지금은 사라져 버린 동대문야구장에서 프로야구 개막전은 열렸다. 시즌이 시작되기 전부터 일찌감치 가장 강력한 우승 후보였던 삼성 라이온즈. 그리고 상대는, 전력은 비록 삼성에 조금 못 미쳤어도 역시 무시 못할 우승 후보였으며, 서울을 연고지로 하는 엄청난 프리미엄과 막강한 방송의 힘으로, 인기 구단이 되는 데는 오로지 시간만이 필요할 뿐이었던 MBC 청룡이었다.

삼성은 국가 대표 출신 투수 황규봉을 선발로 내세웠고 그밖에도 이선희, 이만수, 권영호, 정현발, 천보성, 손상득 등 국가 대표 출신들이 즐비했다. 그리고 개막전을 맞아 역시 국가 대표 출신 강속구 투수 하기룡을 선발로 준비시켰던 MBC는 갑작스런 하기룡의 복통 호소에 부랴부랴 아직 준비가 덜 된 언더핸드 투수 이길환을 내보냈다.

드디어 경기가 시작되었고 삼성은 많은 이들의 예상처럼 일찌감치 MBC를 앞서 나가기 시작했다. 그리고 이날 삼성의 포수 이만수는 역사적인 프로야구 첫 안타와 첫 홈런과 첫 타점을 모두 혼자 기록하는 눈부신 활약을 펼쳤다. 비록 모든 활약이 끝내기 만루 홈런의 주인공이자 수혜자인 이종도와 그것의 피해자 이선희의 천당과 지옥 이야기에 묻혀 버리기는 했지만.

삼성의 승리로 싱겁게 끝날 듯하던 경기는, 그러나 초반부터 점수를 내주고 끌려다니며 내내 패색이 짙었던 MBC가 조금씩 따라붙더

1982년 개막전 입장권

니, 9회에 마침내 7-7의 동점을 만들면서 운동장을 후끈 달아오르게 만들었다. 결국 프로야구의 시작을 알리는 개막전부터 조명탑에 불을 밝힌 채 연장전에 돌입해야 했던 그날의 명승부는, 10회 말에 가서야 이종도의 끝내기 만루 홈런이 터져 나오며 극적인 11-7, MBC 청룡의 승리로 화려한 막을 내렸다.

야구라는 스포츠가 보여 줄 수 있는 모든 것을 보여 준 경기였다. 설렘과 희망과 기쁨과 탄식과 용기와 좌절과 환희와 슬픔, 그리고 승자에 대한 축하와 패자에 대한 위로 모두를 경험하게 해 준 경기였다. 당시만 해도 제법 비쌌던 입장료에도 불구하고 외야석의 통로까지 가득 메울 만큼 몰려든 관중들과, TV 앞 모든 시청자들에게 그날의 개막전은 야구 DNA의 단비를 마구마구 뿌려 댔다. 전파를 타고 전국으로 넉넉하게 뿌려진 야구의 DNA는 훗날 야구가 가장 인기 있는 스포츠가 되는 데 큰 역할을 했다.

그리고 그곳 야구장 외야 관중석 구석의 한쪽에는 난생처음 보는 극적인 장면에 넋이 반쯤 나가 3회부터 이미 쉰 목으로 소리를 질러대는 까까머리 중학생인 내가 서 있었다. 그 자리에서 나는 앞으로 MBC 청룡의 열혈 팬으로서 목숨 바쳐 평생을 살아가리라 굳은 다짐을 몇 번이고 했다.

나는 다음 날 아버지 앞에 무릎을 꿇고 앉았다. 먼저 전날의 경기에서 느꼈던 감동을 몇 번이고 되새기며 분위기를 한껏 조성한 나는 아버지에게, 남은 생을 MBC 청룡의 영원한 팬으로 살겠다는 굳은 의지를 피력했다. 또한 그에 대한 첫 발걸음을 어린이 회원에 가입하는 절차를 통해 시작하겠으며, 앞으로의 모든 삶을 야구와 연관지어 살고 싶다는 포부를 밝히면서 그 이유에 대해 열심히 설명했다. 그리고 그것들을 위한 아버지의 이해와 적극적인 협조를 간절히 당부하며 다시 그것의 이유에 관하여 입에 침이 마르도록 설명하기 바빴다. 문제가 있었다면 나의 얘기에 너무 심취한 나머지 아버지의 표정과 반응을 미처 살필 겨를이 없었다는 한 가지였다.

그날 나는 뒤통수며 온몸 여기저기에 여러 차례 불이 나고 빤스 한 장 달랑 걸친 채 집에서 쫓겨날 뻔했다. 처음에는 심드렁한 표정으로 '어디 네가 하겠다는 수작이나 한번 들어보자.' 는 식의 반응을 보이던 아버지가 이야기 중간에 이미 어떤 감을 잡았는지 갑자기 내 말을 잘라먹더니, 마치 링 위의 마빈 헤글러와 같은 비장한 얼굴로 바뀌더니, 급기야 링 밖의 유명우 같은 순한 표정의 나를 사정없이 두들겨 댔기 때문이었다. 그러나 어쩌랴? 이미 내 가슴속 야구에 대한 사랑은 시작된 뒤였다. 훗날 깨달은 바, 어쩌면 해태의 어린이 회원이었다면 조금이라도 덜 맞지 않았을까?

MBC 청룡의 정신적 어린이 회원, 스카우팅 리포트를 만들다

이후에도 몇 차례에 걸친 나의 어린이 회원 가입 시도는 가망이 없어 보였다. 아예 들어볼 가치도 없는 얘기라 귓등으로도 전달이 안 되고, 오히려 몽둥이를 들 결심을 부른다는 아버지의 으름장에 나는 번번이 좌절해야 했다. 결국 나는, 별 어려움 없이 OB거나 삼성이거나 해태거나 하다못해 무조건 기피 대상이었던 삼미의 어린이 회원으로 가입한 친구들조차도 부러워하며, 그들에게 손톱만한 팀 스티커나 얻으면서 감격해하는 일상이 고작이었다. 그마저도 없는 경우에는, 진실로 쪽팔렸지만 문방구로 가서 프로야구 구단별 딱지 모음을 사서 그마저 들킬까 봐 조심하며 책갈피에 숨겨 놓기도 했다. 주로 초등학생 그것도 저학년들이 즐겨 하던 수집 방식이었다.

어린이 회원에 가입한 친구들이 입은 구단 점퍼도, 구단 로고가 새겨진 조악한 비닐 글러브도, 역시 구단 로고가 인쇄된 100분의 1 미니어처 방망이도, 하다못해 지금 돈으로도 천 원도 안 할 우툴두툴한 경식 야구공(팀 로고가 조악하게 그려진)도 모두 내게는 부러움의 대상이었

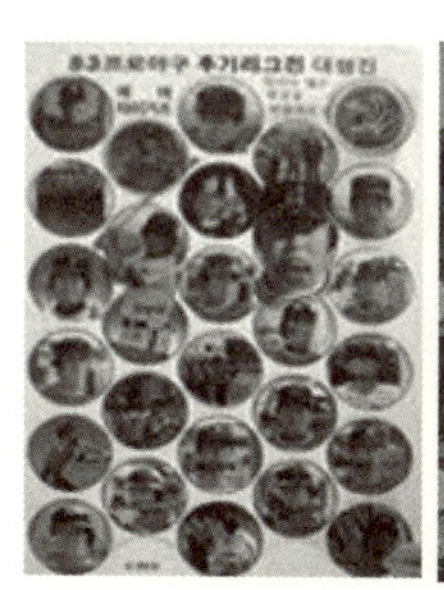

다. 야구에 대한 나의 애정이 결코, 저 미련 곰탱이거나 사자와 호랑이를 빙자한 야옹이거나 우습기 짝이 없게도 빤스만 달랑 입은 슈퍼맨과 원더우먼에, 뒤지지 않건만 어찌하여 하늘은 나에게 이런 가혹하고 자존심 상하는 시련을 겪게 하는지 나는 서럽고 야속했다.

전기리그 40경기와 후기리그 40경기, 그렇게 80경기를 치르던 1982년의 프로야구. 경기가 있었던 다음 날이면 특히 주말 2연전이 열린 다음 날인 월요일이면 교실은 아침부터 야구 이야기로 늘 시끌벅적했다.

그중에서도 전문가들의 시즌 전 예상과는 전혀 달리 뛰어난 성적을 올리고 있는 곰탱이들의 무리는 단연 시끄러웠고 당당했다. 녀석들은 참 행복해 보였다. 세상은 정말 살 만한 곳이라는 표정을 늘 지은 채였던 곰탱이들은 툭하면 박철순과 신경식의 폼을 흉내 내며 다른 팀들의 기를 죽이곤 했다.

녀석들의 맞은편에는 서울 연고지라는 강력한 무기 덕에 수적으로 결코 뒤지지 않았던 우리 MBC 청룡의 팬들이 있었다. 우리는, 1위라는 성적과 불사조 박철순과 학다리 신경식으로 인해 하늘 높은 줄 모르고 높아져만 가는 곰탱이들의 자부심 가득한 마음속 애드벌룬에, 조금씩 이곳저곳 구멍을 내는 일에 집중했다.

박철순이 미국에서 흑인 여자랑 살았다는 둥, 구레나룻이 멋졌던 유지훤과 김우열이 알고 보니 혼혈이라는 둥, OB에서는 선수들 연봉을 맥주로 준다는 둥, 그야말로 요즘 같아서는 초등학생이 들어도 비웃을, 말 같지도 않은 유치찬란한 공격이었다. 그렇게라도 해서 1등을 깎아내리고 싶었던 순진한 꼬맹이들이었다.

사자와 호랑이로 분한 삼성과 해태 두 야옹이의 무리들과, 다른 팀들과는 달리 캐릭터가 없었던 롯데는 팀 성적들도 신통치 않았지만 무엇보다 수적으로 열세였다. 발언권도 단결력도 모두 그들에게는 부족했다. 물론 부모들의 고향을 따져 보자면 세 팀의 연고지가 적어도 60% 이상이었겠지만 당시의 우리들에게 그것은 아무 상관이 없는 일이었다.

그리고 지금 생각해도 가슴이 아프고 짠한 슈퍼스타들. 빤스만 입고도 아무런 거리낌이 없었던 그 팀의 캐릭터들과는 달리, 이들을 응원한 슈퍼스타 키드들은 오히려 자신들의 응원팀 때문에 자기 의지와는 아무런 상관없이 벌써 부끄러움을 알게 되어 버린 조숙한 아이들이었다. 슈퍼스타 키드들은 야구 얘기에 침묵했고 아무리 열띤 팀별 자랑 배틀이 벌어져도 저만치 한 걸음 떨어진 채 부러운 듯 다른 팀의 이야기를 듣기만 했다. 인천과 경기·강원까지 합친 연고지로 보아 수적으로도 그렇게까지 희귀하지는 않을 텐데 눈에 띄는 일조차 드물었던 그들이었다.

삼미 슈퍼스타즈는 자신의 어린이 팬들에게 너무나 큰 트라우마를 일찍부터 안겨 준 팀이었다. 슈퍼스타 키드들에게 앞으로 우승 열번의 행운이 있으라.

각자 자신이 응원하는 팀에 어린이 회원으로 가입한 친구 녀석들 탓에 나의 자존심은 하루가 다르게 추락을 거듭했다. 교실에 유행처럼 번지는 어린이 회원 가입하기 열풍에 나는 끼고 싶었지만 결국 그렇게 되지 못했다. 그런데 언제부터인가 이상한 상황이 벌어졌다. 얼마 전까지만 해도 20여 명 가깝게 모여 야구 얘기에 침을 튀기던 녀석들이 갑자기 열 명 남짓으로 표나게 줄어 있었다. 그랬다. 어린이 회원에 가입한 녀석들이 은근슬쩍 자기들만의 리그를 따로 만든 탓이었다. 어린이 회원이 아닌 아이들을 알게 모르게 따돌리고 만든 그들만의 리그. 나 역시 녀석들의 리그에 초대받지 못했음은 물론이다.

내가 누구였던가? 경기가 열린 다음 날이면, 이 팀이고 저 팀이고 가릴 것 없이, 그리고 어떤 선수의 경우라도 바뀐 타율과 타점과 홈런의 개수를 나는 줄줄이 아이들 앞에서 읊어 댔었다. 투수들의 경우도 마찬가지였다. 매일처럼 바뀌는 승패와 방어율에 투수들마다의 주무기인 구종까지 친절하게 알려 주는 교실의 비공식 야구 해설자가 나 아니었던가? 그런 나에게 늘 한수 접히고 들어오던, 정말이지 내 눈에는 야구라고는 쥐뿔이고 개뿔이고 도통 모르던 녀석들이 아니었던가? 그런 유치한 녀석들이 그까짓 어린이 회원이 아니라는 이유 하나로 나를 무시하고 따돌리는 상황은 정말 몹시도 자존심 상하는 일이었다.

인터넷은커녕 컴퓨터의 컴자도 모르던 시절 야구 정보의 달인이 되기 위해 나는 얼마나 많은 시간과 노력을 투자했었던가?

아버지의 시선을 피해 게릴라식으로 눈치껏 야구 중계를 보면서 이호헌과 김소식과 허구연이 쏟아 내는 야구 소식과 정보에 하루 온종일 귀를 기울이고 메모를 해 가며 나는 매일 노력했다. 또한 프로 스포츠들의 출범과 발맞춰 함께 폭발적으로 매출이 늘기 시작한 스포츠신문을 거의 매일 공부하듯 달달 외웠으며, 뉴스 후에 곧바로 이어지는 스포츠뉴스를 채널을 바꿔 가며 몇 번이고 나는 보고 또 보고 다시 보았다.

그렇게 매일 차곡차곡 머릿속에 저장한 나의 야구 정보들을, 저 철딱서니 없고 무지몽매한 코찔찔이에 개념 없는, 초보 야구 꼬맹이들에게 차근차근 알려 줄 때의 내 목에는 얼마나 힘이 들어가곤 했던가? 그러던 녀석들이 이제 와서 나를 빼놓고 자기들끼리 야구를 논해?

나는 너무나 속이 상해 다시 한 번 강력하게, 어린이 회원을 향한 간절한 마음을, 아버지에게 읍소해 볼까 하는 고민을 했다. 하지만 그건 아무리 생각해도 나의 맷집이 더 좋아지는 결과 말고는 아무런 얻을 것이 없어 보였다. 그뿐 아니라 다른 부작용까지 불러와 오히려 야구로부터 나를 더욱 멀어지게 만드는 방법일 가능성이 너무나 컸다. 위험한 선택임이 분명했다. 고민은 거듭되었고 그럴수록 또 다른 고민을 낳았다. 추락한 내 자존심과 존경하고 사랑해 마지않는 나의 팀 MBC 청룡을 위해 이제 나는 여보란 듯 보여 줄 만한 무엇인가를 만들어 세상에 내놓아야 했다.

　스카우팅 리포트를 아는가? 언제부터인가 새로운 야구 시즌을 시작하는 봄이 되면 이런저런 스카우팅 리포트라는 책들이 우리들의 시선을 끈다. 일찍부터, 스포츠와 엔터테인먼트가 결합한 이른바 스포테인먼트가 발달한 미국과, 축구의 인기가 절대적인 유럽 등지에서는 벌써 오래된 문화지만 우리에게는 아직 낯선 측면이 있다. 스카우팅 리포트는 쉽게 말해 팬들에게 보여 주는 각종 스포츠의 전문 가이드북이다. 야구를 예로 들자면 일단, 모든 팀별 그리고 선수별로 성적이 소개되며, 특히 주전 선수일 경우 지난 시즌의 성적이 모두 자세하게 수록된다. 필요에 따라 때로는 몇 년 동안의 성적을 포함하는 경우도 있다. 또한 새롭게 입단해 주목받는 신인 선수에 대한 자세한 정보나 트레이드로 인한 전력 변화, 새 시즌의 예상 성적 등에 대한 친절한 설명을 곁들이는 안내 책자쯤으로 보면 된다.

스카우팅 리포트

　1982년 여름 전기리그가 끝난 직후의 어느 날 나는 동네 문방구로 달려가 공책 한 권을 샀다. 그 문방구에서 판매하는 공책들 중에서 가장 고급스럽고 비싼 종류였다. 집으로 돌아와 정성스레 손을 씻은 나는 매직펜과 공책을 앞에 둔 채 앉았다. 그러고는 공책의 표지에 조심스럽게 굵은 글자를 써넣기 시작했다.

〈MBC 청룡 야구단〉

비록 아직은 빈 공책일망정 제목부터 써 놓고 보니 벌써부터 내가 MBC를 위해 크게 대단한 일을 한다는 성취감이 느껴졌다. 진정한 야구팬이라면 적어도 이 정도의 성의와 마음가짐은 있어야 한다는 우쭐함으로 내 가슴은 터질 듯했다. 표지 아래쪽에 나의 이름 석 자까지 써넣은 나는 앞으로 공책에 기록하게 될 MBC 청룡 선수들의 관련 기록과 성적들을 되새겨 기억하고 확인하며 묘한 홍분과 설렘에 가슴 벅찼다. 팬이 그것도 중학생이 직접 만드는 프로야구 팀 안내서가 세상에 선을 보이기 위해 첫발을 내딛는 순간이었다. 훗날 전 세계의 각종 스포츠계에 대유행을 가져올 스카우팅 리포트의 효시(?)가 꿈틀거리기 시작하는 역사적 순간이었다.

다음 날부터 나는 무척 바빠져야 했다. 공책을 펼쳤을 때 나타나는 양면 두 페이지씩을 선수 한 명에게 할애하기로 한 나의 리포트 작업 때문이었다. 시작하기 전의 막연한 예상과는 달리 쉽지 않은 일이었다.

수기로 일일이 작성해야 하는 선수 소개는 사실 그렇게 어렵지 않았다. 한 경기씩을 치를 때마다 바뀌는 선수들 각자의 타율과 안타 개수 등의 성적도 계속 신경만 쓴다면 크게 헤맬 일 없이 매일 새로 고치기만 하면 되었다. 문제는 그런 내용들로만은 도저히 공책 두 페이지씩을 채우기가 어렵다는 데 있었다. 만만하게만 보았던 공책 두 페이지는 참으로 넓었다.

나는 선수들의 소개를 길게 늘이기 위해 출신 학교를 초등학교부터 시작하기로 마음먹었다. 거기에 덧붙여 초·중·고와 실업팀 시절까지의 각종 수상 기록에 대한 정보도 힘겹게 구해 써넣기로 했다. 하지만 그렇게까지 해도 여전히 공책의 빈자리는 컸다.

궁리 끝에, 타자의 경우는 홈런과 안타를 맞은 상대 투수의 이름과 날짜까지 써넣고, 나중에는 경기마다 변한 타율을 그때그때 고치는 식이 아니라 아예 경기마다 일일이 타율을 적어 놓아 해당 선수의 타격 흐름을 한눈에 알아보게끔 해 놓았다. 자연히 정리해 기록해야 할 자료의 양은 점점 늘어만 갔다.

투수에게도 결코 소홀해서는 안 되었다. 몇 월 며칠 어느 팀과의 경기에 나와 몇 회부터 몇 회까지 몇 명의 타자를 상대했고 총 몇 개의 공을 던졌는지, 그리고 누구에게 안타를 맞았는지 누구를 삼진으로 잡았는지까지를 모두 기록했다. 경기마다 바뀌는 승률, 방어율, 투구 이닝, 피안타 수, 피홈런의 수는 기본이었다. 이제 본격적으로 골치가 아파지기 시작했다.

막상 해 보니 무척 힘든 일이었다. 무엇보다 경기의 자료를 구하기가 너무 어려웠다. 당시만 해도 야간경기는 거의 없었던 시절이라 내가 학교에 있을 시간에 경기가 시작되기 일쑤였고, 주말에 집에서 TV로 야구를 보는 일도 결코 쉽지만은 않았다. 주말 TV의 야구 중계에 홀딱 빠져 멍하니 무방비 상태로 놓인 나의 뒤통수에는 툭하면 아버지의 눈에서 발사된 레이저빔이 날아와 꽂히곤 했다. 물론 동시에 로케트 주먹까지 날아오는 경우가 더 흔하기는 했다.(세 시간 넘게 넋 놓고 TV에 빠진 중 2 아들을 누군들 가만둘까?)

　결국 내가 필요로 하는 모든 자료는 일일이 직접 구해야 했다. 동네 이곳저곳과 길바닥에 버려진 스포츠신문을 뒤적이거나, 방에서 몰래 라디오로 야구 중계를 숨죽여 가며 듣거나, 전날 벌어진 경기를 본 친구에게 다가가 공 한 개 한 개까지 상황을 물어 가며 복기하고 메모를 하거나, 스포츠뉴스를 시간대별로 줄줄이 기억했다가 게릴라식으로 시청하거나, 심지어는 심부름을 가는 척하며 동네 전파상 유리창 앞에 서서 MBC의 경기를 잠깐씩 들여다보기도 했다.

　그렇게 힘겹게 얻은 MBC 선수들의 경기 정보들을 깨끗하게 정리해 나의 공책에 옮겨 적을 때면 내 가슴은 늘 뿌듯해졌다. 그랬다. 내가 생각하는 야구팬은 모름지기 그 정도는 돼야 했다.

　하지만 그렇게까지 용을 쓰는데도 공책의 여백은 여전했다. 나중에는 되도록 큼직큼직하게 쓰며 그것을 줄여 보려고 했지만 글씨의 크기를 늘리는 데도 한계가 있었다. 그리고 경기 결과의 자료를 수집하는 일도 하나하나 직접 움직여야 했기 때문에 사실 적잖은 시간과 노동을 필요로 했다. 지금 생각해 보면 그나마 MBC 청룡 한 팀이었기에 망정이지 다른 팀의 자료까지도 모두 포함하려 했다면 나는 아마 과로로 죽었을지도 모른다.

　정직하고 성실하게 온전한 나의 힘으로만 공책을 채우겠다는 시작할 때의 마음가짐은 쉽지 않은 작업에 지친 나머지 조금씩 퇴색되기

야구하는 용, 정말 멋지지 않은가?

시작했다. 퇴색한 마음이 처음 시킨 일은 공책의 표지에 커다랗게 MBC 청룡의 로고를 붙이는 작업이었다. 그런데 어쩌면 그 편법을 사용해 본 시도가 오히려 더 좋은 결과를 가져왔다. 구름을 탄 용이 방망이를 휘두르는 천하 제일의 눈부신 구단 로고를 떡하니 붙여 놓자 나의 눈에는 그렇게 보기 좋을 수가 없었다.

'이거 정말 멋지다. 선수들의 사진도 한 장씩 붙이면 끝내주겠다.'

다음 날부터 나는 닥치는 대로 선수들의 사진을 구해 공책을 채워 나가기 시작했다. 스포츠신문이나, 구단에서 제작해 문방구를 통해 판매하던 팬북, 그마저도 없을 땐 예의 동그란 딱지 프로야구 시리즈라도 사서 얼굴과 타격 사진들을 한두 장씩 오려 붙여 놓았다. 무엇보다 일단 편했다. 그리고 예상보다 모양새도 상당히 괜찮은 듯했다. 공책의 페이지들은 이제 시원시원하게 자료들로 덮이기 시작했다.

나의 스카우팅 리포트 작업은 그제야 탄력을 받으며 비로소 본 궤도에 진입했고, 얼마 후 드디어 볼거리 읽을거리가 제법 들어찬 나의 자랑거리로 탄생하게 되었다. 아쉽게도 결과적으로 적지 않은 지면을 나의 노력 외에 선수들의 사진이나 활자화된 자료로 채운 점이 마음에 조금 걸리긴 했지만 어쩌겠는가?

며칠 뒤 드디어 교실에 공개된 나의 〈MBC 청룡 야구단〉은 순식간에 장안의 화제가 되기에 충분했다. 화려한 볼거리와 꼼꼼하고 알찬 읽을거리들에 교실의 친구들은 벌어진 입을 다물 줄 몰랐다. 얼마나 대단한 인기였는지 나중에는 틈만 나면 서로 먼저 보겠다고 다투는 바람에 거드름을 피워 가며 내가 순서를 정해 주어야 할 정도였다. 기뻤다. 나의 자존심을 상하게 했던 그까짓 어린이 회원에 가입한 녀석들도 한번 보고는 눈이 휘둥그레져 자신들도 만들어 보고 싶다 며 나에게 매달려 오기까지 했다. 더할 나위 없이 통쾌한 일이었다. 어린이 회원에 가입하지 못해 겪어야 했던 많은 서러움과 아쉬움들 이 순식간에 봄눈 녹듯 사라져 갔다.

그러나 화무십일홍(花無十日紅)은 꽃에만 쓰이는 말이 아니었다. 그렇게 온갖 정성을 쏟아부어 만든 나의 회심의 역작은 안타깝게도 준비했던 시간과 노력에 비해 너무나 짧은 생을 살다 갔다.

교실의 친구들에게 〈MBC 청룡 야구단〉이 공개된 지 불과 보름 도 채 되지 않은 어느 날 벌어진 일이었다. 수업 시간에 몰래 돌려 보던 친구 한 녀석이 담임선생님에게 결국 들킨 탓이었다. 그러는 바람에, 어떻게 해 볼 사이도 없이, 그것은 압수된 그 자리에서 쫙 쫙 찢긴 후 쓰레기통에 버려지고 말았다. 말도 되지 않는 허망한 결말이었다. 더구나 그것의 제작자인 내게도 불똥은 튀었다. 엉뚱 하고 억울하게도 나까지 불려나가 엉덩이에 몽둥이 세례를 받고야 말았다.

그때는 선생님이 무섭게 화를 내고 때리니까 내가 무언가 잘못을 했으리라는 생각으로 매를 맞았고, 찢겨지는 〈MBC 청룡 야구단〉을 보며 속울음을 삼켰지만 이제 와서 돌이켜 보면 참 어처구니없는 일이었다. 당시의 내가 잘못한 일이 과연 무엇인지 지금도 잘 모르겠다. 결국 하라는 공부는 하지 않고 딴짓을 한다고 해서 받은 벌일 테지만, 그리고 교실의 분위기를 야구 이야기로 흐린다는 판단이었을 테지만, 그때 선생님의 행동은 지금껏 이해하기 힘들다. 더군다나 매를 때리고 그것을 찢기까지 한 행동은 심했다.

옛날 학교에서는 폭력이 참 흔했다. 좋은 선생님들도 많았지만 왜들 그렇게 툭하면 학생들을 때리곤 했는지 모르겠다. 적어도 당시의 교직은 월급 받아 가면서 사람까지 때려도 되는 드문 직업 중 하나였다.

만약 그때의 선생님이 나에게 오히려 제대로 잘 만들어 보라며 격려를 해 주었거나, 야구 심판이든 해설가든 혹은 야구 기자든 구체적인 직업을 제시해 주며 열심히 노력해 보라고, 응원해 주었더라면 어땠을까 라는 생각을 할 때가 가끔 있다. 아쉽다.

이미 30년도 넘은 일이라 기억에는 가물가물하지만 몇 가지만 되살려 보자. 내가 만든 〈MBC 청룡 야구단〉에는 대충 이런 식의 선수 소개들이 실렸다. 부디 너그럽고 폭넓은 아량으로 1982년 당시 중 2였던 까까머리의 리포트를 읽어 주시라.

구단주—이진희—MBC 문화방송 사장으로 야구 발전에 큰 관심을 가지고 있음. 외유내강형의 자상한 성격에(내가 언제 봤다고?) 선수단 전체를 늘 드넓은 가장의 마음으로 이끌어 가는 강직한 인품의 소유자.(아! 낯 뜨거워라)

감독─백인천─생년월일. 키와 몸무게. 한국이 낳은 위대한 타자.(소개부터가 다르다) 일본 프로 야구에서 타격왕을 차지했을 만큼 뛰어난 야구 실력을 갖추었으며 장훈 선수와 함께 한민족의 우수성을 일본에 널리 알렸음. 일본의 명문 긴데스 버팔로스 팀에서 선수 생활을 하다 조국의 부름을 

백인천 감독

받고(당시에도 이미 식상한 표현이었다) 급히 귀국함. 6개 구단 감독 중 유일하게 감독 겸 선수로도 활약하고 있으며 4할대의 타율을 유지하는 프로 야구 최고의 강타자. 영양제 '게브랄티' 의 광고 모델로도 활약하는 중. 일본에서의 수상 경력……(내겐 그때 백인천이 세상에서 가장 훌륭한 사람으로 보였다)

코치─유백만 수석코치, 이재환 투수코치, 한동화 타격코치

투수─이길환, 유종겸, 하기룡, 정순명, 이광권, 차준섭, 김시철, 박석채

포수─유승안, 신언호, 김용운, 최정기

내야수─김인식, 김용달, 김용윤(포수인 김용운과 이름이 비슷해 후배였던 그가 후에 김바위로 개명함), 정영기, 박재천, 조호, 이광은, 김재박(이광은은 군 제대 후, 김재박은 세계선수권대회 참가로 인해 각각, 후기리그부터 팀에 합류했다)

외야수─이종도, 송영운, 최정우, 배수희, 김봉기

　그러고는 공책 두 페이지마다 선수 개개인을 한 명씩 소개하고 각자의 성적을 주욱 나열해 적어 놓은 다음 몇 장의 사진 자료를 덧붙이면 한 명씩 완성이었다. 기억나는 선수 몇 명의 소개만 여기에 가져와 본다.

하기룡 투수

　하기룡—생년월일. 키와 몸무게. 출신 학교와 실업팀. 국가 대표 에이스 출신의 강속구 투수로, 대학 시절부터 최동원에 못지 않은 실력과 많은 팬을 가진 우완 정통파 오버스로우 투수. 순식간에 날아와 빠른 속도로 포수의 미트에 꽂히는 직구가 주무기이며, 직구처럼 날아오다 타자의 무릎 쪽으로 휘감기며 떨어지는 싱커 역시 일품이라는 평이 지배적(?). x월 x일 삼미와의 더블헤더에서 두 경기에 모두 출장해 하루에 2승을 한꺼번에 기록하는 프로 역사상 전무후무할 대기록을 수립하기도 했다.(실제 벌어진 일이다) 단점—동계훈련 부족으로 체중이 지나치게 증가해 투구 시 관절에 무리가 오며 시합 후 무릎 통증을 호소하기도. 아마추어 시절의 수상 경력…….

신언호 선수

　신언호—생년월일. 키와 몸무게. 출신 학교와 실업팀. 아마추어에서의 포지션은 포수였으나 프로에 와서 외야수로 전향했다. 한국 야구 역사상 가장 강한 어깨의 소유자. 신

언호가 지키고 있는 우익수 방면의 안타로는 2루 주자가 결코
홈까지 들어오지 못한다는 불문율이 있을 만큼 무시무시한 어
깨를 자랑한다. 아마추어 시절 포수를 보다가 도루를 저지하기
위해 힘껏 던진 공이 그만 펜스를 넘어가 버려 이후로 포수를 맡
지 못한다는 소문도 있다.(이 이야기는 정말 해도 너무했다. 하
지만 실제 신언호는 홈에서 공을 던져 중앙 펜스를 넘기는 선수
였다) 단점—강타자였던 아마추어 시절에 사용하던 알루미늄
배트만 생각해 배트를 너무 길게 잡는 습관이 몸에 배어 정확성
이 떨어지고 타율이 낮음. 최근 배트를 짧게 잡으려는 노력으로
인해 서서히 타율이 상승하고 있음. 늘 성실한 자세와 한결같은
노력으로 선수들의 귀감이 됨. 아마추어 시절의 수상 경력…….
서울시 도봉구 미아 8동 거주.(같은 동네에 내가 산다는 말을 그
렇게라도 꼭 하고 싶었다. 그때는 미아동이 도봉구에 속했다)

정순명—생년월일. 키와 몸무게. 출신 학교와 실업
팀. 키가 190cm에 육박하는 우완 정통파
오버스로우 투수. 국가 대표로도 활약한
바 있으며 큰 키에서 내리꽂는 직구가 일
품. 주무기는 직구. 단점—투 스트라이크
까지는 쉽게 잡지만 타자를 압도할 만한

정순명 맞다

결정구가 부족해 대부분 2-3 풀카운트까지 가는 승부를 벌이는
탓에 투구 수가 지나치게 많음.(제법 전문가적인 냄새도 풍기지
않는가?) 아마추어 시절의 수상 경력…….

세 선수까지만 하자. 돌이켜 보니 부끄럽다. 솔직히 털어놓자면 이것저것 여기저기서 주워들은 이야기들을 닥치는 대로 써 놓은 조금은 엉터리 정보들이었다. 야구 중계를 보다 당시의 해설가들이었던 이호헌이나 김소식이나 하일성이나 허구연 같은 이들이 무언가 귀담아 들을 얘기라도 하면 기억하거나 메모해 놓았다가 나중에 내 맘대로 편리하게 해석해 적어 놓은 이야기들이었다.

특히 MBC 청룡의 선수들과 관련된 많은 정보는 나에 의해 지나치게 부풀려지거나 과장되거나 왜곡되거나 혹은 변형되었다. 그래도 좋았다. 아무래도 좋았다. 내가 만든 〈MBC 청룡 야구단〉을 친구들이 부러운 눈길로 쳐다볼 때마다 기뻤고, 가끔 '나도 이제부터는 MBC 청룡의 팬이 되겠다.' 고 투항 내지는 귀순해 오는 친구들(주로 삼미의 팬들이었다)이 생길 때면 내 온몸은 주체하기 힘든 쾌감에 바르르 떨리곤 했다.

이 외에도 김재박의 개구리번트와 같은 MBC 선수들의 이야기를 꽤나 열심히 좋은 쪽으로만 써 놓곤 했던 기억이 아련하다. 당시 모기업이었던 MBC 방송국이 초창기 주구장창 MBC 청룡의 경기만 중계방송했듯이 내가 만드는 스카우팅 리포트도 결국 내 마음대로 내 기분 좋은 방향으로 만들었으니 얼마나 행복했겠는가? 새삼 찢기고 버려진 내 추억의 스카우팅 리포트가 몹시 그립다.

삼미의 괴물 투수 장명부와 베트콩 김인식의 악연

프로야구에서 처음으로 투수의 공을 몸에 맞은, 즉 '몸에 맞는 공'의 주인공은 MBC 청룡의 2루수 겸 1번 타자 김인식이었다. 그 경기는 3월 27일의 개막전이었으며 상대 투수는 대한민국 최고의 좌완 이선희였다.(우완은 최동원, 좌완은 이선희라는 말은 당시 야구상식이었다)

아마추어 선수 시절부터 키가 작고 피부도 가무잡잡한 탓에 베트콩이라는 별명이 일찌감치 붙었던 김인식은 그러나 신체적인 부족함을 노력으로 뛰어넘는 지독한 악바리였다. 워낙 체구가 작고 힘이 세지 못해 타격에는 약점이 있었어도 2루 수비만큼은 어느 선수에게도 뒤지지 않았고, 빠른 발과 야구 센스로 출루라도 하게 되면 상대 팀을 골치 아프게 하는 데 탁월한 재주를 가진 선수였다.

김인식은 개막전에서 첫 데드볼[1]을 기록한 이후 그 부문에 관한 한 압도적으로 빠른 페이스로 다른 선수들을 멀찌감치 따돌리고 단독 선두를 질주했다. 키가 170센티에 미치지 못했던(그냥 이 정도로 표현하자. 기아의 유격수 김선빈과 비슷한 정도였으리라 짐작한다. SK의 정근우도 달인 김병만도 모두 170cm[2]에 못 미친다) 김인식은

---

1) '몸에 맞는 공' 혹은 '사구'라는 표현이 맞지만 여기에서는 이야기의 편의를 위해 데드볼로 표현하겠다.

2) 선수 프로필상에서 김선빈의 키는 170이다. 야구 선수들 대부분의 예외 없는 프로필상 키 늘리기는 조금 과하다는 생각이다. 기본적으로 3~5cm 정도는 모두 늘리는 듯하다. 진학이나 프로 입단을 위해 조금이라도 좋은 신체 조건으로 알려져야 하는 선수들과 지도자들의 고충은 짐작하지만 어느 정도 선은 넘지 않았으면 한다.

공이 몸에 와 맞으면 타석에 쓰러져 떼굴떼굴 구르며 통증을 호소하기 일쑤였다. 뿐만 아니라 충분히 피할 만한 공을 교묘하게 슬쩍 흘려 맞으면서 비명을 질러 대기도 했었다. 심지어 몸에 맞지 않았으면서도 맞은 시늉을 하고 소리를 지르며 1루로 달려 나가다 주심의 제지를 받은 경우도 있었다. 소속 팀에서야 좋겠지만 반대로 상대하는 팀의 투수들에게는 얼마나 미운 존재였겠는가? 그러던 그가 1984년 몹시 보기 드문 기록을 세우게 된다. 경기의 상대는 삼미였고 그날의 투수는 괴물 투수로 유명한 장명부였다.

여기서 간단하게나마 장명부의 얘기를 하고 싶다.

프로 원년이었던 1982시즌에 꼴찌이자 승률 1할8푼8리라는 처참한 성적표를 삼미는 받아들었다. 안 좋은 방면의 거의 모든 부분에서, 훗날 도저히 어찌해 보기 힘들 만큼의 어마어마한 전설과 같은 기록들을, 삼미는 원년에 수립해 버린 상태였다. 삼미의 아픈 과거사는 뒤에 따로 이야기하기에 승률만 이곳에 밝히지만, 어찌 되었든 해도 해도 너무한 성적표에 충격을 받은 구단은 시즌 후 곧바로 <u>일본 프로야구</u>[3]에서 활약하던 제일교포 선수 장명부를 영입한다.

장명부는, 1969년 일본의 최고 명문 프로팀 요미우리 자이언츠에 입단하며 프로야구 선수 생활을 시작했고, 일본 리그에서 통산 91승

---

3) 프로야구 첫해인 1982시즌이 끝난 후, 지나치게 심했던 각 팀의 전력 차이를 실감한 KBO에서는 이를 해소하기 위한 방법으로, 재일동포에 한해 일본 선수들의 국내 프로팀 입단을 허용한다. 장명부를 비롯해 주동식, 김무종, 김일융, 김신부, 홍문종, 고원부, 이영구 등의 선수들이 뛰어난 활약을 펼쳤으며 우리 프로야구가 빠른 시간에 수준을 높이고 자리 잡게 하는 데 큰 역할을 했다.

을 거둔 거물 투수였다. 1982년 당시 히로시마 구단에서 투수 생활을 하던 33세의 장명부는 그러나 이미 일본에서는 사실상 한물갔다고 평가받는 선수였기에 흔쾌히 한국행을 택했다. 한국으로 건너오는 첫 일본 프로야구 출신이었고 워낙 알려진 정보가 없는 상태였기에 팬과 언론의 관심은 대단했다.

그리고 실제 장명부가 했다고 알려진 "20승을 못하면 연봉을 한 푼도 받지 않겠다."는 지금 같아선 도대체 말도 안 되는 자신감 넘치는 말에 기분이 좋아진 삼미의 구단주는, "30승을 하면 <u>1억 원의 보너스[4]</u>를 주겠다."는 역시 요즘의 야구팬 입장에서는 도무지 말 같지 않은 말로 장명부에게 개인적으로 화답했다고 한다. 둘 다 참 웃긴다.

그렇게 시작된 1983시즌, 각 팀마다 치르는 시즌 100경기 가운데서 장명부는 무려 60경기에 출장했다. 더구나 36경기 완투라는 말도 안 되는 기록이 나올 정도로 엄청난 투구 수를 기록한 그는 30승과 함께 6세이브라는 요즘으로서는 거의 <u>미친(?) 성적[5]</u>을 올린다. 30승은 시즌을 통틀어 삼미가 올린 50승의 60%에 해당하는 승수였다. 심지어 그는 연속 네 경

장명부 투수

---

4) 당시 1억 원은 어느 만큼의 돈일까? 흔히 물가의 바로미터로 언급되는 짜장면 한 그릇이 450원 정도였고 강남 대치동의 은마아파트 30평이 2,300만 원가량 하던 시절이다.

5) 지난 2012시즌의 다승왕은 17승을 올린 삼성의 장원삼 투수였다. 1982년부터 31차례의 시즌을 치르는 동안 단 13차례의 20승 이상 투수가 나왔을 뿐이고 그나마 1999시즌 이후로 13년째 국내 선수는 단 한 차례도 20승을 기록하지 못했다.

기에 등판해 완투승 두 번과 2~3이닝의 마무리(세이브가 아닌) 두 번까지도 했다고 한다.(완투승—마무리—마무리—완투승)

도저히 인간의 능력이라고 믿기 힘든 철인이라 부를 만한 활약을 장명부는 그 해에 선보였다. 구단주와 한 비공식의 약속이라 당시 팬들은 잘 알지 못했지만 보너스 1억 원의 힘은 그토록 컸다.

그러나 1983시즌에 결국 30승을 달성했음에도 불구하고, 당시로서는 너무나 큰 금액이었던 약속된 1억 원의 보너스가 끝내 유야무야되었고, 이에 실망한 장명부는 이듬해부터 급격히 페이스가 떨어지기 시작했다. 사실은 그 시즌에 장명부가 지나치게 자신의 어깨를 혹사시켜 버린 탓이었다. 인간은 결국 철인이 되지 못했다. 이듬해까지는 13승 20패의 그나마 의미 있는 성적을 거두었던 그는, 이후 몇 년을 한국에 더 머물며 선수로 혹은 지도자로 활동했으나 끝내 좋은 평가를 받지 못하며 결국 자리를 잡는 데에 실패했다. 여기저기 팀을 떠돌며 선수 생활을 이어 가다 마약과 관련한 구설수에 오르기도 했던 그는 그렇게 팬들의 기억에서 쓸쓸하게 잊혀져 갔다.

그러나 장명부가 기록한 한 시즌 30승과 36경기 완투(최근 시즌의 최다 완투 기록은 기껏해야 4~5경기이다) 그리고 427이닝 투구는 앞으로 결코 깨지기 힘든 저 높은 곳에 우뚝 선 기록이다.

1984시즌의 장명부는 비록 1983시즌에는 미치지 못하는 페이스였지만 여전히 하루걸러 한 번씩(시즌 100경기 중 45경기 출전) 등판해 공을 던졌고, 이미 적지 않았던 나이 탓에 빠른 공은 비록 갖지 못했지만 아직은 타자를 어느 정도 속일 만한 변화구를 가진 투수였다. 특히 그의 컨트롤은 리그에서 수준급으로 꼽혔는데 하도 절묘해 스트라이크 존을 가지고 구심(스트라이크와 볼을 판정하는 심판, 주심)을 갖고 논다는 얘기까지 나올 정도였다. 거기에 더해, 너구리라는 별명처럼 그는 매우 노련한 투수였고, 산전수전에 공중전까지 다 겪은 백전의 노장이었다. 비록 몸은 점점 무거워져 가고 어깨도 조금씩 낡아 가는 상태였지만 이제 겨우 출범 2년을 넘어선 한국의 프로야구는 그에게 그리 심각한 전쟁터가 아니었다.

물론 역설적으로, 너무나 잦은 등판으로 인해, 상대 팀의 타자들에게 이제 어느 정도는 구질을 읽혀 버린 장명부였다. 때문에 그가 던진 공이 안타로 혹은 홈런으로 연결되는 일이 이전 시즌보다는 훨씬 많아졌지만 장명부는 결코 고개 숙이지 않았다. 그는 여전히 특유의 능글거리는 웃음으로 타석의 타자를 비웃는 듯한 표정을 지으며 몸 가까이 위협구를 던졌다. 그리고 몸쪽으로 향했던 공의 위협에 움츠러든 타자가 잔뜩 굳은 상태일 때, 그는 반대편 스트라이크 존으로 여유 있고 정확하게 공을 던져 넣고는 했다. 그런 후에는 예의 능글거리는 표정을 다시 짓기 일쑤였다. 실력은 몰라도, 아니 실력을 포함해도, 머리싸움이나 기(氣) 싸움에 있어서 장명부는 적어도 이미 한국 선수들보다 몇 수 위였다.

김인식과 장명부의 이야기로 돌아가자.
1984시즌 중 벌어진 삼미 슈퍼스타즈와 MBC 청룡의 경기. 그날도 삼미의 선발투수는 툭하면 그렇듯이 장명부였다. 1회 MBC의 첫 타자는 김인식. 늘 짓는 웃음과 함께 장명부는 타자의 몸쪽으로 변화구를 던졌다. 타자에게 부담을 줘 스트라이크존에서 조금이라도 멀어지게 하는 그것은 그에게 투수로서의 가장 기본이고 기초적인 필수 밑작업이었다.

그런데 문제는 상대인 김인식이었다. 시즌 내내 장명부의 투구 습관을 눈여겨보아 오던 김인식은 몸쪽으로 들어오는 공을 피하기는커녕 교묘하게 스치게끔 해서 오히려 데드볼을 얻어내 버렸다.

부풀려 입은 유니폼의 끝자락을 살짝 스치게 해서 맞은 김인식은 '으악' 하는 비명을 지르며 심판을 슬쩍 본 후 1루로 재빨리 달려나갔다. 1루를 향해 뛰어 나가는 그의 표정에는 '요건 몰랐을 거다.' 라는 득의에 찬 승리감이 가득했다.

1루로 달려 나가는 김인식과 멀뚱히 서 있는 심판을 번갈아 바라보는 장명부의 얼굴에는 잠깐이었지만 웃음기가 사라졌다. 그도 그럴 것이 1회를 시작하자마자 첫 타자에게 데드볼을 내준 투수가 어떻게 기분이 좋겠는가? 그러나 1루로 나간 김인식이 오히려 장명부를 바라보며 원래는 그의 트레이드 마크였던 그 기분 나쁜 웃음을 보란 듯이 짓자, 무슨 이유에선지 표정을 바꿔 같이 웃으며 다음 타자를 향해 몸을 돌리는 장명부였다. 그 순간 김인식은 몰랐겠지만 게임의 내용과 승패는 이제 그리 중요하지 않게 되었다.

3회에 다시 찾아온 김인식의 타석으로 이야기는 이어진다. 주자가 없는 상태에서 들어선 김인식에게 역시 웃음부터 먼저 내보인 장명부는 타자를 향해 힘껏 공을 던지기 시작했다. 그랬다. 장명부는 공을 포수의 미트가 아닌 김인식의 머리를 향해 던졌다. 비록 보호용 헬멧은 쓴 상태였지만 깜짝 놀란 김인식은 공을 피하느라 풀썩 타석에 엉덩방아를 찧으며 주저앉았다. 원 볼.

다음 공은 김인식의 발목을 향해 날아들었다. 이번에도 역시 깜짝 놀란 김인식은 공을 피해 팔짝 위로 뛰어오르고 다시 엉덩방아를 찧으며 떨어졌다. 투 볼. 김인식은 일어서면서 장명부를 노려보았다. 그리고 보니 자신이 겨우 피했던 공 두 개가 모두 평상시의 장명부에게서 보기 어려운 무척 빠른 공이었다. 그러나 노려보는 김인식은 나 몰라

김인식 선수

라 쳐다보지도 않은 채 장명부는 웃으며 포수와 싸인을 주고받을 뿐이었다.

세 번째, 이번에는 등 뒤로 날아오는 공까지도 땅에 엎드리면서 잘 피해 낸 김인식은 그러나 결국은 네 번째 공에 옆구리를 맞고서 '악' 하는 소리와 함께 그 자리에 주저앉고 말았다. 원래도 데드볼을 맞으면 과장되게 비명을 질러 대는 그였지만 이번에는 결코 그런 엄살이 아니었다.

한동안 일어나지 못하던 김인식은 심판과 포수의 부축을 받고서야 겨우 일어났다. 심판을 부여잡고 계속 통증을 호소하며 투수의 고의

성을 주장하던 김인식은 결국 심판의 짜증 섞인 핀잔을 듣고서야 1
루를 향해 걷기 시작했다. 화가 잔뜩 돋아 이글거리는 그의 두 눈은
능글능글 웃으며 손을 들어 사과하는 장명부에게 꽂힌 채였다.

6회, 세 번째 타석에 김인식은 다시 들어섰다. 그러나 앞선 타석들
에서의 자세와 달리 그의 타격 폼은 몹시 어정쩡한 상태였다. 원래
처럼 스트라이크존에 바짝 붙은 적극적인 자세가 아니라 오히려 멀
찌감치 뒤로 물러난 상태였다. 뿐만 아니라 오른쪽 발은 아예 직사
각형의 타격 박스에서 거의 빠진 채로였다. 이건 뭘 쳐보겠다는 자
세가 아니라 반대로 뭘 피해 보겠다는 자세임이 분명해 보였다. 그
랬다. 김인식은 이번 타석에서도 혹시나 아까처럼 아팠던 데드볼을
맞게 되지 않을까 하는 마음에 잔뜩 겁먹은 상태였다.

마침내 장명부의 초구가 날아왔다. 한껏 엉덩이를 내빼고 긴장한 상
태였던 김인식은 깜짝 놀랐다. 장명부가 던진 초구는 구속이고 구종
이고를 아예 따질 필요조차 없이 너무나 정직하게 천천히 포수의 가슴
정면으로 들어오는 한가운데 스트라이크였다. 원 스트라이크. 순간적
으로 김인식은 몹시 혼란스러워졌다. 그는 공을 하나 더 지켜보기로
했다. 한껏 뒤로 빼냈던 엉덩이는 조금 앞으로 가져온 상태였다.
장명부의 2구가 날아왔다. 예상과는 달리 공은 바깥쪽을 향했고
살짝 빠지면서 볼이 되었다. 원 스트라이크 원 볼. 웃으면서도 아쉬
워하는 장명부의 표정을 김인식은 슬쩍 훔쳐보았다. 그의 엉덩이가
조금 더 당겨졌고 이제는 밖으로 거의 나갔던 오른발도 적어도 타격

박스 안쪽으로는 들어온 상태였다.

3구째가 날아들었다. 우려했던 몸쪽 공임을 직감한 김인식은 빛보다 빠른 속도로 순식간에 타석을 앞에 둔 채 뒤로 물러났다. 아니 도망갔다는 표현이 차라리 어울리리라. 그러나 아뿔싸, 공은 초구와 거의 비슷하게 들어왔다. 다만 그것보다 약간 그러니까 한가운데에서 공 한 개 정도가 몸쪽으로 향한 상태였다. 스트라이크였다. 어느새 투 스트라이크 원 볼이었다.

왠지 묘한 느낌에 고개를 돌린 김인식의 눈에 들어온 모습은 드러내 놓고 킥킥대면서 자신을 쳐다보며 놀리듯 웃는 장명부의 얼굴이었다.

'저 자식이 아주 날 갖고 노는구나. 아까는 뛰고 엎드리고 자빠지고 쌩쑈를 하게 만들더니 이제는 겁을 줘서 삼진을?'

어금니를 꽉 깨문 김인식은 다시 타석에 들어섰다. 아무래도 너무 뒤로 빼낸 엉덩이가 걱정이었다. 이러다 바깥쪽 코스에 꽉 차는 공이 들어오면 꼼짝없이 삼진을 당할 판이었다. 다시 조금 더 김인식은 엉덩이와 오른 다리를 안쪽으로 끌어들였다.

4구째였다. 공이 들어오는 순간 숨이 멎은 듯이 움찔했던 김인식은 아무 소리도 내지 않는 심판을 보고서야 겨우 안도의 한숨을 내쉬었다. 바깥쪽 존에 걸린 듯 만 듯한 공이었다. 어쩌면 유난히 작은 김인식의 체구가 아니었다면 심판이 스트라이크로 판정해도 말 못할 아슬아슬한 공이었다. 다행이었다. 투 스트라이크 투 볼. 역시 제구력이 좋은 장명부라 바깥쪽 공으로 승부를 걸려는 모양이었다.

김인식은 기어이 안타를 쳐내 아까 맞은 데드볼에 대한 복수를 꼭 하고 싶었다. 아니 자존심 때문에라도 최소한 삼진은 면해야 했다. 그것은 죽기보다 싫었다. 더욱더 어금니를 앙다물며 김인식은 이제는 원래 그의 타격 자세대로 몸 전체를 스트라이크존에 최대한 가까이 붙여 바깥쪽 코스에 대비하며 공을 기다렸다.

장명부 투수

마침내 장명부의 다섯 번째 공이 기다렸다는 듯이 김인식을 향해 날아들었다. 그랬다. 이번에도 다시 공은 포수의 미트가 아닌 김인식에게 무척 빠른 속도로 날아들었다. 이미 피하기는 틀린 공이었다.

"퍽!" "으악!"

이번에는 왼쪽 허벅지에 정통으로 공을 맞은 김인식은 앞선 타석보다 훨씬 더 큰 비명을 질렀으며 더 오랜 시간 땅바닥을 굴렀다. 이번 공의 아픔은 전 타석에 비할 바가 아니었다. 결국 그렇게 김인식은 능구렁이 장명부의 노림수에 당하고 말았다. 겁먹어 잔뜩 움츠린 채 데드볼을 피하려는 김인식을 장명부는 조금씩 조금씩 안심시켜 꾀어서 끌어낸 후 다시 최대한 힘을 다해 기어이 공으로 맞춰 버렸다. 너구리 장명부의 제대로 된 복수였다.

이번에도 역시 심판의 부축을 받으며 겨우 일어난 김인식은 통증이 덜해지고 어느 정도 몸을 추스르게 되자 갑자기 마운드의 장명부를 향해 쏜살처럼 달려 나갔다. 말릴 새도 없었고 갑작스런 일이라 아직은 말리는 사람도 없었다. 그러나 장명부는 마운드의 가장 높은 곳에 서서 달려오는 김인식을 웃으며 쳐다보고 있을 뿐이었다. 그의 웃음에는 '왜 계속 공에 맞으면서 1루로 나가 보시지?' 하는 비아냥거림이 담긴 듯했다.

달려 나간 김인식은 그러나 자신보다 머리 하나는 더 크고 두 배쯤 될 듯한 덩치를 가진 장명부를 어찌해 보지 못했다. 고작해야 마주 서서 한참 위에 있는 장명부의 얼굴을 올려다보며 몇 마디 알아듣기 힘든 소리만 질렀을 뿐, 보다 못한 심판들이 말리기 시작하자 씩씩 대며 덕아웃으로 돌아올 수밖에 없었다. 장명부는 태연히 그 모습을 쳐다보며 여전히 예의 기분 나쁜 웃음을 지을 뿐이었다.

그날 김인식이 세운 기록은 사상 초유의 3연타석 데드볼[6]이었다. 끝내기 만루 홈런보다도 훨씬 진귀한 기록이었다.

네 번째 타석? 8회에 돌아온 김인식의 네 번째 타석에 그는 나서지 않은 채 대타가 나왔다. 마운드에는 아직도 장명부가 웃으며 버티고 서 있기 때문이었다. 그날 MBC는 삼미에게 이겼다. 그러나 웃으며 마운드를 내려오는 장명부의 표정은 결코 패전투수의 그것이 아니었다.

벌써 30년이 지난 일이다. 그때에 비해 지금의 프로야구는 비약적으로 발전했다. 장명부에 관해 한 가지 덧붙일 말이 있다. 비록 어머니의 나라라고는 하지만 말도 잘 통하지 않는 곳으로 와 한국인도

---

6) 김인식과 장명부 사이에 벌어진 3연타석 데드볼 사건은 재미를 위해 약간의 각색을 했다. 독자 여러분의 양해를 구한다.

아닌 그렇다고 일본인도 아닌 서러운 대접을 받았고, 늘 차별의 색 안경과 질시에 시달리며 굴곡이 많은 선수 생활을 했던 사람. 두 나라 어느 곳에도 정착하지 못하고 바람처럼 이곳저곳을 떠돌다, 결국 2005년 일본의 한 도박장에서 쓸쓸히 죽어 갔다는 고(故) 장명부의 명복을 빈다. '반쪽발이'라는 비겁하고 무지한 비아냥거림에 "나의 고향은 한국도 아닌 일본도 아닌 현해탄"이라고 쓸쓸히 말하곤 했다는 장명부의 마음을 조금이라도 위로하고 싶다.

쌍방울을 거쳐 SK에서 은퇴한 최태원의 1,014경기와 OB를 거쳐 삼성에서 은퇴한 김형석의 622경기, 이것은 역대 1위와 2위에 해당하는 연속 경기 출장 기록이다. 이 기록의 세 번째 주인공은 바로 김인식이다. 연속 경기 출장이라는 부문은 다른 어떤 대단한 기록들에 결코 뒤지지 않는 커다란 의미를 가진 진정한 철인들의 기록이다. 프로야구 초창기 김인식이 힘겹게 한 경기씩 쌓아 나간 606경기의 연속 경기 출장 기록은 최태원과 김형석의 뒤를 이은 역대 3위의 기록이다.

한번 웃어 보자고 기억을 들추어 낸 장명부와의 이야기였지만 김인식의 606경기 연속 출장 기록은 때로는 이렇게 몸으로 때워 가며 힘겹게 수립한 피땀 어린 결실이기에 값어치가 더욱 크다 하겠다.

덧붙여 데드볼에 관해 선수들에게 당부하고 싶은 한 가지가 있다. 경기 중 타석에 서서 투수가 던지는 몸쪽 공을 피하지 않고 오히려 슬쩍 몸을 뒤틀며 맞는 선수들이 간혹 있다. 빠른 직구보다는 변화구에 유독 데드볼이 많이 나온다. 그나마 맞아도 덜 아프니까 그렇다고 본다. 정규 시즌뿐만 아니라 우승을 위해 사력을 다하는 가을 야구의 큰 경기에서는 유난히 그런 모습을 많이 보게 된다. 그러지 말자.

상대 팀도 상대방 투수도 크게 보면 모두가 동업자다. 나의 출루를 위해 혹은 팀의 진루와 승리를 위해 내 몸을 희생한다는 나름의 명분은 있다고 생각하는가? 누가 봐도 어색한 동작으로 몸쪽 공을 일부러 맞고 기쁨을 감추며 묘한(?) 표정을 지은 채 1루로 뛰어나가는 타자들의 모습은 볼썽사납다. 공을 맞고 출루에 성공하는 이가 설사 우리 팀 선수라 해도 팬의 입장에서 눈살을 찌푸릴 정도면 상대 투수의 입장은 어떠하겠는가?

타자와의 대결을 위해 구종과 코스를 신중하게 정하고 하나하나 정말 <u>최선을 다해</u>[7] 던진 공을, 냅다 허벅지나 보호대를 찬 팔에 흘리며 맞아 버리는 타자를 과연 어느 투수가 너그럽게 대하려고 하겠는가? 다음에 마주칠 때는 투수의 공이 머리로 날아들지도 모르는 일이다.

먹고 살려니 이런저런 비겁함을 끊임없이 요구받는 서러운 세상이지만 야구 같은 스포츠들이라도 쫌! 당당하게 하자. 부탁이다. 쫌!

---

7) 공이 손끝을 떠나는 순간 보이는 투수의 표정은 몹시 일그러져 있기 마련이다. 그 모습이 내게는 참으로 순수하고 정직한 밥벌이의 상징처럼 느껴진다. 한번 눈여겨보시라.

일등부터 꼴찌까지 우리 팀을 찾습니다

2013년 올해로 어느덧 서른두 번째 시즌을 맞는 프로야구에도 이제는 명문 팀이라는 단어가 심심치 않게 등장한다. 우승 횟수의 순서로 간단히 팀들을 살펴보자.

기아 타이거즈—1982년 프로야구 출범 후 1997년까지 열여섯 시 

기아 타이거즈—10회 우승

즌 동안 절반이 넘는 9회의 우승을 차지한 해태 타이거즈를 빼고 명문 팀을 논하기는 불가능하다. 하지만 심심하면 우승한다는 우스갯소리가 있었던 과거와는 달리, 기아 타이거즈로 모기업과 구단 명칭이 바뀐 2001년 이후, 오랜 기다림 끝에 2009시즌이 되어서야 겨우 열 번째의 우승을 이룩했다. 한 번도 준우승을 한 적이 없는 유일한 팀이기도 하다. 열 번의 한국시리즈에서 만났던 모든 상대팀에게 단 한 번의 예외도 없이 준우승을 선물(?)했다. 생전 야구장 한번 가지 않는 말로만 열성(?) 팬 이태문(공주네식당 부사장 겸 배달의 기수 겸 풍물시장 상인회 사무부장)이 응원하는 팀이기도 하다.

삼성 라이온즈—2012시즌 우승으로 통산 여섯 번째 우승의 기록을 

삼성 라이온즈—6회 우승, 9회 준우승

세우며, 창단 원년부터 늘 간절히 원해 왔던 1위 팀의 위상을 차근차근 쌓아 올리는 중인 삼성 라이온즈. 비록 우승 횟수에서는 2위지만 최다 기록인 아홉 번의 준우승이 있을 만큼 아픔도 많았다. 프로야구 31년 동안의 통산 최다승 팀이며 통산 승률 1위 팀이다. 꼴찌를 경험하지 않은 유일한 팀이기도 하다.

현대 유니콘스—4회 우승과 2회 준우승을 기록했다. 뒤에 따로 이야기하겠다.

현대 유니콘스—4회 우승, 2회 준우승

두산 베어스—프로야구 원년 우승의 감격스런 기억과 함께 1995시

두산 베어스—3회 우승, 4회 준우승

즌, 2001시즌까지 세 번의 우승을 차지한 두산 베어스. OB 베어스에서 팀 이름이 일부 바뀌기는 했지만 삼성과 롯데와 함께 31년 동안의 '올드 유니폼 데이'를 가장 당당하게 할 수 있는 팀이다.(솔직히 부럽다) 팀의 마스코트 때문인지 몰라도 곰을 닮은 선수들이 유난히 많다. 그럼에도 여성 야구팬이 가장 많은 팀이기도 하다. 뚝심 있는 야구를 펼친다. 4회 준우승.

SK 와이번즈—2007 시즌부터 6년 연속으로 한국시리즈에 오른 SK

SK 와이번즈—3회 우승, 4회 준우승

와이번즈 역시 서러웠던 인천 야구의 아픔을 치유해 준 21세기 최강의 명문 팀이다. 2000년 창단 후 김성근 감독이 부임한 2007시즌을 비롯해 3회의 우승을 차지했다. 재미없는 야구라는 오명을 뒤집어쓸 때도 있었고 다

른 팀에 비해 스타 선수들도 많지 않다. 하지만 이기는 야구, 쉽게 지지 않는 야구로 유명하다.

LG 트윈스—MBC 청룡을 인수한 후 창단 첫해인 1990시즌과 뒤이

LG 트윈스—2회 우승, 4회 준우승

어 1994시즌에 우승했다. 그리고 두 차례의 우승 이후 오랫동안 힘든 시간을 보냈다. 하지만 최초의 서울 연고 구단과, 야구의 심장인 잠실야구장, 그리고 최고로 꼽히는 멋지고 열성적인 팬들까지, LG 트윈스를 명문 팀에서 빼놓고 얘기할 야구팬은 없다. 안타깝게도 2003년부터 10년 동안 가을야구에 초대받지 못했다. 신바람 야구의 부활을 기다리는 팬들이 너무 오래 기다리다 지쳐 가는 중이다. 풍물시장의 고가구·골동품 전문점 고전당(古典堂)의 젊은 CEO 이종하가 열렬히 사랑하고 응원하는 팀이다. 4회 준우승.

롯데 자이언츠—1984 시즌의 최동원시리즈(?)를 통한 극적인 첫 우승

롯데 자이언츠—2회 우승, 3회 준우승

과 1992시즌 두 번째의 우승을 차지한 롯데. 준우승은 3회가 있다. 한국 프로야구에서 가장 재미있는 팀으로 꼽힌다. 1997년~2004년까지 여덟 번의 시즌을 치르는 동안 여섯 번의 꼴찌를 기록했다. '888-8577' (2001년~2007년까지의 성적)이라는 저주받은 전화번호(?)의 주인공이기도 하다. 야구단보다는 어쩌면 <u>아주라(?) 군단</u>[8] 팬들의 활약 때문에 명문이 된

팀이라는 우스갯소리도 있다. 비록 많지 않은 우승 횟수지만, 야구 도시 부산과 세상에서 가장 큰 노래방으로 불리는 사직야구장과, 신문지 응원, 봉다리 응원을 빼놓기 힘들다. 안타깝게도 현재까지 정규리그 1위를 한 번도 못해 본 유일한 팀이기도 하다. 구단 이름은 거인인데 마스코트는 갈매기다. 암튼 재미있는 팀이다. 누가 뭐래도 응원 하면 롯데다.

한화 이글스—1986년 빙그레 이글스로 창단해 1988년~1992년까지 5

한화 이글스—1회 우승, 5회 준우승

년간 네 차례나 한국시리즈에 올랐으나 번번이 우승 문턱을 넘지 못했고 결국 1999시즌에야 감격스런 첫 우승을 맛보았다. 이후로 아직 우승 횟수를 추가하지는 못하고 있지만 장종훈, 정민철, 송진우까지 8개 구단 가운데서 가장 많은 영구 결번의 선수들을 배출해 낸 의리의 팀이다. 5회의 준우승으로 삼성에 이어 우승 문턱에서 두 번째로 많이 좌절한 팀이기도 하다. 최근의 네 시즌 동안 세 번의 꼴찌를 기록한데다 리그 최고의 에이스 류현진마저 메이저리그로 날아가 버려 올해 역시 쉽지 않은 시즌이 예상된다. 몇 년 동안의 오랜 부진 때문에 한화의 모태 팬인 내 친구 박노식(풍물시장 정진유통 대표)의 시름도 깊어만 간다. 야구장 가자는 소리도 뜸해졌다. 친구의 입에서 야구 끊겠다는 소리가 안 나오게 하려면 한화가 잘해야 한다. 올 시즌에 NC 다이노스가 무조건 꼴등을 하란 법은 없다. 너무 믿지 말자.

---

8) 사직야구장에서는 파울볼이나 홈런볼을 잡아도 자신이 가져가기 힘들다. 누군가 공을 잡았다 하면 주변에서 일제히 "아 주라!"를 외치기 때문이다. 주변의 어린이에게 공을 양보하라는 미덕을 가장한 압력의 외침이다. 미혼들은 이래저래 서럽다. 아무튼 바람직하다.

NC 다이노스—올 시즌부터 처음 시작하는 신생 팀이다. 무럭무럭 자라서 어서 빨리 명문 팀이 되기를 바란다. 열심히 응원하겠다.

파란만장 슈퍼스타들에서 영웅들까지, 잔혹 변천사

소설가 박민규로부터 시작된, 정말이지 너무너무 유쾌하고 발랄한 삼미 슈퍼스타즈에 대한 관심과 재조명은 한동안 많은 이들에게 희미한 옛 추억의 그림자를 되돌아보게 해 주었다. 소설 〈삼미 슈퍼스타즈의 마지막 팬클럽〉과 영화 〈슈퍼스타 감사용〉 등은 야구를 좋아했던 많은 사람들에게 감동과 즐거움을 선사해 주었다. 그리고 주인공의 자리에는 늘 우리의 마음을 조금씩 불편하게 만들었던 이 팀이 있었다.

삼미 슈퍼스타즈는, '니들이 꼴찌를 알아?' '모름지기 꼴찌란 바로 이래야 한다.' '아무나 꼴찌가 될 수 있었다면 나는 결코 꼴찌를 하지 않았을 것이다.' 등의 차원 높은 꼴찌 정신을, '꼴찌는 결코 아무에게나 자리를 허락하지 않는다.' 는 확실한 실천으로 극명하게 보여 준 팀이었다.

인천과 함께 야구 불모지인 경기 · 강원을 연고지로 삼은 팀이었기에 삼미는 처음 선수단 구성에서부터 불리한 상태로 출발해야 했다.

프로야구 출범 첫해의 여섯 구단 가운데 단 한 명의 국가 대표 출신 선수도 없는 팀은 삼미가 유일했다. 게다가 모기업의 규모와 재정적 후원의 부분에서도 다른 구단과의 차이가 몹시 심해 하위권의 성적은 이미 누구나 예상하던 터였다.

그러나 늘 지기 위해 존재했던 팀으로만 여겨지고 기억되는 삼미 슈퍼스타즈의 개막전은, 당연히 패배일 것이라는 막연한 우리의 추측과는 달리, 산뜻한 승리로 시작되었다. 더군다나 상대는 당시의 준비된 최강팀 삼성이었고 장소마저 삼성의 홈구장인 대구야구장이었다.

1982년 3월 28일 대구야구장. 전날 야구의 DNA를 마구 뿌려 대며 그야말로 극적으로 승부를 갈랐던 MBC 청룡과 삼성 라이온즈 경기의 열기가 채 식지 않은 상태였다. 그리고 어쩌면 전날의 충격적이고 역사적인 패배의 악몽에서 삼성의 선수들도 아직은 빠져나오지 못한 상황이었는지도 모른다. 삼미는 이날 투수로 인호봉을 내세워 반쯤 얼이 빠진 삼성을 5-3의 스코어로 꺾었다.

삼성에게는 전날의 프로야구 첫 패배에 이어 첫 연패 기록까지 세우게 된 경기였으며, 삼미에게는 이후 걷게 될 험난하고 슬픈 가시밭길을 전혀 예측하기 힘들었던 감격스런 출발이었다.

그러나 그게 끝이었고 어쩌면 또 다른 시작이었다. 이어진 다음 날부터의 경기에서 삼미 슈퍼스타즈는 졌고 또 졌고 계속 지다가 연속해서 졌다. 무언가 이상한 아니 불길한 낌새를 눈치챈 삼미는, 정신을

춥다. 옷이나 좀 입자

바짝 차린 상태로 졌고, 이래서는 안 되겠다 절치부심한 끝에 졌고, 충격을 받은 선수들이 이를 악물고 악착같이 버티면서 졌다. 계속되는 연패에 위기감을 느낀 구단 고위층의 분발하라는 격려를 받으며 졌고, 더 이상은 지지 않겠다는 선수단 전체의 똘똘 뭉친 오기로 싸우며 졌다.

연일 계속되는 패배로 어쩌면 삼미는 세계 야구 역사상 가장 빠른 시간에 팬들이 등을 돌린 야구단으로 기록을 세웠을지 모른다.

'최단 시간 팬 결별 구단 삼미 슈퍼스타즈'

분명 누군가에게는 아픈 상처이겠지만 기록적이라는 말 외에는 달리 표현이 어려운 삼미의 몇 가지 깨지기 힘든 기록들을 여기에 적어 본다.

- 시즌 최저 승률 : 0.188(1982년)
- 기별 최저 승률 : 0.125(1982년 후기리그)
- 시즌 최다 연패 : 18연패
- 최다 점수 차 완봉패 : 16-0(대 OB)
- 한 경기 최다 피안타 : 38개(대 OB)
- 한 경기 최다 포볼 허용 : 12개(대 OB)
- 특정 팀 상대 연패 : 16연패(대 OB, 시즌 16전 전패)
- 시즌 팀 최소 타점 : 272점
- 시즌 팀 최소 득점 : 302점

• 한 경기 최소 투구 완봉승 : 84구 삼성 황규봉(대 삼미)

• 첫 노히트노런 패배 : 방수원(대 해태, 투수 방수원)

• 원정 경기 연패 : 21연패

삼미를 제외한 다른 다섯 팀들은, 저마다의 연고지 팬들과 어린이 팬들에게 즐거움을 선사하기 바빴다. 이전까지 경험해 보지 못한 소속감과 동질감을 갖게 하는, 차원이 다른 즐거움이었다. 그러나 삼미만은 그렇지 못했다. 삼미를 응원하는 팬들은, 야구에 관심이 없다고 얘기해야 하거나, 고향을 얼버무린 채 다른 팀을 응원하거나, 마음을 비우고 '산은 산이요 물은 물이요 야구는 삼미로다.'를 되뇌며 갖은 번뇌를 벗 삼아야 했다.

그해에 삼미가 세운 여러 기록들 가운데 <u>'후기리그 10연패 이상 세 차례'(5승 35패)</u>[9]라는 불멸의 기록은 가히 독보적이었다. 그것은 삼미 팬들의 마음속에, 수십 년간 수행한 고승(高僧)들에게서나 나온다는, 사리를 능히 품게 하는 이른바 고행의 정수이자 고행의 고갱이이자 진하게 농축된 고행의 엑기스였다.

그렇게 승승장구는 못할망정 기회만 있으면 패패장구(敗敗長驅)하던 삼미에게도 봄날은 왔다. 이듬해인 1983시즌에 일본에서 데려온 진짜 야구 슈퍼맨 장명부의 괴력(그의 슈퍼맨적(的) 활약은 앞에 이야기한 바 있다) 덕분이었다.

---

9) 공식적으로 정해진 항목의 기록은 아니지만 쉽게 나오기는 힘든 기록이다. 세워지기를 아무도 원치 않았을 기록이고 기록지(紙)에 적는 일을 담당한 기록원에게도 슬픈 기록이었으리라. 1982시즌 후기리그는 팀당 40경기가 치러졌다. 삼미는 5승 35패를 기록했다.

슈퍼 너구리 장명부를 앞세운 삼미는, 아쉽게도 전·후기리그 모두 1위는 아니었지만 그에 버금가는, 좋은 성적을 올린다. 전해의 시즌 내내 틈만 나면 쥐구멍을 찾던 삼미의 팬들에게 그것은 대한민국의 88올림픽 유치 성공만큼 감격적이고 어깨가 으쓱거리는 낯선 경험이었다.

그러나 거기까지가 끝이었다. 장명부에다 새롭게 가세한 원조 컨트롤 아티스트 국가 대표 출신 임호균까지 팔이 빠질 만큼의 활약을 하며 힘을 보탰음에도 불구하고, 마지막 한 고비를 번번이 못 넘은 삼미는 끝내 그해의 한국시리즈 진출에 실패했다. 쥐구멍에도 볕들 날이 있다는 국어책의 속담이 실제 볕을 쬐었고 많은 사람들에게 이야기되던 그러나 결국 길지는 못했던 삼미 슈퍼스타즈의 짧은 봄날이었다.

장명부는, 믿기지 않는 숫자인 60경기에 등판했던 1983시즌보다는 적었지만, 1984시즌과 1985시즌에도 각각 45경기씩이나 등판했다. 비록 13승 20패(1984시즌)와 11승 25패(1985시즌)의 실망스런(?) 기록을 남겼지만, 이렇게 엄청난 장명부의 활약은, 아직은 미숙했던 한국 프로야구에 '야구는 투수 놀음'이라는 격언을 깊이 각인시키는 계기가 되었다.

1983시즌, 장명부를 통해 최약체에서 하루아침에 강팀의 위치에 자리 잡고 앉은 삼미 슈퍼스타즈. 후기리그를 맞아 어느새 믿기지 않는 1위를 달리게 된 삼미는 이제 순풍에 돛을 단 배처럼 보였다.

그러나 갑작스럽고 믿기지 않는 삼미의 상승세를 보고 깜짝 놀란 세상의 질투였을까? 시합 중 판정에 불복해 심판에게 강력한 항의를 하다 퇴장당한 김진영 감독이, 며칠 후 다른 경기 도중에 운동장에서, 경찰에 전격 체포되는 어처구니없는 상황을 맞게 된다.(TV로 야구를 보던 각하의 심기가 불편해져 내려진 체포 명령이라는 소문이 유력했다) 이후 1위 자리를 내준 삼미는 감독의 빈자리를 메우지 못했고 결국 한국시리즈에도 진출하지 못하고 만다.

그리고 다음해인 1984년. 비밀리에 준비하고 야심차게 영입한 백인천 감독 겸 선수마저도 개인적인 애정 비리(?) 때문에 감옥에 갇히는 신세가 되자, 마침내 삼미는 기업의 이미지와 야구단 운영에 대해 근본적인 고민을 하기 시작한다.

어차피 창난 시점부터 구단 매각에 대한 소문이 공공연하면서도 꾸준히 나돌 만큼 야구단 운영을 위한 기반이 허약했던 상태의 삼미였다. 거기에 더해, 1985시즌의 시작인 3월 30일에 최동원을 내세운 롯데와의 <u>개막전을 승리한</u>[10] 다음 날부터 바로 시작된, 악몽의 18연패 행진은 삼미가 야구단을 포기하게 만드는 결정적 계기를 제공한다. 고민의 결과는 결국 야구단 매각이었다.

풍한방직 계열의 식품회사로 1984년부터 라면 시장에 뛰어들었던 청보식품이 결국 1985년 5월에 삼미 슈퍼스타즈의 인수자로 결정된

---

10) 재미있게도 삼미의 개막전 승률은 시즌 전체의 팀 승률에 비해 월등히 높다. 5할이 넘는 삼미의 개막전 승률은 그래서 툭하면 금방 깨질 줄 알면서도 팬들이 '올해는, 제발 올해는, 혹시 올해는' 하는 슬픈 희망을 품게 하곤 했다.

청보 핀토스

다. 삼미로부터 기존의 선수들과 야구단을 인수받은 청보는 북아메리카에 서식한다는 얼룩말의 이름을 딴 '청보 핀토스' (사전적 의미는 분명 얼룩말이었으나 어찌 된 일인지 마스코트는 아무리 들여다봐도 조랑말이었다)라는 새로운 이름의 팀으로 후기리그부터 참가하게 되었다.

지금에 와 생각해 보면 라면 시장의 후발 주자로서 자사의 제품을 알리는 데에 가장 큰 목적을 둔 야구단 인수였다. 청보는 실제 당시 가장 비싼 몸값의 연예인이었던 이주일과 최고의 청춘 스타였던 최재성 등을 청보라면의 광고 모델로 등장시키는 의욕적인 행보를 보였다. 그러나 결과적으로 청보 핀토스의 야구는 청보라면의 맛[11]조차도 넘지 못했다.

여러 가지 기대를 품고 프로야구단을 인수한 청보는 새로 시작하는 도전자답게 몇 가지의 눈에 띄는 시도를 한다. 그중 하나가 조랑말 마차. 요즘 야구장의 전기차를 생각하면 된다. 청보는 프로야구 최초로, 경기 중간에 교체되는 투수를 마부가 딸린 마차에 태워서 마운드로 데려다 주었다. 조랑말 두 마리가 끄는 마차였다.

참신한 시도였고 야구장을 찾는 팬들에게도 재미있는 볼거리였지만 그리 오래 유지될 성격의 이벤트는 아니었다. 조랑말 마차가 오래 가지 못하고 불과 몇 달 만에 사라지게 된 이유는 무엇보다, 핀순

---

11) 솔직히 기존의 라면들에 비해 너무나 뒤처지는 맛이었다. 지금처럼 먹을거리들이 많은 시절도 아니었다. 어지간만 해도 대충 먹었으련만, 아무리 이주일이 '일단 드셔 보시라.' 고 코믹하게 권하고 또 권해도, 일부러 다시 찾아서 먹기는 힘들었다.

이와 핀돌이로 불렀던, 조랑말 두 마리의 생리작용 때문이었다. 한 마리도 아닌 두 마리의 말들이 툭하면 오며 가며 경기 중의 그라운드 위에 볼일(큰일도 작은 일도)을 봐 놓는 통에 구단 관계자들이 골머리를 앓았다고 한다. 거기에 더해 별 탈 없이 건강할 거라고 생각하고 데려왔던 조랑말들이 원인 모를 병으로 몇 차례 죽어 나가자 결국 청보 구단에서는 마차를 없애고 만다.(여기에도 재미있는 뒷얘기가 있다. 말들이 배고파서 죽었다는 설도 있었고 목말라서 죽었다는 설도 있었다. 볼일을 아예 못 보게 하려 했다는 우스갯소리다. 정말 웃자고 하는 이야기였으리라 믿는다. 조랑말들의 명복을 빈다)

조랑말 마차와 함께 청보 핀토스가 내세운 진짜 비장의 무기. 그것은 당시의 유명 해설가였던 허구연을 팀의 감독으로 선임한 파격적 행보였다. 1985시즌이 끝난 겨울에 갑작스레 벌어진 놀라운 일이었다. 누구도 쉽게 예상하지 못했었고 발표되자마자 많은 야구팬들을 순식간에 사로잡은 뉴스이기도 했다. 뉴스의 무게만큼이나 많은 이들이 신임 감독 허구연의 입에 주목했다.

"저희 청보 핀토써의 올 시전 목표는 당녀니 우승입니다."

조심스럽기는 해도 사투리 섞인 당찬 각오를 밝히는 허구연의 모습에는 자신감이 넘쳤다.(재밌는 건, 27년 전 그때만 해도 허구연의

청바지와 라면 12)

사투리가 지금처럼 심하지는 않았다. 방송을 30년 넘게 하며 그의 사투리는 오히려 심해졌다. 퀴즈 나간다 "뉴핸지이 배나구 쫌 널었네" 13) 허구연의 이 말이 무슨 말인지 아시겠는가?)

해설자가 아닌 야구 감독 허구연에 대한 야구팬들의 기대는 생각보다 훨씬 컸다. 나아가 뜻밖에도 많은 사람들이 청보를 우승 후보로 꼽기도 했다. 아니면 적어도 다크호스 정도로라도 꼭 청보를 일정한 순위 안에 넣었다. 그럴 만도 했다. 지금도 물론 두말할 필요가 없는 최고의 해설을 보여 주지만 당시 허구연의 해설을 가만히 듣다보면 '야구에 대해 이렇게 잘 아는 사람이 세상에 또 있을까? 이 사람이 나이 때문에 선수로 뛰기는 힘들어도 어느 팀이건 감독을 맡는다면 그 팀의 우승은 따 놓은 당상이겠구나.' 하는 생각이 저절로 들 정도였다.

그 생각을 청보 핀토스는 간단하게 현실로 만들어 버렸다. 이제 우승만 보여 주면 되는 상황이었다. 많은 사람들은 36세의 나이로 청보 핀토스의 감독을 맡은 허구연이 1986시즌에 보여 줄 기적을 기대하며 어서 봄이 와 야구를 보게 되기를 기대했다.

---

12) 가방을 둘러맨 최재성의 청바지와 747점보라면. 두 가지 상품을 동시에 광고해 버리는 참신한 일타 쌍피 홍보 전략을 보라. 청바지와 사발면, 멋진 광고 컨셉이다.
13) 류현진, 너 변화구가 이전보다 더 좋아졌네.

기다렸던 1986시즌이 시작되었고 팬들이 가장 관심을 가졌던 팀은 단연 청보 핀토스였다. 그리고 팬들은 곧바로 야구 해설과 야구 감독은 전혀 다르다는 사실을 알게 되었고 눈으로 직접 그것을 확인했다.

허구연 감독

삼성과의 개막전에서 5-6의 아쉬운 한 점 차 패배를 시작으로 내리 7연패를 달린 청보는 결국 시즌이 50일도 채 진행되지 않은 상태에서 8승 23패의 성적을 이유로 허구연 감독의 직무를 정지시킨다.

허구연에게는 뼈아픈 실패였다. '한 번만 우승시키고 본업인 해설로 복귀하겠다.' 던 그의 호언(好言)은 결국 부끄러운 허언(虛言)이 되고 말았다.

일시 직무 정지 후 허구연 감독이 한때 다시 복귀하기도 했으나, 의미는 없었고 달라질 부분 역시 없었다. 청보는 1986시즌의 후기리그에서 신생팀 빙그레 이글스에게조차 뒤진 7위(전후기 통합 6위)를 기록했고, 결국 다음해에 있었던 모기업의 구단 매각에 의해 짧았던 역사를 마감했다. 2년 전 삼미로부터 70억 원에 슈퍼스타즈를 매입했던 청보는 모기업의 어려움 탓에 태평양에게 이리저리 끌려다니다 결국 50억 원이라는 헐값에야 핀토스를 넘기고 말았다.

세 차례의 시즌을 치르는 동안 청보 핀토스는 두 번의 꼴찌와 한 번의 6등(일곱 팀 중)을 기록했다. 1985시즌을 꼴찌인 6위로, 1986시즌 역시 6위로 마친 청보는 1987년에는 신생구단인 빙그레 이글스에게도 뒤지는 7위를 기록하며 삼미 시절부터 꾸준히 유지해 오던 가슴 아픈 전통을 충실히 이어 나갔다.

태평양 돌핀스

청보 핀토스를 인수해 1988시즌부터 리그에 뛰어든 태평양 돌핀스는 창단된 첫해에 역시 꼴찌를 했다. 그러나 명 조련사(?)[14]로 이름난 김성근 감독이 팀을 맡은 1989시즌에는 인천 연고팀 사상 최초로 정규 시즌에서 3위를 차지하며 포스트시즌에 진출하는 쾌거를 올린다. 그러나 그것도 잠시. 구단과의 불화로 김성근 감독이 떠난 이후에는 다시 별다른 기록할 만한 성적을 내지 못한 채 주로 하위권을 맴돌며 이전의 삼미와 청보가 만든 전통을 유지·계승하는 데 힘쓴다.

그러던 1994시즌, 놀랍게도 태평양은 막강 투수진의 활약에 힘입어 한국시리즈에까지 진출한다. 역시 인천 연고팀 최초의 기록이었다. 비록 LG 트윈스의 벽을 넘지 못하고 준우승에 머물렀으나, 커다란 의미를 가진 한국시리즈 진출이었고, 인천 팬들이 어쩌면 꼴찌 트라우마에서 벗어나게 될지도 모른다는 희망을 갖게 해 준 시즌이었다.

그러나 1995시즌, 다시 7위를 기록하며 원래의 자리로 되돌아간

---

14) 동물에게 곡예 등을 훈련시키는 사람이다. 야구 감독에게 붙일 별명은 아니다. 승부 조련사니 그런 말 쓰지 말자. 쓰지 말자고 일부러 써 본 말이다.

태평양은 시즌 내내 성적과 관계없는 거대한 바람을 만난다. 프로야구 진입을 위해 온갖 시도를 거듭하던 막강한 대기업 현대가 일으킨 바람이었다. 현대는 이미 1994년 현대 피닉스라는 실업(?)팀을 창단해 프로 구단들과의 사이에 분쟁이 발생할 정도의 과감한 투자로 프로에 진출할 만한 유망주들을 대거 영입한 상태였다.

어떤 식으로든 빨리 프로리그에 진입이 가능한 상황을 만들라는 고(故) 정주영 회장의 의중이 강하게 반영된 밀어붙이기 전략이었다. 일부 구단의 방해공작에도 불구하고 결국 현대는 1995년 9월 태평양 돌핀스의 인수라는 나쁘지 않은 모양새로 그룹 차원의 숙원사업이었던 프로야구단을 창단하게 된다. 이 과정에서 태평양은 청보로부터 50억 원에 사들인 구단을 부자 기업인 현대에 450~470억 원에 넘기며 프로야구 첫 흑자 기업이라는 재미있는 별명을 갖게 되었다.

삼미로부터 시작되어 현대에 인수되기까지 인천을 연고지로 했던 이 야구단은, 도합 열네 번의 시즌을 거치는 동안, 여섯 번의 꼴찌와 한 번의 준우승, 그리고 두 번의 포스트시즌 진출이라는 기록을 남겼다. 그리고 인천 야구팬들의 마음속에 숱한 애증을 남긴 채 그렇게 사라져 갔다.

1996년 3월부터 리그에 참가한 현대 유니콘스는, 당장 첫 시즌부터 한국시리즈에 진출해 준우승을 해냄으로써, 연고지의 팬들에게 눈에 보이는 어떤 가능성을 확인시켜 주었다. 그리고 얼마 후 인천의 야구팬들이 그토록 오래 갈망해 왔던 우승에 대한 목마름까지도 현대 유니콘스는 마침내 해소시켜 주었다. 그것도 1998시즌과 2000 시즌 그리고 2003시즌과 2004시즌, 그렇게 순식간에 일곱 번의 시즌 동안 네 차례에 걸쳐 시원하게 우승의 단비를 내려주었다.(일곱 시 즌 동안 여섯 차례 포스트시즌 진출)

마치 파죽지세와도 같았던 현대의 성적에는 무엇보다 투자의 힘이 컸다. 현대는 즉각적인 전력 증강을 위해 막강한 자금력을 앞세우며 다른 팀의 거물급 선수들과 신인 유망주들을 줄지어 영입했다.

안타깝게도 때마침 불어닥친 IMF의 칼바람은 쌍방울과 해태 등의 덩치 작은 기업들에게 모진 고통을 주었고 회사의 존립을 위협했다. 하지만 IMF가 모든 기업들에게 고통을 준 것은 아니었다. 많은 중견 기업들의 위기와 도산은 역설적으로 현대나 삼성과 같은 대기업들 에게는 오히려 사업의 확장과 시장에서의 독점적 위치를 굳히는 기 회가 되기도 했다. 그리고 야구장에서 그것의 차이는 보다 명확하게 팬들 앞에 보여졌다.

팬들의 극심한 원성을 예상하면서도 야구단의 생존을 위해 울음을 삼키며 팀의 대표 선수들을 시장에 내놓아야 하는 가난한 구단들이 있었다. 그리고 한편에는 싸게 나온 좋은 선수들을 편하게 사들이며 전력을 배가하는 부자 구단들이 또한 존재했다. 아직껏 깨지지 않고 있는 4연타석 홈런 기록의 주인공이며 향후 프로야구 레전드의 포 수 부문에서 이만수와 함께 강력한 경쟁을 벌이며 항상 포수의 상징 처럼 이야기될 선수. SK 와이번즈의 포수 박경완도 이때 쌍방울에 서 현대로 팔려간(?) 선수였다.

현재까지 역대 3위의 기록인 네 번의 우승을 순식
간에 차지한 현대 유니콘스에게는 이제 언제까지나
화창하고 밝은 앞날만 계속될 듯 보였다. 그러나 팬
들의 희망적인 바램과는 달리, 2000년의 <u>연고지 이
전 선언</u>[15]을 계기로 현대는 팬들과의 사이에 먹구름

현대 유니콘스

을 형성하기 시작했다. 그뿐만이 아니었다. 2000시
즌에 기록한 정규 시즌 역대 최고 승률 0.695와 한국시리즈 우승으로
팀은 본격적인 최강 팀의 면모를 갖추기 시작했지만 다른 한편으로
모기업인 현대전자(하이닉스 반도체)의 운영난은 팬들이 몰랐을 뿐
이미 시작된 상태였다.

　야구와는 아무 상관 없는 현대그룹의 경영권 상속 분쟁인 이른바
'왕자의 난' 때문이었지만, 자본의 힘으로 유지되는 프로 스포츠의
속성상 그것은 그리 간단한 문제가 아니었다.

　결국 이어진 2001년에 맞게 된 현대전자의 부도로 야구단은 하루
아침에 모기업으로부터 일체의 지원을 받지 못하게 된다. 구단주의
이름만 그대로인 채 실제 자금 지원은 현대자동차 등 범 현대가(家)
를 통해 받게 된 현대 유니콘스는 그럼에도 불구하고 선수단 전체가

---

15) 발단은 너무도 열악했던 당시의 홈구장인 인천 도원야구장(숭의야구장) 때문이었는데
　　안타깝게도 인천 야구팬들의 상당수가 등을 돌리게 만든 계기가 되었다. 일제 강점기에
　　지어진 도원야구장이 무허가 구장인 탓에 보수도 신설도 허가가 나지 않자, 현대 유니콘
　　스로서는 프로야구 참여 당시 KBO로부터 약속받은 서울로의 연고지 이전을 이행해 달
　　라는 요구를 했다. 그러나 서울 연고 팀들의 반발로 결국 수원을 임시 연고지로 하는 타
　　협안을 받아들이게 된다. 그 사이에 쌍방울 레이더스를 해체 후 재창단 방식으로 인수한
　　SK 와이번즈가 새로운 인천의 주인이 되었고 그 결과 지금까지도 히어로즈와 SK 중 누
　　가 진정한 인천 야구의 계승자인가에 대한 신경전이 여전하다. 연고지 이전 선언은 어쩌
　　면 현대 유니콘스라는 명문 팀의 몰락을 예견한 신호탄이었다.

똘똘 뭉쳐 지속적으로 좋은 성적을 유지하는 모습을 보였다.

구단주인 고(故) 정몽헌 회장의 투신자살이라는 충격적인 일이 벌어졌던 2003시즌에도 다음해인 2004시즌에도 현대는 꿋꿋하게 우승을 이루어 냈다. 그러나 결국 2005년 현정은 현대그룹 회장은 KBO에 현대 유니콘스의 매각을 요청함으로써 야구단의 운영 포기 의사를 분명히 한다. 그리고 2006년 말, 사실상 이미 KIA 타이거즈를 통해 새로운 야구단을 운영하고 있던 범 현대가에서도 현대 유니콘스에 대한 모든 지원을 중단하겠다는 입장을 밝혔다.

그렇게 2007시즌부터 현대 유니콘스는 KBO에 의해 위탁 운영되기 시작했다. 물론 그 사이에 농협과 미국의 모(某) 투자회사와 뻗어나간다는(KBO의 표현에 의하면) 모(某) 중견기업과 STX와 KT[16] 등 야구단을 인수할 의향을 가진 많은 기업들이 끊임없이 사람들 입에 오르내리기는 했었다. 하지만 그뿐이었다. 이런저런 온갖 이유와 핑계로 여러 차례의 기대와 실망을 반복해 가져다 줄 뿐 야구단을 책임지겠다는 새로운 기업은 좀체 나타나지 않았다. 그러던 2008년 2월, KBO와 투자회사 센테니얼 인베스트먼트(대표—이장석)가 서울로의 연고지 보장을 조건으로 제8구단의 창단에 합의한다. 현대 유니콘스를 해체한 뒤 선수단과 프런트를 승계하는 방식으로 팀을 창단하겠다고 밝힌 센테니얼 측은 국내 담배회사 '우리담배'와 메인 스폰서 계약을 맺으며 구단의 이름을 우리 히어로즈[17]로 확정하게 된다.

---

16) KT는 결국 2013년에 제10구단 신청서를 제출해 선정됨으로써 프로야구에 참가하게 되었다. 연고지는 수원이다. 어짜피 이렇게 될 일을 왜 예전에는 적극적으로 하지 못했는지 유감이다.

우리 히어로즈는 국내 프로야구 최초로 모기업이 없
는 야구단이자 구단 자체가 곧 기업인 새로운 방식의
야구단이었다. 결코 바람직하다고 보기는 힘든 형태
지만 그만큼 새로운 야구단의 주인이 절실한 상황이
었기에 탄생이 가능했던 히어로즈 구단이었다. 그러

우리 히어로즈

나 이마저도 잠시. 2008년 8월 우리담배가 구단의 KBO 가입금 미납
을 이유로 시즌 중간에 스폰서 계약을 전격 해지해 버리는 바람에
'우리' 라는 이름을 뗀 채 '히어로즈' 로만 불리게 된다.

이후 구단의 연고지 명칭을 붙여 '서울 히어로즈' 로 잠시 운영하
기도 했지만, 2010시즌부터 다행히 넥센타이어와 메인 스폰서 계약
을 맺은 후부터는, 현재까지 '넥센 히어로즈' 라는 구단 명칭을 사용
하는 중이다.

히어로즈. 비록 창단 초기에는 이런저런 경제적 어려움 때문에 팀
의 알토란 같은 선수들을 차례로 타 구단에 팔아치우며 야구단을 운
영한다는 혹평과 갖은 비난을 받기도 했지만, 서서히 그리고 조금씩
자리를 잡아가는 듯해 야구팬의 한 사람으로서 다행이다. 또한 우습
다. 오래전 IMF의 칼바람 앞에서 생존을 위해 기둥과도 같은 역할을
하던 선수들을 시장에 내놓은 다른 팀들에게서 값을 치르고 선수들
을 사 오던 현대 유니콘스가 떠오르기 때문이다.

오늘날 히어로즈의 모습에 당시의 '가진 건 돈밖에 없었던' 현대

---

17) 우리 히어로즈, 마스코트가 담배였다. 배짱 좋다. 정말 무시무시하고 담대한 자신감이
다. 어쩌면 흡연자들을 대상으로 야구단을 운영하려 했던 걸까? 메인 스폰서 계약이 오
래 유지되었다면 국내 최초의 '모든 관중석 흡연 권장 야구장' 을 운영했을지도 모른다.

가 오버랩되는 이유는 무엇일까? 모쪼록 가능하다면 히어로즈의 앞에 붙는 이름이 자주 바뀌지 않았으면 좋겠다는 소박한 바람이 있다.

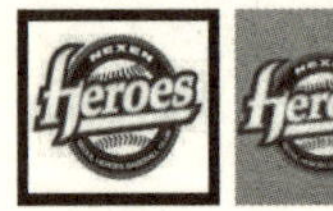

"그냥……. 굳이 이유를 들자면 제 처지와 비슷해서요."

목동야구장의 뜨거운 응원 열기 속에서 "왜 히어로즈를 응원하느냐?"는 김석류 아나운서의 질문에 어떤 나이 지긋한 히어로즈 팬이 했던 대답이라고 한다. 목동야구장에 가 보았는가? 여덟 개 팀의 홈구장 가운데 늘 원정팀의 관중이 홈팀보다 많은 유일한 곳이 바로 목동야구장이다.

'6−7−6−7−8−6'

KBO의 위탁 운영을 받은 2007시즌부터 지난 2012시즌까지 6년 동안 히어로즈가 여덟 개의 팀들 사이에서 거둔 성적이다. 아무리 좋게 보려 해도 팬들이 늘어나기는 힘든 성적이다. 아마 앞으로도 당분간 목동야구장의 홈팬 관중석에는, 원정팀 관중석이 부족해 넘어온 상대 팀의 팬들이 자기들의 막대풍선을 두드려 가며, 보란 듯이 응원전을 펼치는 광경이 흔할 듯하다. 수적으로 열세인 히어로즈의 팬들이 기껏 목청을 돋우어 소리를 질러 봐도 상대팀의 응원석에서는 그것의 몇 배나 더 큰 함성이 되돌아오리라. 상대 팀의 응원에 압도되어 도통 흥이 안 날 때도 있을 테고, 바닥을 기는 성적에 자존심도 상하고 야구 보는 자체가 싫을 때도 분명 있으리라.

구단들 가운데에는 돈으로 유혹해 다른 팀의 선수들을 빼 가기도 하고, 히어로즈가 돈이 없는 구단이라고 해서 무시하고 망하기를 바라는 곳도 있는 모양이다. 또 자신들 정도의 자금력이 없는 기업에게는 아예 창단 허가를 내주지 말아야 한다고 주장하는 구단도 있다는 소문이다. 보통의 사람들 사이에만 존재하는 줄 알았던 차별이나 부당한 대우들이 프로야구 구단들 사이에도 존재한다는 사실이 뜻밖이고 놀라웠다.

자본주의가 지배하는 사회에서 더구나 자본주의 스포츠의 꽃으로 불리는 야구에서 나는 히어로즈가 진짜 영웅이 되는 모습을 꼭 보고 싶다. 아직은 힘이 많이 부족하고 여러 어려움들을 이겨 내기 힘겹겠지만 언젠가는 정말 언젠가는 하나하나 모두 극복해 내고 어떤 상대도 두려워하지 않는 그러면서도 항상 따뜻한 마음을 가진 진정한 영웅이 될 날을 나는 기다린다.

3년 전 어느 날 읽은 야구 기사에서 나는 가슴이 뭉클했던 적이 있었다. 〈스포츠춘추〉의 박동희 기자가 쓴 글로 기억한다. 히어로즈의 시구자 선발[18]에 관한 기사였다. 일반적으로 유명 연예인들을 시구자로 선정하는 다른 팀들과는 조금 달리 히어로즈[19]는 우리 주변에서 궂은일을 하는 분들께 시구를 자주 맡긴다는 얘기였다. 그리고 마침 그날은 평생 운동장을 청소하고 관리하며 살아온 어떤 이가 시구자로 선정되었다는 내용의 기사였다. 그대로 옮긴다.

---

18) 시구: 야구 경기를 시작할 때 마운드에서 처음 상징적으로 공을 던지는 기념 행위. 주로 정치인들이나 연예인들이 하고 싶어 한다.
19) 히어로즈가 연예인 시구를 안 한다는 얘기가 아니다. 오해 마시라.

전략… 전날 밤. 어둠이 내린 목동구장 마운드에 누군가 정성껏 마운드의 흙을 몇 번이고 고르는 장면이 눈에 띄었다. 그리고 다음 날 평생 타인을 위해서 흙을 고르던 한 사내가 처음으로 자신을 위해 스스로 다진 흙 위에서 시구를 하는 감격스런 장면이 전국에 생방송됐다. …후략

히어로즈 김기영 홍보팀장은 "앞으로도 우리의 시구는 지금과 크게 다르지 않을 것"이라며 "시구가 특정인들을 위한 홍보의 장으로 전락하는 일은 없을 것"이라고 단언했다. 김 팀장의 단언에는 이유가 있다. "시구를 통해 보다 많은 이들에게 추억을 선물하고 싶다."는 게 히어로즈의 시구관이자 운영철학이기 때문이다. 김 팀장은 "히어로즈(Heroes)란 팀명은 슈퍼영웅을 뜻하는 게 아니라 일상 속의 평범한 영웅들을 뜻하는 것"이라며 "평범한 영웅들을 모실 수 있는 것만으로도 구단으로선 크나큰 영광"이라고 힘줘 말했다.

올 시즌도 히어로즈는 자신들의 철학대로 소방대원, 집배원 등을 시구자로 선정했다. 구단 운영비로 구단 순위를 매긴다면 히어로즈는 꼴찌일지 모르지만, 구단 마인드만은 최고라고 불러도 부끄럽지 않을 것이다.

운동장 관리인이거나 소방관이거나 청소를 하는 미화원이거나 장애인올림픽의 메달리스트거나 또는 집배원이거나 그런 이들에게 추억을 만들어 주고 희망을 선물해 주는 야구단. 진정한 개념 시구는 어쩌면 바로 이럴 때 쓰는 말이 아닐까 하는 생각이 들었다.

마운드에서 하이힐 대신 운동화를 신었다고 해서, 미니스커트 대

신 청바지나 유니폼을 입었다고 해서, 그리고 다리를 번쩍번쩍 들어 올린다고 해서 개념 시구는 아니잖은가?(노출이 심한 의상들은 조금 자제하자. 볼썽사나울 때도 있다. 애들도 본다)

물론 즐기기 위해 간 야구장에서 연예인들이 시구하는 풍경에 대해 시비를 걸 생각은 전혀 없다. 멋진 연예인들을 섭외해 내보내는 구단들의 방침도 일종의 팬서비스라고 본다. 나는 단지 시구에 대한 히어로즈의 마인드랄까 철학이 정말 고마워서 그런다. 나 자신부터가 하도 별 볼일이 없는 사람이라, 이런 사람들을 배려해 주고 가족들에게 평생 잊기 힘들 추억을 선사해 주는, 히어로즈가 진짜 영웅이라는 생각이 자꾸 들어서 그런다. 고맙다 히어로즈.

턱돌이도 영웅이야

앞서 얘기한 히어로즈 팬의 말처럼 나도 가끔 생각할 때가 있다. 어쩌면 우리 인생의 굴곡들과 가장 비슷한 야구팀이 삼미로 시작해 지금은 넥센으로 불리는 히어로즈가 아닐까? 삼성과 롯데처럼 든든한 자금력을 갖추지 못한, 그야말로 타고난 엄친아거나 뛰어나게 잘난 사람이 아닌 이상 삶은 누구에게나 버거운 일이 아닐까?

솔직히 얘기해 보자. 걱정거리는 끝이 없고, 이런저런 작은 일에 상처받고, 열등감에 속상하고, 문득문득 쓸쓸해지는 그런 일상이 바로 우리들의 삶 아닌가? 남들은 대충 다들 잘 살아가는 것처럼 보이는데 유독 나만 늘 바보처럼 뒤처진다고 느껴지는 그게 바로 우리 삶 아닌가? 그래서 나도 히어로즈를 보면 가끔씩은 내 처지와 비슷하다고 느낄 때가 있다.

　히어로즈는 존재하는 그 자체로 늘 우리를 응원한다. 자신도 이렇게 삼미 시절부터 시작해 여덟 개팀 가운데서 겨우 6등─7등─6등─7등─8등─6등 하면서도 버티고 있으니 우리보고도 버티며 살라 한다. 자기도 그렇게 응원하겠으니 우리도 힘내고 응원하란다. 그게 영웅이라고 한다. ‘일상 속의 평범한 영웅’ 내 마음속의 영웅이 바로 그것이라고 한다. "Thank you my Heroes!!!"

＊ 막간 뱀발[蛇足]

　32년째의 프로야구 역사에서 구단의 명칭과 모기업이 바뀌지 않은 팀은 삼성과 롯데가 유이(唯二)하다.(원년 멤버 OB 베어스는 두산 베어스로 이름이 바뀌었고 1986년에 창단된 빙그레 이글스도 한화 이글스로 이름이 바뀌었다) MBC 청룡은 LG 트윈스로 구단과 이름이 모두 바뀌었고, 해태 타이거즈 역시 기아 타이거즈로 구단과 이름이 바뀌었다. 그리고 쌍방울 레이더스는 사라졌으며 삼미 슈퍼스타즈의 슬픈 변천사는 앞에 이야기했다.(엄밀히 따지자면 히어로즈를 삼미의 후계 구단으로 보기는 힘들다)

　지난 2009시즌의 한국시리즈 마지막 7차전에서 나지완의 극적인 끝내기 홈런으로 기아 타이거즈가 우승하자 많은 타이거즈의 팬들은 깊은 감격에 젖어들었다. 1997년 이후 그토록 기다려 왔던 12년

만의 열 번째 우승이었기 때문이다. 어느 누구에겐들 그렇지 않았을
까만, 예전에는 밥 먹듯이 쉽게 툭하면 우승컵을 들어 올리던, 해태
타이거즈의 팬들에게는 그만큼 절박했던 우승이었다.

그렇듯 뜻깊은 우승이었기에 응원하는 팀에 관계 없이 많은 이
들이 박수를 보내 주었고 축하를 해 주었다. 그런데 일부 네티즌
과 야구팬들 중에는 딴죽을 거는 이들도 없지 않았다.

그들의 주장은 기아 타이거즈의 첫 번째 우승이지 왜 열 번째 우
승이냐는 이야기였다. 이전 아홉 번의 우승은 기아가 아닌 해태
시절에 이룬 우승이니만큼 따로 떼어 내 계산해야 한다는 이야기
였다. 맞는 이야기일까?

어떤 이야기가 맞는지 난 잘 모르겠다. 그러나 기아의 팬 입장에서
이 얘기는 하고 싶다. 아니 부탁하고 싶다. 어지간하면 그런 말들은
하지 않았으면 좋겠다. 타이거즈의 팬들에게 해태는 자랑스러운 과
거의 추억이지만 또한 아픈 상처이기도 하다. IMF 위기를 겪으며 심
각해진 모기업과 구단의 자금난 때문에 선동열, 이종범, 조계현, 이
강철, 임창용 등 팀의 기둥이었던 선수들을 차례로 팔아 가며 겨우
겨우 연명하고 버티던 시절이 해태에게는 있었다. 16년 동안 아홉
번을 우승한 그야말로 최강의 팀이 결국 돈 앞에 무릎을 꿇고 이러
지도 저러지도 못하고 비참하게 처분만 기다리던 가슴 아픈 시절이
해태의 팬들에게는 있었다. 선수들과 함께 아홉 번 모두의 우승을
일궈 냈던 감독마저 다른 팀의 우승을 청부받아 떠나간 한없이 쓸쓸
했던 시절이 해태에게는 있었다.

종범神이 운다

　　2009년 기아의 우승 후 이종범이 흘린 뜨거운 눈물은 온전히 기쁨 때문만은 아니리라. 그날 흘린 나의 눈물 역시 기쁨보다 이제야 뭔가가 이뤄졌다는 한풀이의 성격이 컸다. 이전의 아홉 번의 우승에서도 심지어 월드컵의 4강에서도 나는 기뻐하기는 했을망정 운 일은 결코 없었다.

　　<u>가난했던 모기업[20]</u> 때문에 그렇게도 강하고 멋졌던 야구단이 팔려 가는 모습을 힘없이 바라보기만 해야 했던 타이거즈의 팬들은 마음속에 아직 상처가 있다. 그 상처를 건드리지 않았으면 좋겠다. 든든한 모기업 덕분에 자신들이 응원하는 팀이 30년 넘게 그대로 건재함에 대해 자부심을 갖는 일은 좋지만 또한 부럽지만 굳이 남의 아픈 곳까지 찔러 가며 그 자부심을 키울 이유는 없지 않은가?

　　사라져 버렸거나 모기업이 바뀌어 버린 팀을 응원하는 야구팬이라면 누구나 이 마음을 이해하리라 본다. 아무 거리낌 없이 툭하면 <u>올드유니폼데이[21]</u> 행사를 치르는 팀을 가진 팬들을 내가 얼마나 부러워하는지 어떤 이들은 잘 모른다.

---

20) 50원짜리 100원짜리 과자들이 있던 어린 시절, 구멍가게에 가면 주위의 어른들은 해태에서 나온 과자를 사라고 권하곤 했다. 그래야 우리 고향 회사가 돈을 벌어 크게 된다는 말들을 가끔 덧붙이기도 했다. 착한 사람들이었다. 그들의 짠한 애향심을 부족했던 연봉에 더해 가며 해태 타이거즈 선수들은 죽어라 야구를 했고, 우승하면 구단에서 주는 몇천 원짜리 해태 종합선물세트를 들고 뿌듯하게 집으로 향했다고 한다. 그런 마음들을 지역감정으로 몰아붙이는 철없는 사람들도 없지 않았다. 나쁘다. 그러나 저러나 껌은 롯데 껌이었다. 맛동산과 부라보콘을 권하던 어른들도 해태 껌을 씹을 때면 뭔가 개운치 않은 표정을 짓곤 했다. '껌이라면 역시 롯데 껌!' 인정할 건 인정하자.

21) 프로야구 출범 당시의 팀 유니폼과 같은 디자인의 유니폼을 입고 시합하는 이벤트.

한국 프로야구 30년의 레전드 올스타

레전드(legend), 전설이라는 뜻을 가진 말이다. 지난 2011년 프로야구 30주년을 기념해 한국야구위원회(KBO)에서는 여러 야구인들과 기자들 그리고 일반 팬들의 투표를 통해 레전드 올스타 10인을 선정했다. 한마디로 30년 동안 프로야구를 거쳐 간 수만 명의 선수들 가운데서 각 포지션마다 한 명씩 제일 잘한 야구 선수 열 명을 뽑았다는 얘기다. 선정된 선수들에게는 얼마나 큰 영광이었겠는가?

현역에서 은퇴한 이들만을 대상으로 한, 말 그대로 영원히 전설로 남을 위대한 선수들의 명단이다. 야구에 애정을 가진 사람이라면 듣기만 해도 쉽게 떠오르는 이름들이다. 조금만 신경 쓰면 이들의 눈부셨던 활약상을 찾아보기 쉬운 세상이고, 지금도 이들이 활약하던 예전 모습들은 레전드라는 최고의 찬사를 붙인 채 각종 방송 프로그램이나 인터넷 사이트들을 꾸준히 누빈다.

한 선수 한 선수 모두 두 말이 필요 없는 최고의 선수들이고 저마다 최선을 다해 어려움을 이겨 내고 노력한 대가로 그 자리까지 올랐다고 본다. 하기야 누구에겐들 쉽기만 한 인생이 어디 있으랴? 보면 볼수록 충분히 그럴 자격들을 가졌고 칭송을 받아야 마땅한 선수들이다.

레전드 올스타 모두의 스토리가 감동이고 고개 숙일 만하지만 그 중에서도 나는 유독 두 선수에게 눈길이 간다. 장종훈과 김기태.

투수-선동열

포수-이만수

1루수-장종훈

2루수-박정태

3루수-한대화

유격수-김재박

외야수-이순철

외야수-양준혁

외야수-장효조

지명타자-김기태

정식으로 신인 지명을 받지 못한 연습생의 신분으로 겨우 입단한 후 눈물 젖은 빵을 먹어 가며 선수 생활을 시작한 장종훈.

끝없는 노력과 엄청난 노력과 피나는 노력과 이를 악문 노력으로 이른바 한화(이전 빙그레) 다이너마이트 타선의 4번 타자가 되었고, 결국 한국 프로야구 30년의 4번 타자 자리에까지 오른 장종훈. 그의 굳은살투성이 손바닥 이야기는 많은 사람들에게 숙연한 감동을 주기에 충분하다. 힘든 삶을 사는 이들에게 희망이 되어 주었다는 점에서 나는 장종훈에게 가장 위대한 레전드의 호칭을 붙여 주고 싶다.

쌍방울 레이더스 출신의 김기태는 또 어떤가? 30년 프로야구의 가장 아픈 상처인 쌍방울 레이더스. 쌍방울은 1991시즌부터 1군 무대에 진입해 돌격대라는 이름처럼 한때 기존 구단들을 위협하는 활약을 펼치며 정규리그 2위까지 오르는 기염을 토하기도 했다. 그러나 애초부터 다른 구단들에 비해 너무나 빈약했던 모기업의 규모와 자금력. 거기에다 설상가상으로 닥쳤던 1997년의 IMF 고비를 이겨 내지 못한 채 쌍방울은 1999시즌을 끝으로 결국 사라지는 신세가 되고 말았다.

구단 운영이 어렵던 시절 쌍방울의 선수들은, 모텔을 전전하며 식대까지 이전의 절반인 5천 원으로 깎인 상태로 시즌을 꾸려 나갔고, 그나마도 숙박비를 아끼기 위해 대전이나 광주 등지의 경기는 당일치기로 왕복을 해 가며 치렀다고 한다. 이름 그대로 가진 거라곤 방울 두 쪽밖에 없던 쌍방울 레이더스.

쌍방울 레이더스

결국 팀의 얼굴들인 최고의 포수 박경완을 팔고 최고의 좌완 조규제를 또다시 팔아 가며 힘겹게 버티던 쌍방울은, 나중에는 김기태와 김현욱까지 내놓으며 생존을 모색했으나 끝내 버텨내지 못하고 말았다. 야구단의 운명 자체가 불투명했던 당시, 주장이었고 그나마 팀의 유명 선수였던 김기태가 자신에게 가끔씩 들어오는 크고 작은 광고와 홍보에 응해 받은 돈으로, 힘든 동료나 2군 선수들에게 배트와 장비들을 사 주곤 했다는 일화는 야구계에 익히 잘 알려진 미담이다. 레전드 김기태 앞에 의리를 추가하고 싶다. '의리 레전드 김기태'

최동원, 이광은, 김용철, 송진우, 최태원, 박충식, 마해영, 김재현, 양준혁, 이종범, 손민한, 박재홍…….

뜬금없지만 위에 이름 적힌 선수들의 공통점을 찾아보시라. 쉽지는 않으리라. 그렇다면 현재 프로야구에서 뛰는 선수들의 최저 연봉이 얼마인지는 아는가? 정답은 2,400만 원이다.

최저 연봉제도는 프로야구가 처음 시작할 때부터 만들어진 규정이다. 1982년 선수들의 최저 연봉은 600만 원이었다. 당시 가장 많은 연봉을 받았던 선수는 미국에서 활약하다 온 투수 박철순. 그의 연봉은 2,400만 원이었다. 그해 프로야구 선수들의 평균 연봉은 1,215만 원이었다. 흔히들 말하는 대졸 초임의 연봉이 400만 원가량 하던 시절이었다. 금액은 작게 느껴지지만 당시의 물가에 비해 선수들의 최저 연봉이나 평균 연봉은 꽤 높았다는 생각이 들지 않는가?

2013년의 시즌을 앞둔 지금 모든 구단은 선수들과의 연봉 협상을 마무리한 상태다. 올해의 실질적 최고액 연봉자는 삼성 이승엽으로 무려 8억 원이다.(김태균이 15억 원의 기록적인 연봉으로 1위를 했지만 계약금이 포함된 금액으로 봐야 하기 때문에 예외로 했다) 그리고 선수들의 평균 연봉은 9,496만 원이다. 요즘의 대졸 초임 평균은 이론이 있겠지만 3,000만 원 가량으로 본다면 대충 맞지 않을까?

이제 단순 계산을 해 보자. 선수들의 평균 연봉은 31년 전과 비교해 약 7~8배가 늘었고 대졸 초임의 연봉 역시 약 7~8배가 늘었다. 최고 연봉액의 경우 30~40배가 늘었다고 해도 무방할 듯하다. 고액 연봉자는 몰라도 평균 금액의 연봉을 받는 선수들은 옛날과 비교했을 때 그리 큰 차이가 있지는 않아 보인다.

나는 최저 연봉 금액에 자꾸 눈이 간다. 다른 부분들에 비해 최저 연봉은 지난 31년 동안 네 배가 늘어나는 데에 그쳤다. 1982년의 버스 요금은 110원이었고 짜장면은 450원쯤 했었다.

앞에 적은 이름들은 프로야구 초창기 시절부터 선수들의 권익을 위해 앞장섰던 이들이다. 최동원과 이광은과 김용철 등은 1980년대 후반 처음으로 선수회를 만들기 위해 가장 앞에 서서 많은 노력을 했고 또한 많은 희생을 했던 선수들이었다. 그리고 모든 구단들의 집요한 방해 전략과 모함에 결국 뜻을 이루지 못했고, 이후에도 미운털이 박힌 채 선수 생활을 쓸쓸히 접어야 했던 이들이다.

그렇지만 이들이 선수들을 위한 단체를 처음으로 공론화시켰다는 사실은 앞으로도 영원히 기억되어야 한다. 무엇인가를 위해 앞장을 설 만큼의 용기, 그것은 살다 보면 결코 쉬운 일이 아니다.

송진우, 최태원, 박충식, 마해영, 김재현, 양준혁 등은 2000년 '한국프로야구선수협의회' (이하 선수협, 후에 한국프로야구선수협회로 개명)를 만드는 과정에서 핵심적인 역할을 했고 또한 이끌었던 선수들이다. 이종범, 손민한, 박재홍 등은 이후 선수협의 회장으로 일했다.

프로야구 30년의 레전드 올스타를 얘기하던 끝에 이들을 이야기하는 이유는 모두가 진정한 용기를 가진 선수들이었고 그 용기를 직접 실천했기 때문이다. 이름만 들어 보아도 다들 알 만한, 한 사람 한 사람 모두가 저마다의 시대를 풍미했던 스타플레이어들이었다.

어떻게 보면 나서지 않고 가만히만 있어도 또 자기 운동만 열심히 해도 누구보다 많은 연봉을 받고 팬들의 사랑을 충분히 받을 만한 위치의 선수들이었다. 하지만 모든 선수들의 권익을 위해 이들은 앞장섰고 희생하기도 했다. 어쩌면 최저 연봉이 그나마 2,400만 원이라도 된 데에는 이들의 공도 적지 않다고 생각한다.

선수협에 참가하면 다른 구단으로 트레이드를 시켜 버리거나 그마저도 못하게 경기에 내보내지 않으며 은퇴를 강요하던 시절이 분명 있었다. 지금이라고 해서 크게 달라졌다고 생각하지는 않는다. 실제로 최근 박재홍이 선수협의 회장이 된 이후 어느 구단과도 계약을 맺지 못해 눈물을 흘리며 선수 생활을 포기하지 않았는가?

생각해 보면 어차피 자신의 몸뚱이 하나로 야구를 해 살아가야 하는 선수들이 아닌가? 더구나 선수 은퇴 이후에도 별 대안 없이 야구와 관련된 삶을 살아가야 할 이들에게 야구의 인생 그것 자체가 중단될지도 모른다는 위기감은 현실적으로 굉장히 큰 압박일 수밖에 없다. 프로야구 공공의 의(義)를 위해 선수 생명을 걸고 노력한 또 다른 의미의 레전드들을 호명해 본 이유가 바로 여기에 있다. 멋진 사람들이다.

투아웃 인생―아무리 봐도 내 얘기 같은…

MBC SPORTS PLUS에서 방송되는 〈베이스볼 투나잇 야(野)〉라는 프로그램이 있다. 시즌 동안 월요일을 제외한 평일 저녁 6시 30분에 일제히 시작되는 야구 네 경기는 일반적으로 10시를 전후해 승부가

난다.(토·일요일은 5시, 개막전과 어린이날은 주간 경기) 야구 경기들이 끝남과 동시에 시작되는 〈베이스볼 투나잇 야(野)〉.

이 프로그램은 방송되는 40분가량의 시간 동안 방금 끝난 경기에 대한 정보들을 믿기 힘들 정도로 빨리 그리고 많이 보여 주고 들려 준다. 물론 방금 끝났거나 아직 미처 끝나지도 않은 네 경기에 대해 모두 다 그렇다는 얘기다.

방송을 보고 있노라면 감탄이 절로 나올 지경이다. 도대체 지금 막 끝난, 한 경기도 아닌 네 경기, 모두를 언제 그렇게 빠르게 정리했는지 신기할 따름이다. 그리고 어느 틈에 그 많은 영상 자료와 깔끔한 도표와 비교 자료와 참고 자료까지 만들었는지 기가 막힌다.

비록 TV에는 나오지 않지만 해당 방송의 편집실은 분명히 치열한 전쟁터와 같은 상황이 정신없이 펼쳐지는 곳이리라. 내게는 마치 그 우당탕탕 쿵쾅거리는 소리가 가끔 실제 들리는 듯 느껴질 때도 있다. 그만큼 방송을 보다 보면 자연스럽게 제작진의 뜨거운 열정이 내게 와 닿는다는 얘기다.

그렇게 방금 만들어진 따끈따끈한 소식들을, 수압 좋은 집의 수도 꼭지처럼 시원하게 그리고 계속해서, 옥수수를 튀겨 내는 극장의 팝콘 기계처럼 끊임없이 처음부터 끝까지 쏟아 내는 진행자가 있다. 그것도 여자다. 거기에 더해 강력한 미인이다.(예쁜 여자는 정말 강력하지 않은가?) 열정적일 수밖에 없고 정신이 없을 수밖에 없는 〈베이스볼 투나잇 야(野)〉를 그러나 오히려 차분하게 진행하는 놀라운 능력을 가진 그녀는 김민아 아나운서(이하 호칭 생략)다.

김민아 아나운서

물론 그녀가 진행하는 프로그램 외에도, 야구의 열기가 뜨거워진 몇 년 전부터 이미, 온갖 야구 관련 방송들이 방송국마다 생겨났다. 그리고 각 프로그램마다 지성과 미모를 겸비한 스포츠 아나운서들이 자리를 잡고 열띤 시청률 경쟁을 벌이는 중이다. 여신들로 불릴 만큼 빼어난 미모와 함께 시청자들을 사로잡을 만한 탁월한 진행 능력을 자랑하는 여러 아나운서들은 또 다른 야구의 즐거움을 야구팬들에게 선사한다.

여러 아나운서들 가운데 내가 유독 김민아를 이야기하는 데에는 물론 몇 가지 이유가 있다. 미모는 워낙 다들 출중한 터라 잘 모르겠지만 진행하는 솜씨만큼은 단연 발군이라는 생각을 나는 개인적으로 한다. 그러나 나에게 김민아의 프로그램이 가까이 와 닿는 가장 큰 이유는 따로 있다. 작지만 강력한 한 가지의 이유가 내게는 있다.

한때 그녀와 함께 프로그램을 진행했으며 지금은 우리 곁을 떠난 고(故) 송지선 아나운서와 김민아, 둘이 함께 펴낸 『토크 토크 야구』라는 책을 읽은 적이 있었다. 책의 맨 앞에 쓰인 서문을 보면서 나는, 차분하고도 열정적인 방송 진행과 자신감 넘치는 여유 그리고 방송 내내 느껴지는 야구에 대한, 김민아의 애정과 노력이 과연 어디서 왔는지 알 듯했다. 내 마음을 움직이게 했던 부분을 여기에 적어 본다. 느낌을 최대한 살리고 싶어 그대로 옮긴다.

전략… 사실 선수들을 직접 인터뷰하며 야구 이야기를 전하고 싶었던 데는 제 개인적인 이유가 하나 더 있었습니다. 아직까지 제 머릿속에 남아 있는 선수 한 명 때문이죠.

2군에서 경기를 뛰던 12년차 노장 선수가 1군에 올라왔습니다. 동점, 9회말 2사 만루의 상황. 연장전의 기운이 느껴지던 그때, 그는 난공불락 마무리 투수를 상대로 끝내기 안타를 때렸습니다. 잠깐 동안의 정적, 그리고 이어지는 뜨거운 환호. 그런데 그토록 기다렸던 순간에 그 선수는 최악의 인터뷰어를 만난 겁니다. 당시 전 그 선수를 잘 알지 못했고 당황한 저는 그 선수를 모른다는 걸 들키고 싶지 않아 그저 무미건조한 질문만 했습니다.

12년간 가슴에 묻어 두었던 선수의 이야기는 저의 미숙함으로 물거품이 돼 버렸죠. 방송이 끝난 후, 저는 어쩌면 그 선수에게는 앞으로 없을지도 모르는 최고의 순간을 망쳤다는 죄책감에 한동안 힘들었습니다.

그래서 다음 해 그 선수가 다시 수훈 선수가 되면 최고의 순간을 만들어 주기로 마음먹었죠. 그러나 그해, 그 선수는 방출이 되었고, 기회는 다시 오지 않았습니다. 그 이후, 저는 늘 생각합니다. 선수들이 맞는 최고의 순간을 더욱 빛나게 해 주는 '사람'이 되자고. 이 책에는 그런 제 마음이 담겨 있습니다. …후략

이것이 내가 여러 여신들 중에서 김민아를 가장 신뢰하는 결정적인 이유다. 그녀의 솔직함과 진실된 마음 그리고 그것을 바탕으로 한 야구에 대한 애정이 내 마음을 사로잡았다. 그녀를 믿고 싶다.

동대문운동장이 아직 사라지기 전인 2006년 여름. 야구장과 축구장 사이에 위치한 선수단 버스 전용 주차장을 무심코 지나던 나는 깜짝 놀랐다. 그곳에서 프로야구 LG 트윈스의 구단 버스를 발견했기 때문이었다. 야구장에서 전에 몇 차례 보았던 트윈스 로고가 선명한 바로 그 버스가 틀림없었다. 아마도 잠실야구장이 공사 중이라거나 하는 그런 이유 때문에 혹은 다른 알지 못할 사정으로 연습을 위해 동대문야구장을 찾은 모양이었다. 그런데 이상하게도 버스가 한 대밖에 보이지 않았다. 내가 아는 바로는, 투수조와 야수조로 나뉜 26명의 선수들과 10여 명 정도의 코칭스태프가 우등버스처럼 개조된 편한 버스 두 대에 타고 전국 야구장을 다녀야 맞았다. 그러니 버스가 한 대만 서 있는 모양이 내게는 아무래도 이상했다.

어쨌든, 비록 내가 응원하는 팀은 아니었지만 나는 선수들의 모습이 몹시 보고 싶었다. 선수들이 연습하는 모습이라도 가까이서 본다는 일은 야구팬으로서 쉽게 만나기 힘든, 꽤나 행운 아니겠는가?

서둘러 운동장 안 관중석으로 올라가자, 8개 구단 가운데 가장 세련됐다는 평을 듣는 멋진 LG의 줄무늬 유니폼을 입은 채, 운동장에서 연습을 하고 있는 선수들의 모습이 보였다. 멋졌다. 이게 웬 떡이냐 싶었다. 그런데 선수들의 얼굴과 등판에 적힌 이름들이 내 눈에 들어올수록 뭔가 이상했다. 아무리 내 응원팀이 아니고 지난 몇 년간 야구에 관심을 거의 쏟지 못했다고는 하지만 운동장 안에는 내가 아는 선수가 눈에 띄지 않았다. 등판의 선수 이름들도 하나같이 낯설고 생소했다.

'혹시 이미테이션 사회인 야구팀? 설마 사회인 야구팀이 버스까지?'
보면 볼수록 그리고 생각할수록 머리가 갸우뚱해지며 나는 순간적으로 멍해졌다. 그러기를 잠시. 내 입에서 탄성이 터져 나왔다.
"아하! 2군, 어쩐지. 그러면 그렇지……."
그랬다. 그 선수들은 LG 트윈스의 2군 선수들이었다. 아마도 경찰청이나 다른 2군 리그의 팀과 시합이 잡혀 동대문운동장을 찾은 모양이었다. 조금의 주저함도 없이 나는 조용히 운동장을 빠져나왔다.
그때는 전혀 아무렇지 않게 발길을 돌렸지만 이 글을 쓰는 지금에 와서는 조금 미안한 마음도 들고 잠시라도 지켜봤으면 좋았을 텐데 하는 생각이 든다. 어느덧 40대도 중반이 넘어가는 지금에 와서 가만 생각해 보면 내 삶도 딱히 1군은 아닌 듯해서이다.

그날 내가 새로이 알게 된 사실이 몇 가지 있다. 개조한 버스 두 대에 나뉘어 타고 이동하는 1군들과 달리 2군은 코칭스태프를 합쳐 40여 명의 인원이 단 한 대의 버스로 이동한다는 한 가지. 그리고 비용 등의 여러 이유로 2군의 시합은 모두 낮에 치러진다는 또 한 가지. 왜 2군에서 올라온 선수들은 하나같이 모두 새까맣게 탄 얼굴인지 그제야 쉽게 이해가 되었다.
1990년에 시작되었고 스물세 번의 시즌을 치렀으며 변변한 명칭조차 없이 유지되어 오던 2군들의 리그에 2008년부터 '퓨처스리그' 라는 이름이 붙여졌다고 한다. 'Future's League' 미래의, 미래를 향한 리그. 멋진 이름이다. 땀 흘리는 미래의 1군 선수들에게 고생한 만큼의 보람을 찾게 될 시간들이 반드시 오리라고 응원해 주고 싶다.

대한민국에서 야구를 직업으로 갖기 위해 도전하는 고등학교와 대학교의 야구 선수들은 1년에 약 800명가량이 배출된다. 이들 중에서 프로 선수가 되는 숫자는 어느 정도일까? 2013시즌에는 NC 다이노스라는 아홉 번째 구단이 생겨나 여러 변화가 생길 가능성이 커졌지만 지난 2012시즌까지의 경우를 보면 일반적으로 50~70명의 선수들이 프로 구단의 선택을 받았다. 확률로 따져 보면 10%도 채 되지 않는 숫자다. 그리고 다시 5년 뒤에, 비록 후보일망정 1군 26명의 명단에 들어간 덕분에 그라운드에서 활약할, 기회를 잡는 선수는 그들 중 또 한 10%가 되지 않는다. 결코 쉽지 않은 생존율이다. 그리고 누가 살아남을지는 그 누구도 결코 모른다.

2009 홈런왕 김상현

2011 홈런왕 최형우

한국의 프로야구단은 팀마다 신고 선수를 제외한 총 63명의 등록 선수를 보유한다. 그리고 그들 중 26명만이 1군의 선수로 등록된다. 26명에 들지 못한 나머지의 선수들을 우리는 2군이라 부른다.

'2군' 이라는 단어 자체에 이미 담긴 어떤 처량함 탓에 자칫 그들을 패배자나 낙오자로 생각하는 경우가 많지만 그것은 커다란 오판이고 잘못된 인식이다. 프로에 뛰어든 대부분의 신인들은 2군에서 선수 생활을 시작하게 된다. 그들은 아직 도전자일뿐이다. 그들은 패배한 사람들이 결코 아니다.(3군과 신고 선수에 대한 이야기도 한번 하고 싶다)

프로야구 사상 가장 강렬한 반전 중의 하나로 꼽히는 기아의 김상현. 2군의 베리 본즈라고 불렸던 기아의 해결사 김상현이 홈런왕과 시즌 MVP의 감격을 맛보는 데에는 자그마치 9년이 걸렸다. 2002년에 프로에 들어와 2008년에 신인상(?)을 받았을 만큼 우여곡절이 많았던 삼성의 최형우 역시 9년만인 2011년에 홈런왕 트로피를 받았다. 선수 생활 내내 1군보다는 2군에 주로 머물렀고 트레이드와 방출 그리고 재트레이드와 재입단 등 많은 좌절을 겪었던 두 선수는 마침내 시상식장에서 기쁨의 눈물을 흘렸다.(2013년 5월 6일 김상현은 기아에서 SK로 팀을 옮겼다)

2012시즌 홈런왕과 MVP를 받은 박병호도 빼놓으면 섭섭하다. 고교 시절 4연타석 홈런을 칠만큼 화려한 타격을 자랑했던 박병호는 2005년 거액의 계약금을 받으며 LG 트윈스에 1차 지명으로 입단했다. 커다란 기대를 한몸에 받았던 그는 그러나 이후 실망스런 성적만을 기록하며 7년 동안 2군을 전전하다 급기야 넥

2012 홈런왕 박병호

센 히어로즈로 트레이드[22]가 되는 가슴 아픈 경험을 한다. 그리고 넥센으로 둥지를 옮긴 박병호는 이후 전혀 다른 선수가 되었다. 그는 다음 시즌의 홈런왕이 되었다. 또 하나의 신데렐라 스토리였다.

2군에서의 생활은 몹시 힘이 들고 고되다고 한다. 그도 그럴 것이 2군이 안락하고 편안하며 지낼 만하다면 누가 1군으로 가기 위해 악착같이 훈련을 하겠는가? 그럼에도 불구하고 박병호는 2군에 너무 오래 머무르다 보니 그곳이 오히려 1군보다 편했다고 한다.

그토록 원했던 1군에만 올라가면 남의 집에 간 듯하고 소화도 잘 안 되고 그렇게 잘 맞던 방망이도 안 맞았다고 한다. 하지만 그러다가도 다시 2군으로 떨어지면 내 집인 양 편안하고 홈런도 펑펑 터뜨리곤 했다고 한다. 슬픈 이야기였다. 담담한 어조로 그 이야기를 하던 박병호의 목소리가 물기로 촉촉해지던 기억이 난다.

모든 2군들 힘내시라. 나와 같은 2군 인생[23]들도 즐겁게 힘내시라. 그리고 한 가지만 덧붙이면, 인간적으로 2군 선수들의 최저 연봉은 조금씩이라도 올려 줬으면 좋겠다.

야구를 좋아하는 당신, 그리고 야구를 좀 아는 당신. 투아웃이라면 어떤 생각부터 드는가? 그것도 주자 하나 없는 상태에서의 투아웃. 어찌 되었든 야구에서 투아웃이라는 상황은 그리 희망적이지 않다.

---

22) 김상현도 박병호도 모두 LG에서 마음고생 많이 하다가 트레이드된 선수들이다. 완성된 홈런왕들이 LG에서는 맥을 못 췄다. 이상한 일이다. 암튼 LG는 좋은 일 많이 했으니 복 받을 거다. 틀림없다. 조금만 더 참아 보자.

23) 아무리 생각해도 지금껏 내가 살아온 무대가 1군은 아닌 듯하다.

더구나 주자조차 없는, 그러니까 살아오면서 아직까지 뭐 하나 이루어 놓지 못한 상황에서 투아웃이다. 이른바 '투아웃 인생'

내 삶이 벌써 투아웃 어디쯤이라고 느끼던 시기가 있었다. 어딘가 위태롭고 막바지인 느낌. 별다른 희망도 없어 보이고 뭔지는 몰라도 될 대로 되라는 쓸쓸함만 남은. 한마디로 별 가능성이 없어 보이는, 투아웃 인생.

주위를 둘러보면 나를 뺀 주변 대부분의 사람들은 온통 노아웃이거나 고작해야 원아웃 정도밖에 되지 않아 보였다. 물론 득점권에 주자도 몇 명 있는 정도는 기본이리라. 남들은 그런대로 별 문제 없이 살아가는 것처럼 보이고 크게 걱정할 일들도 없어 보였다. 유독 나만이 타석에 외로이 서서 아웃카운트 하나만을 남겨 놓은 상황인 듯 느껴질 때가 많이 있었다. 무기력하게. 더구나 설사 안타를 친다 해도 점수로 연결될 주자마저 없는데 말이다.

나만 왜 이렇게 못난 모습으로 힘들게 겨우겨우 버티며 살까 싶은 그런 생각을 해 본 적이 있는가? 만약 그런 경험이 없다면 부럽다. 진심이다. 당신은 꽤나 행복한 사람이다.

우리들의 인생을 흔히 야구에 비유하곤 한다. 실제 그렇게 얘기할 만한 공통점이 우리 삶과 야구에 많기도 하다. 하지만 나는 인생이 야구 같다는 말을 좋아하지도 잘 사용하지도 않는다.

야구뿐만이 아니다. 인생이 승리와 패배가 있는 스포츠와 같다는 말 자체를 나는 좋아하지 않는 편이다. 왜냐고? 그건 스포츠가 항상 승자와 패자로 나뉘기 때문이다. 모든 스포츠의 가장 큰 원칙이 그것 아닌가? 싸워 이기기 위한 누군가와의 겨루기. 하다못해 마라톤도 흔한 말로는 자신과의 싸움이라지 않는가?

솔직히 말해, 아무리 자신감을 갖고, 어금니 꽉 깨물고, 아랫배에 힘 빡 주고, 두 주먹 불끈 쥐고 싸움에 나선다고 한들, 나는 승자의 자리에 나를 올려놓을 자신이 별로 없다. 또 어쩌다 몇 번 이긴다 한들 달라질 부분도 그다지 없고 언제까지고 이긴다는 보장도 또한 없잖은가? 더구나 어찌 보면 진정한 최후의 승자는 결국 단 한 사람만이 차지하게 만들어진 곳이 바로 스포츠 아닌가? 난 정말 자신 없다.

만약 인생에 스포츠처럼 승자와 패자가 있다면 정말 그런 거라면 결국 승리한 인생이나 혹은 패배한 인생이 존재한다는 얘기인가? 그렇다면 저 김민아의 고백에 등장하는 12년차의 노장 선수는 승자인가 아니면 패자인가? 이야기의 비약이 지나치다고 생각하는가?

어쩌면 자격지심일까 싶어 조심스럽지만 인생에 승패가 존재한다는 전제를 나는 도저히 받아들이고 싶지 않아 어깃장을 부려 본다. 자꾸 움츠러든 채 살고 싶지 않아서다. 그리고 한때나마 우울하게 내 삶에 투영해 보곤 했던 투아웃 인생이란 단어와도 이제는 거리를 두고 싶다. 야구와 삶은 다르다. 아니 어쩌면 정말 같을지도 모르겠다. '투아웃 인생'에게 한마디 하련다.

"투아웃 인생? 웃기지 마라. 우리 그런 거 안 키운다. 쓰리아웃 되면? 걱정 마라. 다음 이닝 또 있다. 9회가 끝났다고? 우리가 졌다고?

괜찮다. 야구 하루 이틀 하냐? 오늘만 날이 아니다. 내일도 모레도 경기는 계속 있다. 올 시즌이 끝났다고? 우리가 꼴찌라고? 내년엔 시즌 없냐? 야구 1년만 하고 말래?"

모두 힘들 내시라. 기회는 분명히 또 있다.

이것이 야구다, 이것이 인생이다

1984시즌 5월 1일, MBC 청룡의 투수 오영일은 해태와의 경기에서 9이닝 동안 9점을 실점했지만, 동료들이 무려 14점을 뽑아 준 덕분에 승리투수가 되었고 최다 실점 완투승의 기록을 세웠다. 또한 그는 1983시즌 4월 10일에도 롯데와의 경기에서 9회까지 8점을 실점했지만 동료들이 9회 말에 5점을 뽑아내 9-8의 역전승을 거뒀다. 그것은 오영일의 프로 데뷔 첫 승이었다. 이것이 야구다.

1986시즌 7월 27일, 청보 핀토스의 재일교포 투수 김신부는 해태와의 경기에 선발로 출장해 무려 연장 15회까지 단 한 점도 내주지 않는 완벽한 투구를 했다. 그의 선수 생활 가운데서 가장 잘 던진 날로 기록될 만한 경기였다. 그러나 김신부는 그날 승리투수가 되지 못했다. 상대팀 해태의 투수 차동철 역시 선발로 나와 15회까지 0점으로 막아 냈기 때문이었다. 경기는 무승부로 끝났고 15이닝 무실점의 두 투수 모두 승리는 얻지 못한 채 방어율을 대폭 끌어내린 데 그나마 만족해야 했다. 이것이 야구다.

한국 프로야구에서 퍼펙트게임은 아직 기록되지 못했다. 그러나 안타와 점수를 허용하지 않는 노히트노런은 지금까지 총 12회가 기록되었다.(한국시리즈 1회 포함)

2004시즌 삼성과 현대의 한국시리즈 4차전이 벌어진 10월 25일. 삼성의 선발투수 배영수는 8회 투아웃까지 퍼펙트 행진을 펼치며 완벽한 투구를 이어 가는 중이었다. 비록 직후에 박진만에게 볼넷을 허용해 퍼펙트게임이 날아가긴 했어도 노히트노런은 여전히 이어지는 중이었다. 그러나 삼성도 현대로부터 단 한 점의 점수도 빼내지 못해 승부는 연장으로 이어졌고, 10회까지 노히트노런으로 완벽히 막은 배영수는 마운드를 내려왔다. 이어진 경기에서도 결국 양 팀은 점수를 내지 못해 승부는 12회 0-0 무승부가 되었다. 정규 이닝(9회)을 넘는 10회까지 배영수는 노히트노런으로 막아 냈지만 끝까지 마운드를 책임지지 못했기 때문에 안타깝게도 결국 기록으로 인정받지 못했다. 이것이 야구다.

1993시즌 5월 13일, 롯데 자이언츠의 선발투수 박동희는 쌍방울과의 경기에서 4-0이던 6회 초까지 무실점 무안타를 기록한 상태였다. 공수가 바뀐 6회 말 롯데의 공격. 하늘에서 갑자기 폭우가 쏟아졌다. 심판에 의해 경기는 중단되었고 얼마 후 더 이상의 경기 지속은 힘들다는 판단을 내린 심판은 강우콜드게임으로 4-0 롯데의 승리를 선언했다. 6회까지 던진 박동희는 노히트노런을 달성한 투수가 되었다. 이것이 야구다.

이 글의 첫 부분에서 얘기했고 또한 많은 이들이 잘 알듯이 삼성의 투수 이선희는 1982년의 프로야구 개막전에서 끝내기 만루 홈런을 맞았다. 그런 탓에 무조건 비운의 투수라는 꼬리표가 늘 따라붙지만 당시 그는 한국을 대표하는 최고의 좌완투수였다.

이선희는 지금으로 치면 류현진이나 김광현의 위치에 우뚝 서 있던 명투수였다. 김광현과 구대성을 거슬러 올라가 보면 한국 야구 최초의 일본 킬러가 이선희였음도 쉽게 확인 가능하다.

실제 프로 출범 첫해인 1982시즌에서 이선희는 15승 7패로 OB의 박철순에 이어 다승 2위라는 뛰어난 성적을 올렸다. 그리고 개막전에서 그토록 요란하게(?) MBC에게 졌던 삼성도 결국 가을에는 한국시리즈에 진출해 우승을 다툴 만큼 강했던 팀이었다. 물론 그럼에도 불구하고 OB와의 한국시리즈 6차전에서 이선희가 (비록 끝내기는 아니었지만) 9회초 또다시 김유동에게 만루 홈런을 맞는 결과를 마지막으로 그해의 우승을 차지하지는 못했다. 그리고 개막전에서는 비록 참아 냈지만 한국시리즈에서는 이선희도 끝내 눈물을 보이고 말았다고 한다. 이것이 야구다.

결과적으로 시즌 개막 경기와 시즌 마지막 경기의 만루 홈런이라는 몇 가지의 극적이고 상징적인 조합들 때문에 유독 더 많이 인구에 회자되는 불쌍한 투수의 대명사 이선희지만 나는 꼭 그렇다고 보지 않는다.

당시 한국시리즈에서 이선희는 여섯 경기를 치르는 동안 다섯 경기에 등판했으며 31과 1/3이닝을 던졌다.

이선희 투수

한국시리즈에서 삼성이 치른 전체 이닝의 60% 정도를 이선희가 감당했다는 이야기다. 특히 마지막의 6차전은, 전날 구원등판을 나서 5이닝을 던진 이선희가 다시 선발로 등판했고 결국, 아무의 도움도 없이 혼자 끝까지 9이닝을 완투한 경기였다. 그것은 과연 무엇을 뜻하는 걸까? 역설적이게도 그것은 이선희가 그만큼 강하고 뛰어난 투수였음을 증명한다.

삼성은 한국시리즈 전체 경기의 60%를 그에게 맡길 만큼 절대적으로 이선희를 의지했다는 이야기다. 이선희는 결코 불쌍하다거나 동정을 받아야 할 약한 투수가 아니었다.

훗날인 1984년의 정규 시즌과 한국시리즈에서 맹활약한 롯데의 최동원만큼이나, 1982시즌의 이선희는 팀을 위해 온몸을 불살랐지만 훗날 최동원이 누렸던 영광을 그는 안타깝게도 누리지 못했다. 최동원의 팀은 이겼고 이선희의 팀은 졌다. 단지 그 차이가 존재했을 뿐이다. 그것이 야구다. 그리고 그것이 인생이다.

흔히들 말하듯 야구와 인생에 비슷한 부분이 많다면 이런 비유는 어떤가? 내 삶은 지금 과연 몇 회쯤 진행된 상황일까? 1982년의 MBC와 삼성의 개막전 얘기를 다시 꺼내 보자.

6회가 끝났을 때 점수는 7-1로 삼성의 일방적인 리드였다. 경기는 거의 끝난 듯 보였다. 그러나 MBC는 차근차근 따라가며 9회 말에 극적으로 7-7의 동점을 만들어 냈고, 결국 연장 10회의 만루 홈런으로 4점을 추가해 삼성에게 11-7로 역전승을 거두었다.

7회부터 10회까지 4이닝 동안 MBC는 10점을 냈고 그동안 삼성은 단 한 점도 추가하지 못한 채 역전을 허용했다. 6회까지 만들어 놓았던 6점 차의 여유를 그 넉넉한 승리의 여건을 삼성은 지켜 내지 못했다.

야구가 인생이라고? 그렇다면 지금 누군가는 7회를 맞는 삼성인지도 또 누군가는 7회를 맞는 MBC인지도 모른다. 아니 어쩌면 내일 벌어질 삼성과의 경기를 바짝 긴장한 채 기다리는 중인 삼미 슈퍼스타즈의 선수들일지도 모르겠다. 모두의 건투를 빈다.

"야구 몰라요."

어느 여자 고등학교에서 체육 선생님으로 재직하던 중 가르치던 제자와 결혼을 하고(제자가 졸업한 지 7개월 만에), 누군가가 중계방송 해설을 펑크 내는 바람에 예정에 없던 프로야구 해설을 맡게 된 사람이 있다. 이후 본격적으로 자리를 잡고 야구 해설을 하다 하다 하다 보니, 이제는 거의 예언 해설의 경지에까지 오른 사람이다.

허구연과 함께 자타가 공인하는 대한민국의 대표 야구해설가 하일성은 이렇게 말했다. '야구를 모른다' 고.

참으로 역설이다. 시청자들에게 야구를 해설해 주는 사람이 한 말들 가운데 가장 유명한 말이 '야구 몰라요' 라니, 정말 재밌다. 그리고 메이저리그 역사상 가장 위대한 포수 중 한 명이며 은퇴 후 명예의 전당에 입성한, 뉴욕 양키스의 영구 결번 선수인 요기 베라는 또한 이렇게 말했다.

"끝날 때까지는 결코 끝난 게 아니다."

잠실야구장

지하철을 타고 한강을 건너 종합운동장 역에서 내린다. 무리지어 휩쓸리는 사람들의 뒤를 따라 야구장 쪽 5번 출구 방면의 계단을 오르다 보면 벌써부터 요란하고 시끌벅적한 소리들이 들려온다. 양 팀의 유니폼을 입은 모습들이 여기저기 심심찮게

눈에 띈다. 발걸음이 빨라진다. 뒤따르는 아들 녀석의 걸음도 결코 뒤처지지 않는다. 지상으로 올라가 주욱 늘어선 김밥 아줌마들의 요란한 사열을 받으며 지나간다. 암표상들이 호객 행위를 하는 틈바구니를 지나 서둘러 중앙매표소 앞 늘어선 줄의 꽁무니에 매달린다. 서둘러 입장권을 구입하고 나면 이제 치킨을 사기 위해 종종걸음으로 달려간다. KFC와 버거킹 앞에 서서 언제나 그렇듯이 치킨 세트 상품을 비교하다 항상 그래왔듯이 KFC 봉투를 손에 든다. 치킨을 손에 들고 이제 막대풍선을 파는 곳으로 달려간다. 야구장 안에서는 벌써 애국가가 울려 퍼진다. 조급해진 아들 녀석이 막대풍선에 직접 바람을 넣겠단다. 안 될 일이다. 뻥뻥! 풍선 한 쌍에 무려 이천 원. 내 손으로 해야 한다. '탕탕 탕탕탕!' 막대풍선이 빵빵해졌다. 이제는 다 되었다. 어서 달려가자. '와—와.' 들려오는 함성. 목표는 2-1 개찰구, 어서 빨리 달려가자. 50여 미터 오르막을 뛰다 걷다 서둘러 간다. 개찰구 입구에서 숨을 몰아쉬며 급하게 입장권을 내민다. 아들 녀석의 목에 힘이 들어갈 시간이다. 기다려 온 순간, 비장의 무기를 꺼내듯 빨간색 어린이 회원증을 자랑스레 내보인다. 전국 야구장 무료 입장의 특권이 자신에게 있음을 당당히 만천하에 과시한다. 하지

만 안타깝다. 피곤한 알바생은 까짓 플라스틱 쪼가리에 털끝만큼의 관심도 없다. 귀찮은 손짓으로 통과통과. 머쓱한 아들 녀석은 자랑스런 회원증을 주머니에 고이 넣는다. '와와! 와와!' 함성은 이제 코앞에서 들려온다. 심장이 쿵쾅거린다. 경기는 벌써 시작되었다. 걸음은 더욱 빨라진다. 2-1 개찰구를 지나 종종걸음으로 또다시 달려간다. 계속되는 오르막 복도가 조금은 어둑하다. 마침내 나타나는 21번 출입구. 갑자기 환해지는 느낌과 함께 천둥이라도 치는 듯한 수만 명의 함성이 일제히 쏟아진다. 심장의 박동은 이제 최고조에 달한다. '쾅쾅 쾅쾅쾅!' 마치 창문처럼 뚫린 21번 출입구로 환한 하늘이 보인다. 또다시 함성이 들린다. 마침내 관중석의 입구에 서자 눈부신 녹색 그라운드가 두 눈 가득 시리게 들어온다. 최고의 순간이다. 심장이 터질 듯하다. 자리를 찾아 빼곡한 관중석을 들쑤시며 다니는 순간에도 아들 녀석은 벌써 응원단의 응원 구호를 목이 터져라 소리치며 따라하는 중이다.

관중석을 가득 메운 수많은 검은 점들 사이에 우리도 두 개의 점을 찍는다. 이제는 귀가 멍멍할 만큼 커진 함성 사이로 우리는 서서히 빠져든다. 야구가 시작 되었다. "플 레 이 볼 (Play ball)!"

사직야구장, 봉다리 응원

＊ 뱀발[蛇足]

버킷 리스트(Bucket List)라는 말을 들어 보았는가? 잭 니콜슨과 모건 프리먼이 출연한 동명의 영화로 더욱 유명해진 말이다. '죽기 전에 꼭 해 보고 싶은 일들의 목록' 정도의 뜻을 가졌다. 영화 〈버킷 리스트〉는 '우리가 인생에서 가장 많이 후회하는 것은 살면서 한 일이 아니라 하지 않은 일들'이라는 메시지를 담았다. 영화 때문인지 최근에 부쩍 자주 듣게 되는 단어라 말뜻은 대충 알아도, 워낙에 천성이 부지런하지 못한 인물인지라 나도 뭔가를 계획하고 실천해 봐야 하겠다는 생각을 해 본 적은 없다. 아마 앞으로도 그렇게 살지 않을까 싶다. 그런데.

이 글을 쓰면서 이것 한 가지는 꼭 하고 싶어졌다. 셋이서 하는 야구장 나들이다. 언젠가 내 아들과 그 아들의 아들과 함께 나는 야구장에 가고 싶다. 각자의 글러브를 챙기고, 김밥을 챙기고, 치킨과 맥주를 사서 야구장에 가고 싶다.

셋 모두 같은 팀의 유니폼을 입은 우리는 야구장 옆 주차장 공터에서 삼각형으로 서서 돌아가며 캐치볼을 할 것이다. 셋이 함께 소리 질러 가며 야구를 보고, 막대풍선을 두드리며 응원을 하고, 상대 투수의 견제구에 "아야, 아야, 날 새겠다 야!"라는 <u>야유 구호[24]</u>를 목청

---

24) 상대 팀의 견제구에 대해 응원단이 견제를 하는 야유 구호다. 롯데의 "마! 마! 마(임마)!"에서 처음 시작되어 이제는 각 팀의 응원 문화로 자리 잡았다. 이외에도 한화의 "뭐여, 뭐여, 야 쪽팔리다 야!"와 LG의 "떽, 떽, 앞으로 던져라!"와 삼성의 "말래, 말래(맞을래), 고마해라 쫌, 야!" 등이 있다. 각 지역 사투리의 특색이 있어 더 재미있다. 흉내내 보시라.

껏 외치며 함께 낄낄댈 것이다. 우리는 그렇게 선수들의 응원가를 크게 따라 부르며, 치킨을 뜯고 시원한 맥주를 마셔 가면서 즐겁게 야구를 보리라. 야구를 보고 집으로 돌아오는 길에는 우리가 응원하는 팀이 예전에 얼마나 무서운 최강의 팀이었는지 전설과도 같은 역사를 침 튀겨 가며 내 아들의 아들에게 얘기하리라.

죽기 전에 하고 싶은 일. 이렇게 한 가지는 나도 정했다.

비록 속 좁은 우리 딸 곽해인이 서운해할지는 모르지만 반드시 해 보고 싶은 경험이다. 그리고 아빠와 아들 사이에 존재하는 남자들끼리의 동질감이나, 무엇인가를 가르쳐 주고 싶은 마음, 또한 아들에게서 느껴지는 이유 모를 든든함에 대해 나는 딸아이에게 알기 쉽게 설명해 줄 자신과 능력이 솔직히 아직은 없다.

씨이
씨이
씨이

내가 바로 가수다

내가 바로 가수다

싸이, 제대로 사고 치다

지난밤에(2012. 10. 4) 가수 싸이가 서울시청 광장에서 8만의 관객과 함께 콘서트를 열었다. 아니 신나게 놀았다. 꽤나 즐거워 보였다.

TV를 통해 보니 짧은 시간에 얼마나 열정적으로 준비했는지를 충분히 짐작할 만큼 다양하고 개성이 넘쳤다. 게다가 어제의 콘서트는 유튜브 동영상뿐 아니라 외국 방송의 화면으로도 나올 가능성이 많아 보였다. 한방에, 순식간에 전 세계를 상대로 자신의 콘서트를 해

낸 셈이다. '멋졌다 싸이. 바람 불 때 높이 연 띄워라. 즐겁게 신나게 놀아라!' 싸이만큼 관객과 즐겁게 노는 가수는 없다. 그의 가장 큰 매력이다.

빌보드 차트란다. 맞단다. 절대로 시내에 흔했던 불법 복제 음악 리어카의 길보드 차트가 아니다. 미국의 빌보드가 틀림없단다. 어릴 때 우리와 상관

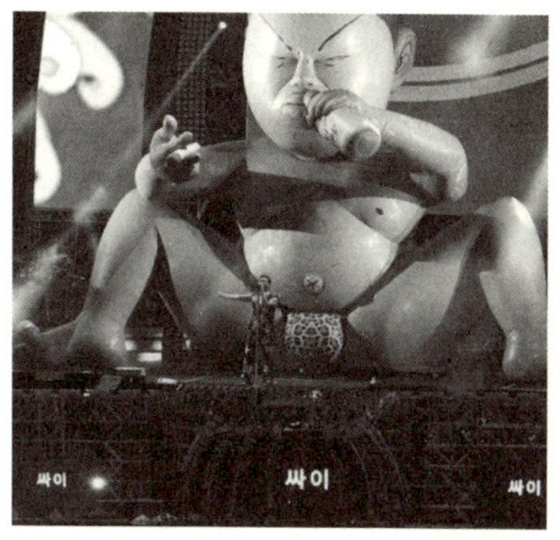

엽기 가수 싸이, 콘서트

없는 머나먼 어딘가에 존재한다고 여기던 곳. 세계 최고의 권위와 (비록 식상한 표현이지만) 영향력을 자랑하는 그 빌보드에서 싸이의 〈강남 스타일〉이 싱글 차트[25] 2위를 했단다. 일단 무엇보다 잘했다. 장하다. 정말 대단하다.

빌보드가 어딘가? 예전에 우리나라 가수들이 농담 말고는 꿈에서라도 도전이 가능한 곳이었던가? 어딜 감히, 라는 표현은 자존심 때문에 쓰고 싶지 않지만 실제 그곳은 멀게만 보였던 딴 세상이었다. 우리와는 차원이 전혀 다른 음악 세상으로 보이던 곳이었다. 현실적으로, 언어와 자본의 벽 그리고 문화권의 이질적 차이와 같은 유형무형의 장벽들이 워낙 높았던 시절이었다.

국내 최고의 인기 가수들이 신곡을 발표하는 인터뷰에서, 이번 앨범은 빌보드 차트를 공략하는 데에 중점을 뒀다고 하면, 모두가 한바탕

---

25) 빌보드 차트는 싱글 차트와 앨범 차트 두 가지로 나뉜다. 쉽게 말해, 인기 좋은 노래 한 곡과 인기 좋은 음반을 말하는데, 둘 다 동시에 즉 인기곡이 담긴 음반으로 2관왕을 먹는 경우가 전에는 일반적이었다.

웃음으로 박수를 쳐주며 그 가수의 유머 감각을 인정해 주던 때였다. 빌보드는 우리와는 뭔가 다른 사람들이 폼나게 으스대던 곳이었다.

그곳은 마이클 잭슨이나 마돈나나 비틀스나 롤링 스톤즈나 엘비스 프레슬리나 스티비 원더나 에릭 클랩튼, 이런 사람들만 노는 곳인 줄로 알았다. 라이오넬 리치나 딥 퍼플이나 레드 제플린이나 천재 기타리스트 지미 헨드릭스나 머라이어 캐리나 휘트니 휴스턴이나 밥 딜런이나 본 조비처럼 이름부터 많이 다른 세련된(?) 나라의 가수 들만 오르는 곳이 빌보드 차트라고 생각했었다.

그렇게 대단한 빌보드에서 싸이가 2등을 했단다. 나아가 1등을 노리는 중이란다. 이 글이 나올 즈음에는 결과가 나온 지 오래되었으리라. 아니 어쩌면 벌써 한바탕 싸이 광풍이 지나가 버린 후일지도 모른다.(대중은 얼마나 냉정한가?) 그때 가서 이 글을 다시 <u>수정해야 [26]</u> 할까? 그래도 좋다. 1등만 한다면 뭐든 하겠다. 까짓것 우리도 빌보드 차트 1등 한 번 해 보자 싸이! 홧팅!

미국 방송 출연 모습-표정 보시라

느닷없는 싸이의 인기몰이에 얼마 전부터 준비해 오던 이 글에서도 수정해야 할 부분이 생겼다.(한 번씩 찾아보시라) 기쁘고 흔쾌한 마음으로 고쳤음은 물론이고 다시 한 번 장하다는 말을 해 주고 싶다. 축하한다. 세상 참 많이 변했다는 이른바 격세(隔世)의 감

---

26) 결과는 다들 잘 아시리라 믿는다. (이렇게 해 놓으면 수정할 필요가 없겠지?)

정이 크게 느껴진다.(어릴 때 보면, 연세 드신 분들이 자주 쓰던 말이었는데 언제부턴가 왜 이 말을 내가 자꾸 쓰는지 모르겠다)

내가 고등학생이던 1980년대 초중반만 해도 국내 가요보다는 미국(그때는 뭉뚱그려 모두 미국이라고 생각했지만 영국의 뮤지션들이 오히려 다수였다)의 팝송을 좋아하는 10대와 20대가 훨씬 많았다. 왜였을까? 이유가 무엇이었을까? 아마 여러 가지 대답이 나올 테고 많은 이유가 있으리라. 또 그런 부분들에 대해 공부하는 이들이 따로 존재할 테니 그분들이 뭔가 그럴 듯하고 멋진 답을 내놓지 않을까? 나는 그냥, 우리 대중음악의 부족이었다고 무식하지만 용감하게 얘기하련다.

그때는 우리 가요가 부족했다. 10대 중반에 들었던 우리 음악에 대한 나의 생각은 그랬다. 들을만한 노래가 국내에는 많지 않았다. 그때의 우리 가요계는 아직 단순(?)했다.

오랜 독주에 언제부턴가 조금은 식상해진 조용필. 한 번씩 돌아가며 사이좋게 히트곡을 내던 이용과 전영록과 김수철과 송골매와, 아직은 목청껏 소리만 내지르던 어느 여가수 그리고 또…… 여러 다양하고 많은 음악을 듣고 싶어 하던 우리들에게는 아직 뭔가 좀 부족했다. 우리 가요는 늘 조금씩 허전했다.

그에 비하면 팝송은 어땠는가?

아직까지도 빛이 바래지 않았던 비틀스와 비지스와 아바와 사이먼 앤 가펑클과 폴 모리아와 카펜터스와 존 덴버와 닐 영과 엘튼 존과 이글스와 시카고와 캔사스의 주옥같은 올드 팝들. 흑인 음악의 성지(聖地)였던 〈모타운〉 레코드에서 만들어 낸 가수들 스티비 원더, 다이아나 로스, 마빈 게이, 슈프림스, 잭슨 파이브, 라이오넬 리치 등등. 그리고 1980년대가 되면서, 하루가 다르게 발전하던 통신과 전파의 속도만큼 빠르게 전해져 오던 미국과 영국의 음악과 뮤지션들.

크림과 핑크 플로이드와 도어즈와 킹 크림슨과 AC/DC와 블랙 사바스와 주다스 프리스트와 퀸과 스콜피온즈와 메탈리카에 건스 앤 로지스까지. 또 빌리 조엘과 배트 미들러와 바브라 스트라이샌드와 산타나와 섹스 피스톨즈와, 복제 양 돌리의 이름을 갖게 해 준 <u>돌리 파튼</u>[27]과 에어 서플라이와 올리비아 뉴튼 존과 버티 히긴스. 그리고 토토와 폴리스와 컬처 클럽과 반 헬렌과 듀란듀란과 프린스에, F.R 데비드와 웸의 조지 마이클과 뉴키즈 온 더 블록에 마돈나와 포리너 그리고 속주 기타의 제왕 잉웨이 맘스턴과 게리 모어와 아하에 너바나의 커트 코베인까지…….

그리고 이 사람, 세계 대중음악의 흐름을 하루아침에 멈추게 한 채, 한동안 오직 자기 한 사람만 쳐다보기를 강요했던 58년 개띠, 팝의 제왕 마이클 잭슨. 마이클 잭슨의 《Thriller》 앨범에 실려 순식간

---

27) 가슴이 매우 컸던 미국의 육체파 컨트리 여가수. 노래로도 물론 유명했다. 1996년 세계 최초의 복제 동물을 탄생시킨 영국의 캠벨 박사는 양의 젖샘에서 체세포를 채취했다. 복제된 양은 이런 연유로 돌리라는 재밌는 이름을 갖게 되었고 더욱 유명해지는 계기가 되었다. 돌리는 이유 모를 조로 현상(관절염, 폐질환)으로 6년 만에 안락사를 당했다.(인간이 신(神)의 흉내를 냈다는 생각이 나는 든다) 인간이 만들었고 또한 죽였다. 돌리는 말 그대로 희생양이었다.

에 세계를 뒤덮은 〈빌리 진〉과 〈빗 잇〉. 숨이 막힐
만큼 화려했던 그의 춤과 문워크.

마이클 잭슨

　팝의 강력한 공습은 도무지 끝이 없었고, 코 밑의
솜털이 조금씩 굵어져 가던 우리는, 되지도 않는 딱
딱한 발음의 영어로 팝송 따라 부르랴, 어느 곡이 뜨
고 어느 노래가 사라져 가는지 부지런히 주워섬기
랴, 그것만으로도 하루가 짧았다.

　비록 사는 곳은 달라도, 당시 교실마다 음악 좀 듣는다 하던 아이
들이 하나같이 내세우던 기준이 있었으니 바로 금주의 빌보드 차트
였다. 그때만 해도 동네에는 레코드 가게가 흔했다. 그곳에서는 최
신 유행 음악을 하루 종일 틀어 주었는데 돌이켜 보면 참 좋았던 시
절이었다. 그들 가게 덕분에 골목만 벗어나도 제법 넓은 길에서는
늘 음악을 들으며 걷곤 했다. 레코드 가게를 통해 보통 사람들도 음
악과 가까워졌고 그때그때 대중음악의 흐름과 변화를 자연스럽게
접하지 않았나 싶다. 레코드 가게 사장님들 고맙습니다. 행복이 함
께하시길.

　물론 그들도 때로는 가게의 실질적 고객인 십대와 이십대 학생들
의 구매를 유도하기 위해 다소 유치한 영업 전략들을 구사하기도 했
다. 대표적인 하나가 빌보드와 가요의 순위표였다. 그곳에서는 단골
이거나 조금 안면이 있는 학생이다 싶으면 조용히 손짓으로 불러 도
화지 크기로 인쇄된 종이를 한 장씩 나누어 주곤 했다. 마치, ‘이건

쾌나 귀한 것이지만 너에게만 특별히 주는 선물' 이라는 식의 따뜻한 표정을 지은 얼굴로였다.(그때는 귀한 줄로 알았지만, 동네에서 벗어나 대학가나 번화가에 나가 보니, 대형 레코드 가게 앞마다 몇 백 장씩 수북이 쌓아 놓은 채 발에 밟힐 만큼 흔한 소식지였다)

그 종이는 뮤직박스라는 회사에서 매주 발행하는 빌보드 소식지였다. 빌보드 HOT 100은, 싱글 차트와 앨범 차트의 순위를 매주 알려주었는데, 그때의 팝송 키드들에게는 지대한 영향을 끼치는 큰 의미를 가진 종이 한 장이었다. 왜냐고? 그 내용을 얼마나 잘 아느냐에 따라 모두가 팝송 지식에 대한 깊이를 평가하기 때문이었다. 그것은 사실상의 팝송 지식 배틀이었다.

매주 숨가쁘게 바뀌는 빌보드의 차트를 막힘없이 줄줄 외운다는 자체로 그것은 이미 팝음악의 고수임을 의미했다. 다른 성가신 노력은 굳이 필요 없었다. 일주일마다 나오는 빌보드 HOT 100을 달달 외워 가지고 다니면 어디 가서도 음악 얘기는 어지간해 꿀릴 일이 없었다.

기억들 나시나, 빌보드?

물론 그러다 재수 없게, AFKN에서 방송하는 아메리칸 TOP 40를 TV와 라디오로 매일 보고 듣는, 거기에 『월간팝송』까지 정기 구독하는 초절정 고수를 못 알아보고 까불다가, 밑천 드러난 채 망신을 당하는 경우도 종종 벌어지곤 했었다. 그만큼 우리 또래의 음악 고수들과 팝송 키드들이 목을 매던 그곳이 바로 빌보드 차트란 얘기다. 그랬던 곳에서 싸이가 2등을 했다니 어찌 축하하지 않겠는가?

이 말은 꼭 해야 한다. 누가 들으면 낯간지럽다 하겠지만, 나는 싸이가 이런 대단한 사람인 줄 전부터 알았다. 정말이다. 일찍이 싸이는 꿈을 현실로 만들 줄 아는 이였다. 무슨 얘기냐고?

대한민국 남자들이 가장 싫어하는 꿈이 무엇일까? 두말하면 숨 가쁘다. 그것은 군대에 두 번 가는 꿈이다. 최악의 꿈이다. 그런데 싸이는 그 꿈을 현실에서 이룬 사람이 아닌가? 싸이는 군대 두 번 갔다 왔다. 멋진 사람이다. 싸이 이야기는 이 정도면 되었다. 이제 본래의 이야기를 하자.

내가 좋아했던 또한 지금도 좋아하는 음악에 대해 얘기하고 싶었고 그 이야기의 방식에 대해 고민했다. 나만의 10대 가수를 뽑는 방식으로 해 볼까? 많은 사람들이 좋아했던 가수를 몇 명 선정해서 역시 많은 사람들이 알 만한 이야기들을 풀어 보며 공감대를 만들어 가 볼까? 여러 가지를 생각했다. 생각 끝에 나는, 노래가 내 귀에 들려오던 때, 노랫말의 속뜻을 알지는 못해도 흥얼거리며 따라 부르기 시작했던 시절부터, 이야기를 시작하기로 마음먹었다.

다만 한 가지, 내가 처음부터 만들어 내는 이야기가 아니라, 원래 존재했던 그리고 활동했던 가수들에 대한 이야기인 만큼, 이 글이 과연 어디까지가 창작인지에 대한 고민이 많았다. 결국 '나만의 이야기 방식'을 통해 부담을 해결해야 한다는 생각을 했다. 의외로 간단한 문제였다. 쉬운 일은 아니겠지만, 나의 방식으로 이야기를 하면 될 일이다.

미리 밝힌다. 난 음악을 좋아할 뿐, 잘 알지는 못한다. 음악적인 깊이와 구체적이고 전문적인 부분에는 감히 근처에도 가지 않겠다고 다짐한다. 조심하겠다. 이 글을 쓰는 목적 가운데 큰 하나는 무엇보다, 읽는 분들과 함께 지난 시절의 추억에 잠시 잠겨 보자는 제안이다. 부족한 이 글이 여러분의 마음속에 들어가 '맞아, 그땐 그랬지!' 한다면 더할 나위 없는 기쁨이겠다.

옛날, 나 어렸을 때에는

단편적인 몇 가지 기억이 난다.

삼양 쇠고기라면이 45원이었고, 구봉서와 후라이보이 곽규석이 의좋은 형제로 나와 농심라면을 광고하던 1977년 겨울쯤이었다.

형님 먼저 드시오 농심라면
아우 먼저 들게나 농심라면
그럼 제가 먼저…….

밤중에 서로에게 몰래 볏단을 가져다 놓던 의좋은 형제 이야기를 코믹하게 만든 광고였는데 능청스런 구봉서의 표정이 아직까지도 기억난다.

어린 눈에도 굉장히 예쁘게 보였던 혜은이의 인
기가 하늘을 찌를 듯했다. 미스 제주 출신이라는
점 때문에 더욱 그런지는 몰라도 혜은이는 남자
들에게 유난히 인기가 많았다. 그건 아이들도 예
외가 아니어서 당시 열 살이던 나와 동네의 친구
녀석들까지 〈당신만을 사랑해〉나 〈진짜 진짜 좋

미녀 가수 혜은이

아해〉와 같은 노래들을 흥얼거리며 딱지치기를 할 정도였다.

그때 우리 가족이 살던 곳은 서울 봉천동이었다. 비록 가난한 동
네이긴 했어도 이미 70년대도 막바지인 시절이었고, 서울은 서울인
지라 어지간만 해도 TV가 없는 집은 드물었다. 덕분에 전에 살던 지
방 도시에 비하면 TV로 가수들을 보는 일도 꽤나 평범한 일상인 때
였다. 그 시절 TV 화면은 흑백이었는데 혜은이가 나올 때마다 '흑
백 화면으로 봐도 저렇게 예쁜데 실제 칼라로 보면 얼마나 더 예쁘
겠냐? 고 하시던 아저씨들의 감탄 섞인 이구동성이 기억난다. 어쩌
면 흑백이어서 더 예쁘지 않았을까?

이은하도 자주 보던 가수였다. 〈아직도 그대는 내 사랑〉과 〈아리
송해〉 같은 노래들을 불렀고 무엇보다 그녀는 꽤나 건강(?)했다. 날
씬한 혜은이와 비교되곤 했었다.

남자 가수로는 윤수일의 〈사랑만은 않겠어요〉와 최헌의 〈앵두〉,
〈오동잎〉 그리고 전영록의 〈애심〉과 최병걸의 〈난 정말 몰랐었네〉
정도가 기억난다. 또 있다. 〈나를 두고 아리랑〉의 김훈과 영화배우
조승우를 볼 때면 가끔 생각나는 〈돌려줄 수 없나요〉의 조경수까지

포함하자.

하지만 아무래도 당시에는 라디오가 흔하고 가까웠던 모양이다. 그때 열 살을 막 넘어가던 내가 어른들이 켜 놓은 라디오를 통해 들으며 좋아했던 노래들은 전영의 〈어디쯤 가고 있을까〉, 서유석의 〈가는 세월〉, 〈아름다운 사람〉과 〈그림자〉, 김만준의 〈모모〉, 장계현의 〈나의 20년〉들이었다. 그리고 2, 3년 뒤에 나온 이정희의 〈그대여〉, 〈바야야〉, 〈가위바위보〉. 더 있다. 비록 배인숙이라는 가수의 이름은 잘 몰랐어도 부드럽고 고급스럽게 느껴져 좋아했던 〈누구라도 그러하듯이〉 그리고 이연실의 〈목로주점〉. 이 노래의 노랫말은 어린 내게도 멋들어졌다.

멋들어진 친구 내 오랜 친구야 언제라도 그곳에서 껄껄껄 웃던 (중략) 이왕이면 더 큰잔에 술을 따르고 (중략) 오늘도 목로주점 흙바람벽엔 삼십촉 백열등이 그네를 탄다

지금 와서 다시 들어 보아도 모두가 좋은 노래들이다. 열 살이 웃긴다고? 그러지들 마시라. 요즘의 열 살[28]들도 싸이의 〈강남 스타일〉

---

28) 얼마 전 둘째, 서우의 학교 가을운동회에서 본 일이다. 운동회 내내 끊임없이 경쾌한 응원곡이 흘러나오던 가운데 싸이의 〈강남 스타일〉이 갑자기 등장했다. 그 순간 재미있는 광경을 목격하게 되었는데.(2학년과 4학년 그리고 6학년이 공동으로 참가하는 운동회였다) 노래가 나오자 2학년들은 그야말로 흥분을 넘어 광란의 도가니였다. 거의 모두가 노래뿐 아니라 춤까지 추는 통에 운동장의 2학년 구역이 뿌연 먼지로 뒤덮였다. 4학년은 춤을 추는 아이들은 별로 없었지만 노래만은 대부분 흥겹게 따라 불렀다. 그리고 6학년. 놀랍게도 노래조차 따라 부르는 아이가 거의 보이지 않았다. 이미 6학년의 노래는 아닌 듯했다.(2012년 10월 18일의 일이다. 아직 싸이는 빌보드 2위다) 애들 이렇게 빠르다. 열 살 무시하지 마라.

에 몹시 흥분하지 않는가? 아이들은 단지 어른들 앞에서 티를 내지 않을 뿐이다. 그때는 나도 그랬다.

꽃잎은 바람결에 떨어져 강물을 따라 흘러 가는데 떠나간 그 사람은 지금은 어디쯤 가고 있을까

맑고 깨끗하다는 표현이 더없이 어울리는 전영의 목소리와 그녀의 얼굴을 절반도 넘게 덮었던 커다란 안경. 또 서유석이 특유의 안정적이고 담백한 저음으로 불렀던 노래들. 그리고 목소리에서도 노랫말에서도 얼굴에서도 순수함이 보이던 김만준.

전 영 　　　 서유석 　　　 김만준 　　　 장계현 　　　 이정희

모모는 철부지 모모는 무지개 모모는 생을 쫓아가는 시곗바늘이다

많은 사람들이 아직 이 노래의 가사를 기억하리라. 독특한 비음이 묘하게 매력적이었던 장계현의 노래까지. 그리고 지상 최강의 청순한 미모와 청아한 미성으로, 13세 소년이었던 나의 가슴에 꺼지기 힘든 터보 불씨와 함께 휘발유를 드럼통째로 들이부었던, 나의 첫사랑 이정희 누님! 물론 결혼은 하셨겠지요? 오늘 오랜만에 누님의 〈그대여〉를 다시 들어 봅니다. 잘 사시죠?

그대여 그대여 울지 말아요 사랑은 사랑은 슬픈 거래요

내 나이 열세 살이었던 1980년. 전해의 막바지에, 내가 태어나기 훨씬 전부터 오랫동안 대통령의 자리를 차지해 왔던 이가 부하의 총에 의해 세상을 떠났고, 많은 어른들이 눈물을 지었지만, 눈물이 아닌 희망을 말하는 어른들도 드물지는 않았다.(당시의 눈물은 2013년에 박근혜 대통령을 만들어냈다)

하필이면 나의 생일이었던 12월 12일, 나라가 혼란해진 틈을 타 모든 권력을 차지하려 무력 쿠데타를 일으킨 군인들과 이를 막으려는 군인들의 사이에 유혈 충돌이 벌어졌으며 그 과정을 계획하고 지휘해 결국 승리한 이가 새로운 대통령이 되었다.

새 대통령은 당시 6학년이던 나와 친구들에게 '정의사회 구현'이라는 딱딱한 표어와 그만큼 더 심각하고 진지한 단어들로 이루어진 시행규칙을 외우게 했다. 오래전 이미, 〈국민교육헌장〉에 나오는 '민족 중흥의 역사적 사명'이라는 어마어마한 숙제를 짊어지고 이 땅에 태어났던 나는, 갑자기 해야 할 일이 바뀌는 바람에 좀 허탈하기는 했다. 하지만, 민족 중흥이니 하는 너무나 심각한 숙제에 비해 정의사회를 구현하는 쪽이 아무래도 힘이 덜 들겠다고는 생각했다.(말이 쉽지, 민족 중흥? 그걸 내가 뭔 수로 시키나? 그리고 민족 중흥이랑 정의사회 구현을 왜 어린 우리보고 하라는 걸까? 나라는 자기네들이 다 해먹었으면서 말이지) 어쨌든 외워야 하는 글의 길이는 새 대통령 쪽이 그나마 훨씬 짧았다. 그의 임기도 그랬다.

1980년은 많은 어른들이 유난히 구석에서 수군거리던 해였다. 아버지도 동네 어른들도 심지어 학교의 선생님들도 뭔가 하고 싶은 말은 많지만 참는다는 표정을 자주 짓곤 했다.(어딘가에서 군인들이 사람들을 많이 죽였다는 소문이 들려오기도 했다) 어른들은 방송을 보고 나면 누가 들을세라 경계를 하면서도 나지막한 소리로 어딘가를 향해 악담을 퍼부었고, 신문을 볼 때면 얼굴을 찌푸린 채 긴 한숨이 이어지기 일쑤였다.

아직은 조용필이 등장하기 전이었다. 비록 1976년에 〈돌아와요 부산항에〉가 히트하기는 했어도 아직은 그의 시대가 아니었다. 내가 기억하는 그의 시대는 1980년에 비로소 시작되었다. 그리고 아직 끝나지 않았다.

어떻게 해도 결국 조용필에서부터 시작해 풀어가야 할 이야기였다.

내 가수 목록의 첫 번째로 조용필을 정하고, 별 생각 없이 인터넷과 도서관을 통해 자료를 찾던 나는 깜짝 놀랐다. 무려 55장(이제 56장)에 달하는 조용필의 음반 때문이었고, 그만큼의 음반을 뿌리로 한 엄청나게 다양하고 방대한 자료량 탓이었다.

그의 팬과 여러 팬클럽들이 개인적으로 써 올린 글과 자료들을 모두 배제한다고 해도 조용필에 대한 자료는 심하게 차고 넘쳤다. 흔히 말하는 '그것을 얘기하려면 책을 한권 써도…….' 란 얘기가 있지만, 도서관에서 확인해 본 조용필 관련 서적만 해도 일일이 숫자를 확인하기 힘들 정도였으며, 한 권의 책이 통째로 그에게 바쳐진 경우만도 여럿이었다.

나는 마음먹었다. 되도록 조용필에 대해 아는 척을 적게 하기로. 오로지 개인적으로 그와 연관된 기억과 내가 생각하는 조용필, 그것으로만 이 글을 채우기로 마음먹었다. 어설프게 아는 척해 봐야 조용필의 팬이라 생각하는 분들에게는 번데기 앞의 주름일 테고, 어쩌면 그의 음악에 대해 말한다는 자체가 주제넘다는 소리를 들을까 봐 나는 조심스럽다.

〈단발머리〉와 〈창밖의 여자〉.

두 곡은 모두 <u>조용필의 1집 음반</u>[29]에 수록된 곡들이다. 1980년 한

라디오 드라마의 주제곡이었던 〈창밖의 여자〉는 조용필의 절창 '나를 잠들게 하라─'를 어른들이 흥얼거리며 따라하게 만든 노래였고 〈단발머리〉는 아이들의 어깨가 절로 들썩이게 만든 노래였다. 그때만 해도 흔치 않았던 소니의 카세트데크에 400원짜리 새한 공테프를 끼워 넣고 내가 처음으로 녹음한 곡도 바로 〈단발머리〉였다.

종일 카세트 근처를 맴돌며 라디오를 듣다가 갑자기 음악이 나오면 허둥지둥 달려가 녹음 버튼을 부서져라 누르던 그 시절. 번번이 그랬던 탓에 아무리 애써도 전주부터 제대로 녹음된 노래는 드물었다. 그것은 〈단발머리〉도 예외가 아니어서 전주곡의 그 뾰봉─뿅─ 뾰봉 하는 마치 전자오락 기계음의 소리 같았던(신디사이저와 국내 최초의 전자 드럼

조용필 1집

이 만들어 낸 소리였다) 부분은 늘 잘린 채 곧바로 '그 언젠가 나를 위해─'로 시작하기 일쑤였다.

1집에서의 인기곡이 어디 두 곡뿐이었겠는가? 〈정〉, 〈사랑은 아직도 끝나지 않았네〉, 〈한 오백년〉, 〈대전 부르스〉, 〈너무 짧아요〉, 〈돌아오지 않는 강〉 등 한 장의 앨범에 이렇게 많은 히트곡을 담아낸 가수는 일찍이 없었기에 조용필 1집의 인기는 대단했다. 한 곡 내지는

---

29) 1980년에 나온 조용필의 1집은 국내 음반 사상 최초로 150만 장이 판매되었다. 훗날인 1990년대에야 백만 장의 판매고가 크게 드물지 않았지만 이때는 그야말로 경이적인 판매고였다. 그는 공식 1집이 나오기 전에도 4장의 음반을 발표했었는데, 1971년의 경음악 앨범, 《사랑의 자장가》, 1976년의 〈돌아와요 부산항에〉가 수록된 《조용필/영사운드》(한 지붕 두 가족, 영화의 동시상영을 떠올리면 될 듯), 1976년의 《님이여》 등이다.

많아야 두 곡 정도의 인기곡을 듣기 위해 3천 원 가량의 LP나 2천 원 가량의 테이프를 사던 때여서 거의 모든 곡이 인기곡이었던 조용필의 1집은 소비자 입장에서 보면 대단히 남는 장사였다.

그렇게 이미 준비된 스타였던 조용필은 1980년의 화려한 등장과 함께 곧바로 최고의 위치에 올라 10년 넘게 그곳에서 내려오지 않았다. 여름 휴가하면 바닷가를 떠올리듯 가수하면 당연히 조용필이었다. 1980년대의 가요계는 조금 과장하자면 조용필과 나머지들이었다.

군대 생활을 하면서 나는 조용필의 〈일편단심 민들레야〉를 거의 병적으로 좋아하던 사람을 만난 적이 있다.(늘 하는 생각이지만 남자들의 군대 얘기는 결코 끝이 없다) 신병훈련소에서 만나게 된 이웃 소대의 내무반장이었다. 군기 바짝 든 훈련병들에게 그는 매우 악명이 높았고 실제 그의 별명은 어느 훈련소나 하나 정도는 있게 마련인 '미친개' 였다.

재미있는 한 가지, 희한하게도 미친개는 스스로의 별명에 대단히 만족하고 또한 애착을 가진 사람으로 보였다. '미친개' 소리에 화내는 법도 없었고 특히 '크레이지 독' 이라고 영어로 부르면 더 좋아하기도 했다. 미친 것은 확실한데 도무지 방향은 종잡기 힘든, '정예 강군 육성의 터전' 에 박혀 살아 숨 쉬는 제대로 된 사이코였다.

그는 훈련병들의 휴식 시간이 되면 한 번의 예외가 없이 〈일편단심 민들레야〉를 다른 군가와 함께 부르게 했다. 장기자랑이든 어디

서든 그는 늘 그 노래였다. 이상한 취미였다.

님 주신 밤에 씨 뿌렸네/사랑의 물로 꽃을 피웠네/처음 만나 맺은 마음 일편단심 민들레야/그 여름 어인 광풍 그 여름 어인 광풍/낙엽 지듯 가시었네 (중략) 긴 세월 하루같이 하늘만 쳐다보니/그이의 목소리는 어디에서 들을까/일편단심 민들레는 일편단심 민들레는/떠나지 않으리라 (후략)

노래 도입부의 가사를 눈여겨보시라. 어째 좀 거시기하지 않은가? 훈련병들에게 노래를 시켜 놓고 아련한 표정으로 뭔가를 음미하는 듯 하는 미친개를 보며 우리는 뒤에서 이런저런 추측을 하기 바빴다.

'무엇보다 먼저, 입대하며 두고 온 애인에게 강력하게(?) 버림받았으리라는 점. 충격을 받은 그가 급기야 군대에 말뚝을 박았으리라는 점. 그 후 여자 혹은 사랑이라는 말만 들어도 몸서리를 치게 되는 지독한 트라우마를 갖게 되었으리라는 점. 일편단심이라는 단어에 반응해 아련한 추억의 아드레날린이 분비되는 어쩌면 변태일지도 모른다는 점' 등이 그것이었다.

나는 그와 지독한 악연을 맺은 사이였다. 훈련소 입소 후 2주쯤 지나 단체로 써낸 한 장의 서류 때문이었다. 그 서류는 일종의 자기소개서와 같은 것이었다. 훈련소에서는 교관과 조교들에게 훈련

병들 개개인을 파악하는 참고자료로 이용되고, 훗날 훈련병들을 자대로 배치할 때 그들의 평가가 더해져, 당분간은 나를 설명하는 용도로 쓰일, 결코 무시 못할 서류였다.

시작은 옆자리의 훈련병 동기와 장난을 치면서부터였다. 내무반에 모두 함께 엎드려 소개서를 작성하는 중이었는데 옆의 녀석이 볼펜을 손에 쥐고 돌려 대면서 갑자기 키득거리기 시작했다. 무슨 일인가 싶어 녀석의 소개서를 넘겨본 순간 나도 웃고 말았는데 중앙의 특기란(欄)에 적어 놓은 내용 때문이었다.

'특기—몸보다 머리를 쓰는 일'

가능하다면, 뺑뺑이 도는 야전보다는 좀 편한 행정병이나 근무하기 쉬운 곳으로 갔으면 좋겠다는 마음을 내보인 철딱서니 없는 훈련병의 우스개 장난이었다. 그것을 본 나도 장난기에 발동이 걸려 웃음을 참으며 내 소개서의 특기란에 볼펜을 대고 또박또박 써넣기 시작했다.

'특기—머리를 사용해 할 수 있는 모든 일'

서로의 특기란을 쳐다보며 둘만 아는 비밀스런 즐거움에 키득거리던 우리는 급기야 그것을 절대 수정하지 않은 상태로 내무반장에게 제출하자는 간 큰 내기를 하고야 말았다.(남자들은 정말 단순하고 멍청하다)

다행히도 우리 소대의 내무반장은 소개서를 꼼꼼히 읽지 않았는지 별 말이 없었고, 막상 제출해 놓고 처음에는 조금 걱정했던 우리 둘도 별일 없이 며칠이 지나자 그것은 깨끗이 잊은 채 힘든 훈련 짬짬이 건빵과 담배로 전우애를 나누기에 여념이 없었다.

그러기를 일주일이나 지났을까? 수류탄 훈련 교장에서였다. 미친 개가 담당하는 시간이었다. 요란한 굉음과 함께 저 아래 절벽으로 수류탄을 투척하는 시범을 몇 차례 보이던 그가 갑자기 새삼 우리가 몇 소대인지를 물어 확인하더니 뜻밖에 내 이름을 꺼냈다.

"야, 너희 3소대에 ○○○이라고 있지? 누구냐? 나와 봐."

미친개에게는 무조건 눈에 띄지 않아야 상책인지라 교육받는 내내 맨 뒤에 숨었던 나는 갑작스런 호명과 나오라는 말에 무척 당황했다. 하지만 나는 어찌 되었든 신병 교육 중인 훈련병이었다.

"옛! 100번 훈련병, ○○○"

나는 궁금증을 뒤로한 채 힘차게 일어서며 관등성명을 외쳤다.

'도대체 무슨 일이지?'

그동안 재수 없이 미친개에게 걸려 시달림을 당하는 동기들을 많이 보아 왔던 터라 나는 평상시에 개 조심을 충분히 해 오지 않았던가? 그와 어지간해서는 마주치는 일조차 없을 정도로 나는 미친개의 사정권 밖에 늘 있었는데 과연 무슨 일인지? 도무지 짐작조차 가는 일이 내게는 없었다. 그런 궁금증도 잠시, 그가 나를 향해 던진 한마디로 모든 상황은 순식간에 명확해졌고 의문은 모두 풀렸다.

"머리를 사용해 할 수 있는 모든 일을 특기라고 써낸 골 때리는 XX가 바로 너냐?"

순간 숨이 턱 막히고 다리가 떨려오기 시작했다. 눈앞이 캄캄했다.

느물느물 내뱉는 미친개의 말이 나에게는 마치, ‘죽고 싶어 환장했다는 놈이 바로 너냐?’ 혹은, ‘대한민국 육군 신병 훈련소의 인내심을 직접 시험해 보겠다는, 간이 배 밖으로 튀어나온 놈이 바로 너냐?’의 소리로 들렸다. 당황스러웠지만 나는 역시 군기 빼면 시체인 훈련병답게 씩씩한 목소리로 그저 이렇게 대답해야 했다.

“예, 그렇습니다.”

머리를 사용해 할 수 있는 여러 가지 일

이후의 일을 나는 그다지 기억하고 싶지 않다. 묘한 비웃음을 얼굴 가득 짓던 미친개는 어디선가 벽돌을 몇 장 들고 와 나에게 내밀며 그것들을 머리로 깨 보라고 명령했다.

“머리를 그렇게 잘 쓴다는 놈이 설마 이까짓 벽돌 한 장을 못 깨지는 않겠지? 지금부터 머리를 사용해 벽돌을 깬다. 실시!”

그제야 동기 녀석과의 철없는 장난질을 땅을 치며 후회했지만 이미 엎질러진 물이었고 머리로 깨야 할 벽돌이었다. 잠시 후, 동기 훈련병들의 〈일편단심 민들레야〉를 배경음악 삼아 나의 ‘머리를 사용한 벽돌 깨기 쇼’는 시작되었다. 같이 장난을 쳤던 옆자리의 동기 녀석은 쥐죽은 듯 숨어 눈치만 살필 뿐이었다. 환장할 노릇이었다.

그날 이후로도 한동안 미친개는 훈련병들의 교육이 지루해질 때쯤이나 장기자랑 시간이 있을 때마다 나를 찾으며 소리쳤다.

"야! 어디 갔어? 머리 잘 쓰는 놈. 벽돌 갖고 이리로 튀어나와."

때로는 부대를 방문한 낯선 간부들에게 직접 나를 소개하는 경우
도 있었다.

"이놈이 이거 우리 중대에서 머리를 제일 잘 쓰는 놈입니다. 아주
기가 막힙니다. 어디 한번 보시겠습니까?"

나의 이마는 한동안 성할 날이 없었다. 그때 내 머리는 많이 커졌
다. 지금도 듣기만 하면 머리부터 아파 오는 〈일편단심 민들레야〉는
내가 유일하게 싫어하는 조용필의 노래다.

벌써 23년이 지난 일이다. 그때의 동기 녀석이 생각난다.(101번 훈
련병 오세준, 내 눈에 띄지 마라. 걸리면 넌 죽는다. 그리고 미친개,
나중에 알고 보니 나보다 두 살 어리더라? 그걸 알았을 때가 훨씬 더
분했다. '싸우자.' '넌 내게 모욕감을 줬어')

조용필과 관련해 오래전부터 꼭 하고 싶었던 얘기
가 있다. 1988년의 서울올림픽과 그의 노래 〈서울
서울 서울〉에 대한 이야기다.

온 나라가 몇 년째 힘을 모아 올림픽 준비하기에
정신없던 당시, 어떤 노래가 올림픽 주제가로 선정
될지는 모두에게 큰 관심거리였다. 물론 더 중요한
일은 어떤 가수가 부르는가였다. 당연히 그 자리를
차지하기 위한 관련 업계의 경쟁은 치열했다.

대한민국 조용필

그럴 수밖에 없는 이유가, 주제가를 부르는 가수는 순식간에 세계
적 지명도와 인기를 얻게 됨과 동시에, 해당 음반업체 역시 국제적 메

이저 음반사로 한걸음에 뛰어오르기 때문이었다. 상황이 그러하니 당시 국내의 내로라하는 음악 관계자와 업체들뿐만 아니라 세계 유수의 덩치 큰 업체들까지도 일찌감치 이 싸움에 끼어들었다고 한다.

　수많은 이들에게 초미의 관심사였던 올림픽의 주제가는, 1986년 올림픽 조직위원회와 MBC의 공동 선정 작업을 통해 김연자의 〈아침의 나라에서〉로 결정되면서 정리되는 듯했다.(난 이 노래도 꽤 괜찮았다고 생각한다)

　그러나 이 결정이 오히려 본격적인 혼란을 자초한 계기가 되어 버리면서 공영 방송사인 KBS에서는 강력히 반발했다. KBS는 결국 자신들도 조직위원회를 대신한 범민족 올림픽 추진 중앙협의회라는 급조된 유령 기구를 만들고 힘을 합쳐 〈올림픽 응원가〉(노래 김상국)라는 주제가를 선정했다. 그리고 틈나는 대로 TV를 통해 이 노래를 틀어 대기 시작했다. 예나 지금이나 방송국들의 자존심 싸움은 대단하다. 상대방 잔치에 재 뿌리는 수준도 기가 막히고.

　상황이 이렇다 보니, 주제가 선정 자체가 아예 없었던 일처럼 흐지부지되었고, 결국 김연자의 노래는 졸지에 낙동강 오리알 신세가 되어 버렸다. 방송국들의 힘겨루기와 조직위의 무책임한 일처리 탓에 일생일대의 행운을 놓친 억울한 가수가 생겨났고 아까운 노래만 한 곡 버려지는 결과를 가져오고만 셈이다.

　그렇게 올림픽 주제곡이 명확하게 정해지지 않은 채 맞이한 대망의 1988년 봄, 조용필은 10집 앨범을 통해 〈서울 서울 서울〉을 발표한다. 여러 가지를 겨냥한 회심의 역작이었다. 부드럽고 경쾌한 리듬에 마치 시(詩)의 형태를 갖춘 듯한 양인자의 노랫말까지, 거기에 더해 조용필은 이 노래의 영어와 일본어 버전까지 녹음했다.

해질 무렵 거리에 나가 차를 마시면/내 가슴에 아름다운 냇물이 흐르네/이별이란 헤어짐이 아니었구나/추억 속에서 다시 만나는 그대/베고니아 화분이 놓인 우체국 계단 (중략) 내 인생에 영원히 남을 화려한 축제여 (중략) 서울 서울 서울 아름다운 이 거리/서울 서울 서울 그리움이 남는 곳/서울 서울 서울 사랑으로 남으리/never forget oh my lover Seoul.
　—양인자 작사 · 조용필 작곡 〈서울 서울 서울〉 중에서

어떤가? 노래 가사에서도 뭔가 느껴지지 않는가? 내 인생에 영원히 남을 화려한 축제라는 노랫말은 무엇을 의미할까? 영어와 일본어로까지 노래를 발표한 속내는?

조용필은 올림픽의 주인공이 되고 싶다는 마음을 그렇게 드러냈다. 자신의 음악을 세계인 앞에 내놓고 평가받고 싶어 했다. 만약 그의 노래가 올림픽 주제가로 선정되어 세계 곳곳으로 울려 퍼졌다면 조용필의 위상은 어떻게 되었을까? 또 대한민국의 서울은 어떤 위치를 차지하게 되었을까? 아마도 지금과 많이 달랐으리라 생각한다.

그러나 결국 올림픽 조직위는, 외국의 다국적 음반사 폴리그램이라는 회사와 계약을 맺고, 올림픽 개막을 겨우 2개월 앞두고서야 〈손에 손잡고〉를 발표한다. 오래전부터 유럽에서 활동하던 그

룹 코리아나의 목소리를 통해서였다. 코리아나는 폴리그램에 소속된 밴드였다.

〈손에 손잡고〉[30]는 발표된 이후 3개월 동안 전 세계를 통틀어 가장 많은 방송과 전파를 탄 노래로 기록되고, 세계 유수의 음악 차트에서 오랜 기간 1위를 기록하는 커다란 사랑을 받는다.

여기서 하고 싶은 얘기는, 대한민국 서울에서 열린 올림픽의 주제가를 외국 음반회사가 외국인 작곡자에게 의뢰해 만들었고, 그것이 코리아나에 의해 불렸다는 사실이다. 나는 지금도 노래의 좋고 나쁨을 떠나 〈손에 손잡고〉에 대해 거부감이 있다. 나에게는 지금까지도 코리아나가 우리나라 가수로 느껴지지 않는다. 마치 외국의 어느 가수가 올림픽 기간 동안 실컷 장사만 하고 간 기분이다.

과연 그들이 우리 노래를 부른다는 느낌이 얼마나 들던가? 솔직히 올림픽 이후에는 그들을 볼 일도 별로 없었다. 냉정히 얘기해 코리아나는 폴리그램이 돈을 벌어들이기 위해 선택한 1회용 가수였다. 다시 생각해도 아쉽다.(코리아나에게는 감정 없다. 미안하다)

1988년의 서울올림픽 주제곡은 우리나라에서 활동하는 우리 가수가 한국인이 만든 노래를 불렀어야 마땅했다. 우리의 노래를 만들어

---

30) 태릉선수촌에서는 25년이 된 지금까지도 〈손에 손잡고〉를 아침의 기상 노래로 사용한다고 한다. 심권호의 말처럼 국가 대표를 12년 동안 한 선수들은 운동도 그렇지만 기상 노래도 지겨웠겠다.

세계를 향해 내보였어야 했다. 당시 조직위원회에서는 '아직은 우리 대중가요의 수준이 낮아 부득이하게 외국의 음악가에게 주제곡을 맡겨야 한다.' 며 시선을 나라 밖으로만 돌렸고, 이에 국내의 많은 음악가들이 정부와 조직위를 성토하며 울분을 터뜨렸다고 한다.

꼭 조용필이 했어야 한다는 얘기가 결코 아니다. 나는 단지 우리의 잔치에 우리의 노래를 우리 가수가 부르지 못했다는 사실이 25년이 지난 지금도 속상하기 때문이다. 예나 지금이나 나랏일 한다는 사람들. 제발 나라랑 국민들 자존심 좀 세워 가면서 살자. 그래도 된다. 대한민국, 그렇게 후진 나라 아니다. 부끄러운 줄 알아야지.

1980년대는 누가 뭐래도 조용필의 시대였다. 그 전과 이후가 누구의 시대였는지는 모르겠고 여러 다양한 시각이 있으리라 본다. 그러나 1980년대의 한국 가요계가 조용필의 시대였다는 데에는 많은 이들이 흔쾌히 동의하리라. 당시의 그는, 아니 현대 가요사에서의 조용필은 단순한 인기 가수가 아니라 대중음악의 가장 높고 거대한 산이었다. 그것은 아직도 진행 중이다.

조용필이 다루지 않은 음악은 없다. 또한 실패한 음악도 없다. '오로지 조용필의 노래만이 초등학교 교실과 노인정에서 함께 울려 퍼졌다.' 는 말처럼 그의 음악적 특징 중 하나는 장르의 불문이다.

흔히 그의 열성 팬들은 조용필을 트로트 가수라 칭하는 사람들에 대해 신경질적이고 날선 반응을 보인다. 그들은, 자신들의 우상을 어느 한 장르에 그것도 조금은 구닥다리라는 느낌을 주는, 트로트에 올려놓는 대접을 유난히 싫어한다.

조용필은 록 · 발라드 · 뉴웨이브 · 소울 · 민요 · 트로트 · 동요 · 가곡 등 장르를 초월하는 탁월한 능력으로 지금까지 노래했고 늘 앞서가는 실험정신으로 음악과 마주해 왔다.

환갑이 넘은 지금도 그는 항상 새로운 음악을 꿈꾸며 뚜벅뚜벅 거인의 걸음을 내딛고 있다. 그의 발걸음 하나하나는 바로 한국 대중음악의 역사가 된다.

비록 조용필의 인기가 예전과 같지 않다고는 해도 1993년 해운대 콘서트의 10만 관중, 2005년 전국 월드컵경기장 순회공연의 총 30만 관중, 2003년 잠실 주경기장의 4만 5천 관중과 2008년 같은 곳에서의 5만 관중 기록을 하나라도 깰 만한 가수가 과연 있을까?(세상에!

올림픽 주제가를 불렀다면?

싸이가 서울시청 광장에서 그 기록을 깨 버렸다. 국제가수 싸이! 프랑스 파리까지 갔단다. 2만 명의 인파가 에펠탑 광장을 가득 메운 멋진 장면도 뉴스에 나왔다. 계속 횃팅!)

조용필의 14집에 실린 〈고독한 러너〉는 그의 노래 중 내가 가장 좋아하는 곡이다. 그의 14집 앨범은 뒤의 15집과 더불어 그에게 가장 큰 실패를 가져다 주었는데 천하의 조용필도 한때 쓰디쓴 패배를 맛보았다니 오히려 나에게는 더 친근하게 느껴진다.

10여 년 전 그의 공연 제목으로도 쓰였던 〈고독한 러너〉는, 조용필이 스스로를 격려하고 위로하기 위해 만든 노래가 아닌가 하는 생각이 들 만큼, 깊은 울림을 준다.

조용필이 그랬듯이 우리가 스스로에게 불러 주어도 썩 어울리는 노래일 듯싶다. 노래방의 장점이, 이럴 때 이러한 감정을 흉내 내 보기 쉽다는 점 아니겠는가? 가서 한번 불러 보시라. 강력히 추천한다. 노랫말이 참 좋다. 특히 후렴 부분은 아주 의미심장하다.(열심히 일해 처자식을 잘 먹여 살려야 하겠다는 굳건한 결의가 뱃속 아래 밑바닥에서부터 마치 쓰나미처럼 한꺼번에 밀려온다) 주의하시라. 음정이 높다. 망신당하지 않으려면 조심해야 한다.

〈고독한 러너〉

곽태요 작사 · 조용필 작곡

어느 하늘에 꿈이 있을까 어느 바다에 사랑 있을까

꿈을 찾아 사랑 찾아 뛰어가네

어두운 밤에 숲속을 지나 비바람 부는 언덕을 넘어

낯설은 거리 낯선 시간을 뛰어가네

서로 사랑한 친구가 있었네 내가 사랑한 님도 있었네

이제는 모두 떠나 버리고 홀로 남아

시작이라는 신호도 없고 마지막이란 표시도 없이

인생이란 고독한 길을 뛰어가네

사랑도 미움도 스쳐 간 길 꿈속에 보이는 고독한 길

지쳐 쓰러져도 달려가리라 푸른 바다에 파도가 되어

우리 인생이란 머나먼 길에 나는 고독한 러너가 되어

지쳐 쓰러져도 달려가리라 나는 고독한 러너가 되어

아침 햇살에 솟아오르고 저녁노을에 지는 날까지

어디까지나 언제까지나 뛰어가리

한 번은 들국화에 대한 얘기를 하고 싶었다. 꼭 그래야 한다고 항상 생각했고 언젠가 그렇게 되리라고도 생각했다.

30년에 가까워 온다. 그들을 알게 된 시간이. 드디어 오랜 친구에게 인사를 건넬 기회가 왔다. "잘 지냈나? 친구들!"

길을 걷다 들려오는 낯선 음악 때문에 발걸음을 멈춰 본 적이 있는가? 그 상태로 음악이 들려오는 곳을 향해 걸음을 옮기거나, 꼼짝도 않은 채 끝까지 음악을 들은 경험이 있는가?

음악에도 사람처럼 첫인상의 느낌이 존재하고 첫눈에 반하는 감정이 있다면 나는 들국화에게 첫 귀에 반했고 사랑에 빠져 버렸다. 고등학교 시절 첫 만남의 기억을 나는 아직도 자랑스레 추억한다. 들국화의 음악을 첫 귀에 알아들었다는 자부심이 내게는 있다.

1985년 대학로 바로크레코드 가게 앞에서 내가 들은 노래는 〈행진〉이었다. 그대로 멈춰 정지 상태로 계속 들었던 노래가 〈그것만이 내 세상〉과 〈아침이 밝아올 때까지〉였다. 그 순간 나에게 들국화는 그때까지 들어왔던 모든 음악의 전복이었다.

들국화가 결성된 시기는 1982년이다. 그들의 첫 음반 《들국화 1

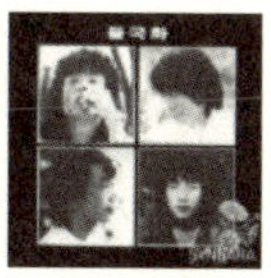

집》은 1985년이 되어서야 나왔지만 전부터 이미 그들은 언더그라운 드를 들썩이게 만들었던 유명한 그룹이었다. 전인권, 최성원, 조덕 환, 허성욱의 4인조 밴드로 출발한 그들은 이태원과 신촌 등지의 업 소에서 주로 활동했다.

이때 그들이 기존의 팝송과 함께 불렀던 노래들은 자작곡인 〈행진〉, 〈그것만이 내 세상〉, 〈아침이 밝아올 때까지〉 등이었는데 팬들의 반응은 이미 그때부터 뜨거웠다고 한다. 그들은 1984년 롯데호텔에 서 열린 록 페스티발 류(類)의 라이브 공연에서 젊은이들의 폭발적 인 반응을 이끌어 내며 자신들의 실력에 더욱 자신을 갖게 된다.

이후 들국화는 1985년 5월 파랑새소극장에서 처음으로 단독 콘서트 를 열었고, 이후 총 600회가 넘는 소극장 공연으로 록 밴드로서는 좀 처럼 깨기 힘든 기록을 세웠다. 그리고 수많은 음악평론가들이 엄 지손가락을 세우며 인정하는, 대한민국의 수많은 명반들 중에서도, 독보적 1위인 《들국화 1집》이 1985년 드디어 세상에 당당하게 모습 을 드러냈다. 한국 록의 영원한 금자탑이라 일컫는 점령군의 등장 이었다.

1985년은 우리 대중 가요사에 어떤 시기였을까? 김범룡이 전국을 바람으로 강타하고 있었고, 주현미는 영동교에 비를 내리게 할 때였 다. 이문세는 아직까지는 뭘 모르겠다는 꺼벙한 목소리로 노래를 불 러 댔고, 해바라기는 모두가 사랑이라며 달콤하게 속삭여 대던 때였 다. 이미 가왕(歌王)의 자리에 오른 지 오래인 조용필은 더 이상 상 대할 자가 없자 허공에 대고 노래를 부르던 때였다. 이른바 대중가요의 전성기가 막 시작되려는 시기였다.

오랜 시간 동안 팝송에만 귀를 기울여 왔던 10대와 20대들이 한쪽의 귀를 우리 가요에게로 조금씩 열어 주기 시작하던 때였다. 조용필, 이용, 전영록, 김수철, 송골매, 이선희, 김현식, 이문세, 송창식 등 운기조식을 막 끝낸 강호 무림의 여러 고수들이 저마다의 내공과 초식으로 무공을 겨루던 시기였다.

들국화의 음악은 이전과 달랐다. 리듬도 새로웠고 사운드도 기존의 음악들과는 차별됐다. 노랫말 역시 기존의 말랑말랑하고 유치한 사랑 타령의 가사들과는 아예 다른 방식이었다. 들국화는 자신들이 만드는 노래의 가사를 힘있고 아름다운 우리말로 채웠다.(실제 들국화의 노래들 중에는 '좋은 우리말 노래 가사'와 같은 상을 받은 경우가 많다)

들국화를 기존의 가수들과 전혀 다른 위치에 올려놓게 한 힘은 무엇보다 전인권의 보컬이었다. 거침없는, 세상을 향해 포효하는 듯도 뭔가를 마구 갈기갈기 찢어 내는 듯도 한, 그의 목소리는 전율이 일 만큼 새롭고 매력적이었다. 생전 처음 들어 보는 지독히 낯선 목소리도 모자라 거기에 더해 기괴하다는 표현이 더없이 어울릴 그의 희한한 창법이라니.

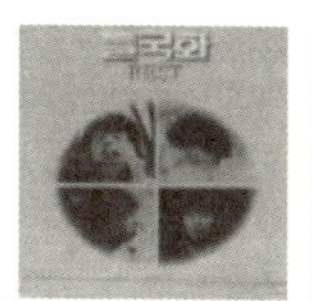

'전인권의 노래를 한 번이라도 들었다면 그를 좋아하지 않기는 힘들겠다.', 그때의 내 느낌이었다.

당시 고등학교 교실에는 저마다 들국화를(정확히는 전인권을) 흉내 내는 아이들이 순식간에 여럿이 생겨났다. 특히 전인권이 노래의 앞뒤나 중간에 넣는 특유의 추임새(꺼어어이이 에.. 에에 에으.. 이 이, 글자로 표현하려니 쉽지 않지만 아는 사람은 다 안다)는 그야말로 들국화의 상징이었으며 그들의 음악을 좋아한다는 일종의 인증 마크였다. 다시 한 번 해 보자. '에.. 에에에.. 으..이.'

정말 이상하지만 실제 목소리로는 꽤나 자신 있다. 이래봬도 그때 친구들이 내게 붙여 주었던 별명이 '곽국화' 였다.

'과꾸콰' 라는, 아무리 애를 써도 입에서 나오는 발음은 몹시 이상했지만 나는 그 별명이 퍽이나 만족스러웠다. 왠지 남들보다 들국화에 한 걸음 더 다가간 듯 느껴지는 권위 있고 자랑스러운 별명이었다. 자부심 가득한 별명에 힘입어 나는 더더욱 전인권을 모방하려 애썼다. 모든 노래를 수백 번씩 들으며 달달 외웠고 그의 창법을 군데군데 그대로 최대한 따라 해 보며 다시 그만큼을 불렀다.

심지어는 패션이라 부르기조차 민망한 그들의 옷차림까지 따르고자 노력했고, 역시 나처럼 들국화를 좋아했던 친구 한 녀석과는(친구의 별명은 '피국화' 였다. 성(姓)이 피씨였다. 나보다 잘 어울리는 별명이었다. '피구콰') 전인권의 헤어스타일도 한번 따라 해 보자며

미장원 앞을 서성이기도 했다. 물론 적잖은 용기가 필요한 일이었다. 얼굴은…… 친구들의 말로는 따로 흉내를 낼 필요가 없겠다는, 그냥 전인권 같다는 얘기를 많이 해 주었다. 칭찬이라고 생각하려 했지만 좋은 기분은 아니었다.

전인권 헤어스타일

한국 록의 태동이라고 일컫는, 신중현이 몸담았던 에드 포(Add4)가 1962년 결성된 이래, 1970년대 초반 최헌이 보컬과 기타리스트로 활동했던 그룹 히식스(He6)의 시기를 한국 록그룹 제1의 전성기로 부른다고 한다. 그리고 〈아니 벌써〉라는 도발적인 제목의 노래를 가지고 1977년 등장한, 마치 천재처럼 보였던 김창완과 그의 형제들로 이루어진 그룹 산울림. 또 1978년에 결성된, 〈한동안 뜸했었지〉를 들고 나온 최이철, 김명곤, 이근수 등이 활동했던, 그룹 사랑과 평화.

그들, 산울림과 사랑과 평화가 주로 활동하던 때를 한국 록그룹 제2의 전성기로 부른다고 한다. 〈아마 늦은 여름이었을 거야〉, 〈내 마음에 주단을 깔고〉, 〈창문 너머 어렴풋이 옛 생각이 나겠지요〉, 〈가지 마오〉, 〈독백〉, 〈청춘〉, 〈내게 사랑은 너무 써〉, 〈회상〉(이상 산울림)과 〈장미〉, 〈그대만 보면〉, 〈비가 내리네〉(이상 사랑과 평화) 등이 그들이 부른 노래들이다.

들국화는 대한민국 록그룹 제3의 전성기를 활짝 열어젖혔다. 거대한 태풍과도 같았던 강력한 그들의 등장에 그동안 미처 용기를 내지

못하던 많은 뮤지션들이 희망을 갖고 록 음악에 뛰어들었다. 마치 경칩을 맞아 얼음 녹은 땅 위로 올라오는 개구리들처럼 들국화의 시대를 맞아 이 땅의 많은 록밴드들이 앞다투어 생겨났다.

흔히들 한국의 3대 기타리스트의 한 명으로 꼽는 김도균과 보컬 유현상이 이끈 백두산. 김태원과 이승철을 주축으로 활동했던 부활. 그리고 대한민국 록의 대부 신중현의 아들인 신대철(역시 3대 기타리스트의 한 사람이다)이 이끌었던 시나위. 이들 모두는 들국화와 함께 록그룹의 전성기를 누렸던 밴드들이다. 특히 시나위에 몸담았던 임재범, 김종서, 서태지 등은 우리 음악사에 모두가 굵직한 고유의 흔적을 남긴 뮤지션들이다.

오십이 가까운 나이에 등단해, 〈칼의 노래〉와 〈남한산성〉 등의 작품으로 비평가와 대중을 동시에 환호하게 하며, <u>장안의 종이 값</u>[31]을 가파르게 올려놓은 소설가 김훈에게 한 문학평론가는 이런 찬사를 바쳤다.

'김훈은 벼락같이 떨어진 21세기 한국 문단의 축복이다.'

---

31) 배운 지 30년이 넘은 말이지만 책에 관한한 이것 이상의 멋진 표현을 들어 보지 못했다. 글 쓰는 일을 업(業)으로 삼아 생계를 꾸리는 작가에게 장안(長安)의 지가(紙價)를 올린다는 말처럼 황홀한 표현이 어디 또 있을까?

그가 만약 음악평론가였다면 그리고 28년 전에 들국화를 만났다면 틀림없이 이렇게 얘기하지 않았을까?

'들국화는 벼락같이 떨어진 한국 가요계의 축복이다.'

이것은 결코 과장이 아니었다. 그리고 축복은 벼락처럼 강렬했으나 너무나 짧았다.

첫 앨범을 위한 활동이 끝난 직후였다. 또 다른 들국화의 상징인 불화의 조짐이었을까? 1집의 강렬한 성공에도 불구하고 〈아침이 밝아올 때까지〉를 만든 조덕환은 팀을 탈퇴하고 미국으로 향한다. 대신 1집 음반에 세션(연주)으로 참여했던 주찬권(드럼)과 최구희, 손진태가 새로 합류하게 되었다.

후에 알려진 바에 의하면 멤버들 간의 본격적인 불화는 이전부터 이미 시작되었다고 한다. 전인권과 최성원의 다툼이 유독 심했다고 하는데 팬으로서는 안타까운 일이지만 사람 사이의 일을 어찌하겠는가? 누가 봐도 잘난 부분들이 많고 음악적 역량들이 넘쳐나는 두 사람이다. 일당백의 뮤지션들이다. 그런 사람들이 모여서 하나의 목소리를 만들어 내고 음악을 하는 곳이 바로 밴드가 아닌가? 어떻게 조용하게 일이 풀리기만을 바라겠는가?

함께 사는 부부도 툭하면 싸우고 결국 안 맞으면 헤어지기도 한다. 더구나 음악 하는 사람들이 원래 좀 그런 성향이 강한 스타일들 아니겠는가? 좋은 말로 '음악적 견해 차이'라고는 하지만 결국 자존심 싸움 아닌가? 잘 싸웠다. 그게 예술이고 또 맞다고 본다.

당시 그들의 나이가 서른셋이다. 치기나 객기가 아닌 진짜 자존심으로 사는 나이 아닌가? 어떻게 보면 때로 먹고 사는 일에는 비굴해도 되겠지만, 예술을 한다면서 자존심 꺾이면 안 된다고 나는 생각한다. 잘 싸웠다. 자기 고집 가져야 크게 된다. 단 다시 화해하고, 사과하고, 만날 용기는 가졌으면 좋겠다. 나를 포함한 누구에게라도 모두 해당되는 얘기다.

1986년에 발표한 《들국화 2집》은 이혼을 앞둔 부부의 이별 여행처럼 그들의 마지막 흔적이 되고 만다. 2집 이후, 그들은 각자의 길을 걷기 시작했다. 〈제발〉, 〈하나는 외로워〉, 〈또다시 크리스마스〉, 〈내가 찾는 아이〉, 〈쉽게〉, 〈조용한 마음〉 등이 수록된 2집은 1집을 뛰어넘지 못했을 뿐만 아니라 더욱 힘이 넘치는 음악을 기대하던 팬들에게는 실망을 안겼다.

어떤 이들은 최성원의 입김이 강하게 작용한 앨범이라 들국화의 색깔이 너무 많이 달라졌다고 한다. 또한 그것을 이유로 전인권이 결국 등을 돌리는 바람에 들국화가 해체되었다고도 한다.(실제 훗날 전인권은 2집에서는 자기가 부를 만한 노래가 거의 없었노라 말하기도 했다) 나의 생각은 다르다.

들국화의 2집에서, 전인권의 록적인 요소가 찾기 힘들어지고 감성에 호소하는 최성원 특유의 곡들이 눈에 띄는 점은 일부분 인정한다. 1집에 비해 힘이 많이 떨어졌다는 지적에도 동의하겠다. 하지만.

미리 밝힌다. 나는 전인권 홀릭이지만 그의 편을 들 생각이 없다. 나는 전인권이 들국화의 절반 이상 아니 팔십이나 구십까지도 차지한다고 본다. 숫자로 표현하기는 너무나 유치하지만 들국화의 팬들 중 전인권의 팬이 또한 수치상으로 그러하겠기에 부득이하게 그리한다.

문제가 되었던 2집을 보자. 전인권과 최성원 두 사람이 작곡한 곡들이 나란히 네 곡씩, 공평하게(?) 들어갔고, 나머지는 다른 멤버들의 곡으로 채워진 앨범을 보면, 그리고 많은 곡을 전인권이 노래했음을 보면, 그의 비난은 그리고 등 돌림은 적절하지 않았다고 생각한다.

밴드는 여러 사람이 모여서 함께한다. 들국화가 전인권 개인의 밴드는 아니잖은가? 이것은 자존심에 관한 이야기가 아니다. 전인권이 들국화의 보컬임은 틀림없지만, 또한 많은 대중이 다른 무엇보다 전인권의 목소리에 환호하기 때문에 그들이 유명해졌고 인기를 모았지만, 모든 팀원이 그의 음악을 위해 존재하지는 않는다.

솔로 가수 전인권이라면 혹은 전인권의 밴드라면 원하는 자기만의 색깔로 음악을 해도 되겠지만 들국화는 다르지 않은가? 〈그것만이 내 세상〉이나 〈행진〉을 좋아하는 들국화의 팬도 있고 〈매일 그대와〉나 〈축복합니다〉를 듣고 싶은 팬도 존재하기 마련이다.

수많은 뮤지션들이 직업적으로 음악을 하지만 모두가 노래를 부르지는 않는다. 그들은 대부분, 노래를 잘하지 못한다거나 다른 여러 이유들 때문에 보컬의 뒤편에서 악기를 연주한다. 밴드에서 맡은 부분과는 상관없이 그들의 음악적 열정은 누구나 뜨겁고, 대중에게 어필하고 싶은 마음 역시 남들 못지 않지만 결국 대중이 보컬에 가장 주목한다는 사실을 인정하기 때문이다.

노래하지 못하는 대부분의 뮤지션들은 자신이 더 잘하는 음악을 통해서 그리고 그것을 위해서 밴드를 한다고 나는 본다. 그래서 대중성을 담보할 만한 수준이 된다고 인정하는 이에게 마이크를 맡기고 그들은 최선을 다해 자신의 악기를 연주한다고 생각한다.

무대 위 맨 앞에 서는 보컬은 밴드의 얼굴이다. 그것은 밴드의 숙명이다. 그래서 많은 경우, 보컬이 리더가 아닌 밴드들은 갈등을 일으키곤 한다. 아마도 부활의 경우가 그렇지 않을까? 오랜 시간 만남과 헤어짐을 반복하는 김태원과 이승철을 보자. 결국 팀의 리더와 얼굴마담인 보컬 사이의 헤게모니 싸움이 근본 원인이라고 한다면 지나친 비약일까?

벌써 몇 년째, 예능 프로그램에 나와 끊임없이 부활의 리더임을 반복해 얘기하는 김태원에게서 나는 오래된 피해의식을 엿본다. 그들을 흉볼 생각으로 꺼내는 얘기는 아니다. 자신만의 음악적 자부심과 우두머리에 대한 수컷의 본능이 없는 뮤지션들도 물론 있겠지만 그것들을 가졌다고 해서 비난받을 이유는 없지 않은가?

그러나 밴드에서 맡은 바의 역할은 분명해야 하지 않을까? 각자 잘하는 부분에 대해 충실하자는 얘기다. 예를 들자.

〈마지막 콘서트〉는 이승철이 불러 크게 히트한 곡이다. 원래의 부활 앨범에서는 다른 제목으로 불린 노래였는데 아마도 〈회상〉이었다고 기억한다. 원곡은 보컬 이승철이 아닌 김태원이 노래했다.

혹시 들어 보았는가? 김태원은 그 노래의 작사·작곡과 기타 연주에 만족했어야 했다. 그리고 리더 얘기는 많이 했다. 이제 그만했으면 좋겠다. 그는 뛰어난 기타리스트이자 실력 있는 작곡가다. 그 정도면 충분하다.

마찬가지다. 송골매의 배철수가 유명해진 이유 역시 팀의 리더였기 때문이라기보다는, 〈탈춤〉, 〈세상 모르고 살았노라〉, 〈빗물〉 등의 그가 부른 노래와, 왠지 시니컬해 보이지만 그래서 더 멋진 무대 매너, 그리고 무대 위의 감전사고(?) 때문이었다.(올해 환갑이 된 그를 볼 때면 나도 저렇게 나이 먹고 싶다는 생각이 늘 든다. 그는 멋지다)

광고 듣겠습니다

내가 봐 온 전인권은 혼자 음악을 하는 스타일은 아니다.(역설적이게도 그의 솔로 1집은 정말 최고의 노래들이긴 하지만) 그리고 이건 순전히 나만의 느낌이지만, 그는 외로움도 무척 많이 타는 듯하다.

15년 전 사직동에 있었던 직장 근처에서 전인권을 가까이 자주 보았다. 그가 사는 곳 근처인 사직공원 주변이나 언덕길의 '샬레'라는 카페에서 마주치는 경우가 흔했는데 쓸쓸하다는 느낌을 받을 때가 많았다. 혼자일 때나 그를 찾아온 팬과 함께 있을 때나 그는 늘 외로워 보였다.

1987년, 들국화의 사실상 해체(써 놓으니 표현이 웃긴다. 하긴, 따로 해체식을 하기도 좀 이상하겠다) 상태에서 전인권은 허성욱과 함께 《추억 들국화》라는 음반을 냈고, 다시 1988년에 〈돌고 돌고 돌고〉가 실린 솔로 음반 《전인권 1집》을 낸다. 홀로서기의 선언인 셈이었다.

이에 대해 보란 듯한 화답(?)이었을까? 최성원도 질세라 〈이별이란 없는 거야〉, 〈제주도의 푸른 밤〉 등이 수록된 1집을 발표한다.

다른 멤버들 역시 뿔뿔이 흩어진 상태로 각자 활동하며 그렇게 들국화는 짧았던 영광을 뒤로한 채 많은 열혈 팬들의 가슴에 커다란 그늘을 남겼다. 팬들의 간절하고 안타까운 마음이 그들에게는 느껴지지 않는 듯했다. 이후 가끔씩 전인권이 TV나 신문에 모습을 드러내기는 했으나 그것은 음악 활동이 아니라 엉뚱하게도 대부분 사회면과 뉴스를 통해서였다.

현실의 들국화가 조금씩 추억 모드로 바뀌며 희미해지기에 충분한 시간이 흐른 1997년. 이미 그들이 흩어진 지 10년이 넘었다. 캐나다에서 비보가 날아들었다. 들국화 시절 키보드를 연주했던 허성욱의 사망 소식이었다. 오랜만에 장례식장에서 다시 만난 멤버들은 슬퍼했고 허탈해했다.

연세 드신 어른들의 경우를 보면, 오랜 시간 등지고 지내던 혹은 한바탕 싸우고 철천지원수로 지내던 옛 친구나 동료를 상갓집에서 만나 극적으로 화해하는 이들을, 꽤 보게 된다.

들국화도 그랬다. 허성욱의 부재로 갑작스레 위기감을 느낀 그들

은 진지하게 재결합을 의논했고 어렵지 않게 마음을 모았다. 다시
뭉친 그들은 예전만큼 자주는 아니었지만 간간이 공연도 하고 가끔
뉴스가 아닌 프로그램에 등장하기도 했다. 재결합한 그들의 모습에
팬들은 환호했고 행복을 느꼈다. 참으로 오랜만에 만나는 들국화 핀
청명한 가을날이었다. 그런 느슨한 형태의 재결합 활동을 하던 1999
년의 어느 날.

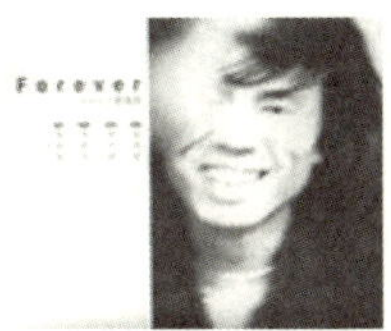

또다시 뉴스와 신문의 사회면을 장식한 전인권의 대마초 소식과
함께 들국화는 수면 아래 깊숙한 곳으로 모습을 감추어 버렸고, 화
려했던 지난날의 영광을 다시 맞이할 준비로 가슴 부풀었던 팬들은
참으로 허탈해했다. 팬들은 이제 실망과 분노의 마음을 굳이 감추려
하지 않았다. 그들은 들국화를 욕하고 등 돌리기 시작했다. 들국화
는 21세기를 팬들과 함께 맞이하지 못했다.

1980년대 후반 그리고 그 이후 국내에서 대중음악을 한 이들은, 특
히 밴드를 하고 록 음악을 한 뮤지션들은 들국화에게 감사하라. 시
종일관이었던 그들의 자중지란과 끊임없었던 자충수, 그리고 그들
의 슬픈 자멸까지도. 당신들이 받았던 박수는 어쩌면, 활짝 핀 들국

화가 가득했던 그러나 이제는 텅 빈 채 쓸쓸해진 넓은 공터에서 날아온, 그 꽃씨 때문인지 모른다.

시간이 많이 흐르고, 이제는 아주 먼 옛날의 이야기가 되어 버린 줄만 알았던 들국화의 이름이 요즘 들어 심심치 않게 들려온다. 이 글을 쓰게 된 이유의 하나다.

얼마 전. 〈놀러와〉라는 TV 프로그램에 들국화가 출연해 노래하는 모습을 보았고, 그 모습을 보던 진행자 유재석이 눈물 흘리는 장면을 보았으며, 그 장면이 몇 날 며칠 인터넷과 사람들의 입에 오르내렸다. 유재석의 눈물을 보는 순간 가슴 한구석이 짠해지면서 가장 먼저 들었던 생각은 이것이었다.

'짜식 너도 나랑 같구나. 정말 반갑다.' 그리고 곧바로,

'들국화 당신들, 계속 이렇게 모여 노래하면 얼마나 좋겠냐? 이렇게 좋은데 정말 눈물 나게 좋은데 어떻게 좀 안 되겠냐? 라는 생각이었다.

그들은, 그것을 알리고 약속하기 위해 출연했다고 한다. 세상의 무엇보다 반가운 그 말을 믿고 싶다. 그들의 노래를 다시 듣고 싶다.

최성원의 기타와 키보드, 주찬권의 드럼이 오래전에 비해 어떻게 바뀌었는지 나는 들어도 잘 알지 못한다. 전인권을 포함해 셋 모두의 곡 만드는 실력에 대해서도 마찬가지다. 모를 뿐 아니라 내 능력 밖의 일이다. 그러나 한 가지는 분명하다. 적어도 지난 몇 년간 들었던 전인권의 노래는 충분히 실망할 만한 수준이었다.

주로 인터넷을 통한(TV에서는 볼 일이 없으니) 경우라 음질과 사운드의 차이를 감안한다고 해도 그의 목은 많이 망가진 상태였다. 밥 먹듯이 한다는 표현이 있지만 그보다 많았을, 늘 불러왔던 자신의 노래조차 제대로 부르지 못해 고음 부분마다 힘겨워하며 마이크를 관객석 방향으로 내미는 전인권의 모습을 상상해 보라.

자타가 공인하고 무엇보다 스스로 자부하는 들국화의 28년 외기러기 팬으로서, 자존심이 상하고 얼굴이 화끈거리는 순간이었다. 치욕이었다.

전인권의 목소리를 흔히들 탁성이라고 한다. 적어도 지난 몇 년 그의 목소리는 말 그대로 그냥 탁하기만 한 지저분한 목소리였다.(꼭 하고 싶었던 말이다) 오랜 시간 자신을 돌보지 않은 결과였다. 물론 내가 그의 오래된 팬이라고 해서, 타인의 개인적 삶에 대해 감히 무어라 할 자격은 없다. 하지만 그의 비대해진 몸피가, 오랜 시간 그를 온통 뒤덮었던 권태와 나태의 기름기가, 전인권만의 원래 목소리를 빼앗아 갔음은 분명하다. 전인권의 원래 목소리는 세상 어디에도 없는 탁월(卓越)함이었다. 탁(濁)함을 뛰어넘었[越]던 목소리가 전인권의 그것이었다.

다행히 〈놀러와〉에서 본 그의 모습은 희망적이었다. 한창 사고(?) 칠 때에 비해 훨씬 가벼워진 몸의 그는 오히려 안정적으로 보였고, 역시 한창 때의 그것보다 조금은 덜 늘어지는 특유의 말투도 신뢰를 더했다. 노래는…… 글쎄. 전인권이 부르는 몇 곡을 들었지만 솔직히 아직은 모르겠다. 〈놀러와〉의 모습만 보고서는 확신할 만한 부분이 그리 많지 않았다. 다만 한 가지 확실하게 변한 점은 있었다. 그의 목소리가 많이 맑아졌다는 느낌. 내가 실망하던 때에 비해 많이 깨끗해져 원래의 탁성(卓聲)으로 돌아가고 있다는 느낌을 나는 받았다. 깨끗해져 탁해진다? 말장난 같지만 진심이다.

54년 말띠, 전인권의 나이 이제 예순이다. 최성원도, 주찬권도? 솔직히 음악하기 쉽지 않은 나이다. 보컬은 더욱 그러하리라 본다. 하지만 이제라도 힘 좀 내주시라. 당신들 그동안 너무 놀았다. 우리를 너무 기다리게 했다.

'이제는 돌아와 거울 앞에 선 내 누님 같은 꽃' 이라고 미당 서정주는 국화를 노래했다. 또한 '스물세 해 동안 나를 키운 것은 8할이 바람이었다.' 고 시인은 고백했던가? 내 사춘기의 8할은 들국화였다. 이제는 돌아와 무대 앞에 선 들국화, 나의 영웅들을 만나고 싶다. 언제까지나 그리고 영원히.

〈아침이 밝아 올 때까지〉

조덕환 작사 · 조덕환 작곡

기나긴 하루 지나고 대지 위에 어둠이

오늘이 끝남을 말해 주는데

오늘의 공허를 메우지 못해 또 내일로 미뤄야겠네

꿈속의 내 영혼 쉬어 갈 내 사랑 찾아서

아침이 밝아 올 때까지 내 몸 쉬어 가면

사랑하는 여인을 꿈속에 만날까

육신의 피로함은 풀리겠지만 내 영혼의 고난은 메워질까

꿈속의 내 영혼 쉬어 갈 내 사랑 찾아서

아침이 밝아 올 때까지 내 몸 쉬어 가면

내 사랑하는 여인을 꿈속에 만날까

에릭 클랩튼의 사랑 이야기

〈원더풀 투나잇〉(Wonderful tonight)으로 유명한 에릭 클랩튼에게는 이 곡 외에도 우리에게 널리 알려진 두 곡의 노래가 더 있다. 〈레일라〉(Layla)와 〈티얼스 인 해븐〉(Tears in heaven). 세 곡의 노래에는 저마다의 그러나 결국 하나의 사연이 담겼다. 에릭 클랩튼의 사랑이다. 그것은 또한 세 사람의 사랑 이야기이기도 하다.

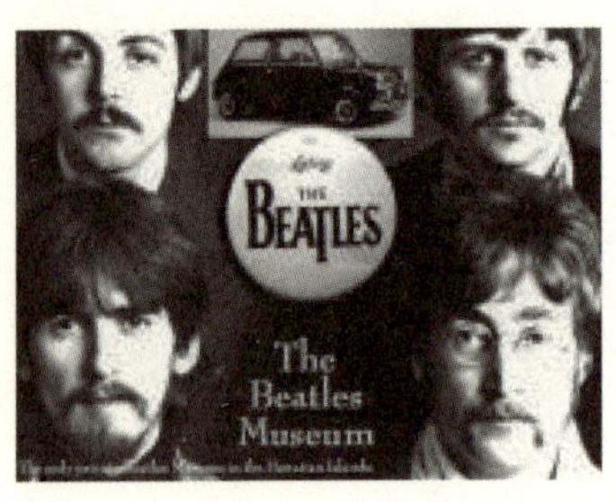
비틀스

1964년의 어느 날부터 이야기는 시작된다. 음악에 또 팝송에 문외한인 사람도 비틀스는 들어 보았으리라. 역사상 최고의 그룹 비틀스는, 존 레논과 폴 메카트니 그리고 링고 스타와 조지 해리슨 네 명으로 이루어진 영국 출신의 밴드였다. 이름의 순서를 누가 정한 적도 없지만 대부분의 사람들이 위와 같은 차례로 그들을 열거하는 데에는 무엇보다 멤버 각자의 영향력이 작용하지 않았나 싶다.

존 레논은 두말이 필요 없는 비틀스의 얼굴이었고 폴 메카트니 역시 존 레논 못지않은 천재성으로 서로 라이벌에 가까울 만큼 주도적으로 활동하고자 했다. 링고 스타? 뒤늦게 합류했으나 맏형답게 특유의 친화력으로 팀의 조화를 이끌었으며 자기만의 매력이 강했던 멤버였다.(존 레논은 비틀스의 영혼, 폴 메카트니는 비틀스의 심장, 조지 해리슨은 비틀스의 정신, 링고 스타는 비틀스의 드러머라는 악

의적인 비아냥거림과 그를 흠집 내기 위한 수준 낮은 루머들도 있었
지만 그는 대범하게 웃어 넘겼다고 한다)

마지막으로 조지 해리슨. 그의 별명은 '조용한 비
틀' '정직한 비틀' 이었다. 별명에서 보듯 그는 매우
차분하고 성실한 스타일로 팬들의 사랑을 받았다.
조지 해리슨은 다른 멤버들에 비해 조용하고 나서지
않는 성격 탓에 정당한 평가를 받지 못했다는 이야
기가 훗날 여러 사람들에게 설득력을 얻기도 했
다.(이에 대한 화답 중 하나가 2012년 마틴 스콜세이
지 감독이 만든 영화 〈조지 해리슨〉이다)

영화 〈조지 해리슨〉

패티 보이드

다시 돌아가서 1964년의 어느 날. 당시 폭발적인
인기를 끌고 있던 비틀스는 음악뿐 아니라 영화에까
지 진출하게 되었는데 〈A hard days night〉라는 그들
의 첫 영화 촬영장에 운명의 그녀가 등장한다.
패티 보이드. 런던 출신의 신인 모델이던 그녀가
비틀스 영화의 엑스트라로 출연하기 위해 촬영장을
찾은 데서 모든 일은 비롯되었다. 그야말로 대단한 미모(사진 보시
라. 나는 그녀가 68세에 어느 잡지와 인터뷰한 기사와 사진도 보았
는데 그 나이에도 젊었을 때의 미모가 느껴진다. 보기 드문 미인이
다. 고개가 절로 끄덕여진다)를 자랑하는 그녀였다. 당시 런던의 모
델계에서 매우 촉망받는 신인이었던 패티는 말 그대로 세계의 연인

이었던 비틀스의 영화에 출연함으로써 좀 더 높은 곳으로 자신의 위치를 끌어 올려놓고 싶었고, 영화 출연 그것 자체가 그녀에게는 영광이었고 큰 기회였다.

　세계 곳곳을 돌며 이쁘다는 여자들은 다 보고 다니는 비틀스에게도 이 사랑스러운 여인은 뭔가 달랐던 모양이다. 영화 촬영장에서 패티를 보고 첫눈에 반해 버린 비틀스 멤버들. 그들 가운데서도 조지 해리슨은 용기를 내어 그녀에게 데이트 신청을 했고 패티는 당시 남자 친구가 있었음에도 흔쾌히 그것에 응한다. 사랑의 시작이었다.
　이후 비틀스가 가는 곳 전 세계 어디든 패티는 조지와 동행했고, 화려한 무대 위의 생활을 한 모델답게 자신을 감추는 법 없이 한껏 뽐내며 다녀 구설수에 오른 경우도 많았다. 그럼에도 조지의 사랑은 전혀 변함없었고 둘은 1965년 결혼에 골인한다. 조지는 그녀에게 바치는 사랑의 노래 〈썸씽〉(something)을 만들어 그들의 사랑을 세상에 뽐낸다.

　한동안 행복하게 잘 살던 그들에게 불행한 징조의 먹구름으로 다가온 전조는 다름 아닌 마약이었다.(패티라는 말도 있고 조지라는 말도 있지만 아무래도 약물 치료를 받은 패티로 결정하자. 중요하지 않다)
　한때 <u>마약에 중독되었던</u>[32] 패티가 치료를 받는 과정에서 인도의 한 명상가를 만나 인도의 사상과 문화에 심취하게 되었고 그를 남편

---

32) 모든 사랑과의 결별 뒤, 그녀는 마약과 알콜 중독, 그리고 에이즈 환자를 돕는 자선단체를 만들어 봉사 활동에 전념하며 산다고 한다.

인 조지에게도 소개한다. 문제는 조지가 인도에 너무나 깊이 심취하게 되는 데서부터 커지기 시작한다. 그렇지 않아도 오래전부터 매력을 느껴 오던 인도를 비틀스의 멤버들과 함께 다녀온 조지는 이후 인도의 사상들에 푹 빠져 죽을 때까지 그것들에게서 떠나지 않았다.(2001년 후두암으로 사망한 조지 해리슨의 유골은 그의 유언에 따라 인도의 갠지스 강에 뿌려졌다)

가정도 팽개친 채 요가와 힌두 사상을 공부하며 툭하면 인도로 날아가고, 어쩌다 집에 와서도 틈만 나면 인도의 사상과 음악과의 접목을 위해 기타를 잡고 뭔가를 중얼거리는 조지였다. 그런 남편을 보는 패티의 한숨은 끊이지 않았으며, 남편에게 인도의 명상가를 소개한 일을 땅을 치며 후회했고, 그때부터 좋아하던 카레조차 쳐다보지도 않았다고 한다.

인도에 푹 빠진 조용한 비틀

남편의 마음을 돌리기 위해 갖은 방법을 다 쓰던 패티는 어쩌면 선택하지 말았어야 할 위험한 방식으로 조지의 마음을 잡으려 한다.

---

33) 야드버즈(Yardbirds): 1963년에 영국에서 결성된 록 밴드. 훗날 뉴야드버즈를 거쳐 레드 제플린으로 이름을 바꾼다. 한때 비틀스의 기록까지도 뛰어넘었던 1970년대 하드 록의 전설이다. 공교롭게도 제프 백과 지미 페이지, 에릭 클랩튼 등 기타의 최고 경지에 도달한, 이른바 기타의 신(神)들로 팝 음악계에서 추앙받는 이들이 모두 몸담았던 팀이라 더욱 유명하다. 헤비메탈의 완성본이라는 평을 듣는 〈Stairway to heaven〉의 주인이기도 하다. 덧붙여 에릭 클랩튼까지도 존경의 찬사를 바쳤던 왼손 기타리스트 지미 헨드릭스는 역사상 최고였다는 상당수 뮤지션의 평가에도 불구하고 세계 3대 기타리스트의 분류에서 대부분 제외된다. 오랫동안 록은 백인들에게만 허락된 음악이었다. 지미 헨드릭스는 흑인이었다.

에릭 클랩튼. 당시 그룹 야드버즈[33]에서 활동 중이던 에릭이 여기서 등장한다. 비틀스와 그중에서도 특히 조지 해리슨과 유난히 친했던 에릭 클랩튼과 패티 보이드의 만남.(여기에도 크게 두 가지 설이 있다. 조지 때문에 괴로워하는 패티를 지켜보던 에릭이 먼저 구애를 시작했다는 설이 하나. 패티가 다분히 의도적으로 에릭에게 여지를 줘 조지의 질투심을 유발하려 했다는 설이 하나)

패티를 만난 에릭은 순식간에 그녀에게 완전히 푹 빠져 버렸다. 그는 친구의 아내를 향한 지독한 사랑의 열병을 앓았고, 그녀에게 구애의 손을 내밀었으며, 어찌 보면 뻔히 예상된 결과에 오히려 당황한 사람은 패티였다. 그녀는 에릭을 거절했다. 그리고 무언가 이상한 느낌의 아내와 친구에게 경계심을 느낀 조지도 다시 가정으로 돌아오고, 의도했던 상황을 이끌어 낸 패티 역시 아무 일 없던 듯 남편의 품으로 돌아간다.

하루아침에, 친구의 아내를 탐했던 파렴치한으로 혼자 남게 된 에릭은 그때부터 술과 약물에 빠져 허우적거리며 살게 된다. 물론 이후에도 포기하지 않고 몇 번을 패티의 마음을 돌리기 위해 노력해 보았지만 돌아오는 것은 냉담한 반응뿐이었다.

이 세상에 사랑의 아픔만한 고통이 어디 또 있던가? 끝없는 괴로움을 달래기 위해 술과 약물에 의존하며 폐인의 삶을 살던 에릭의 마음이 명곡 〈레일라〉(Layla)에 고스란히 녹아들었다.(1971년에 만들어진 이 곡은 지금까지도 최고의 사랑 고백 노래로 불리운다고 한다)

당신이 외로울 때 아무도 곁에서 지켜 주지 않으면 어떻게 할 건가요. 당신은 너무 오랫동안 도망치며 숨어 있었어요. 그건 바보 같은 자존심일 뿐이에요. 레일라, 당신에게 애원해요. 근심에 찬 내 마음을 달래 주지 않을 건가요. 당신이 남편에게 실망했을 때 위로해 주려고 했어요. 바보처럼 나는 당신과 사랑에 빠져 버렸죠. 레일라, 당신은 나를 무릎 꿇게 만들었어요. 레일라, 당신께 애원해요. 근심에 찬 내 마음을 달래 주지 않을 건가요.

_〈레일라〉 (Layla)

에릭의 마음이 느껴지는가? 야드버즈의 기타리스트, 천하의 에릭 클랩튼은 유부녀 패티에게 그것도 친구의 아내인 그녀에게 이렇게 모든 마음을 쏟아 부어 〈레일라〉를 열창했다. 정말 처절하지 않은가? 이렇게 자존심까지 온통 팽개친 노골적인 구애의 노래를 들어 보았는가? 사랑을 얻기 위해 자신이 가진 모두를 버린 이, 에릭 클랩튼. 그는 진정 사랑할 줄 아는 사람이었다.

에릭 클랩튼

당시 〈레일라〉의 연주에 사용되었던 그의 기타 '브라우니'는 1999년 크리스티 자선 경매에서 무려 50만 달러의 가격에 판매됨으로써 기록을 세우게 되었다. 어쩌면 당시의 이런 기구한 사연들이 훗날 그렇게 가격을 올려놓았는지도 모른다. (여기서 퀴즈 하나. '브라우니'의 기록은 5년 뒤에 깨지는데 과연 누가 얼마에 깼을까?)

실연의 아픔을 치료하고자 찾았던 술과 마약 때문에 결국 이제는

병원과 요양원을 끊임없이 찾아다녀야 했던 사랑의 루저 에릭 클랩
튼. 역설적이게도 〈레일라〉를 부르며 재기에 성공한 그는 주변 친구
들의 도움을 받으며 서서히 자신의 내상을 치료해 나가기 시작했
다.(〈레일라〉 때문에 결국 패티가 마음을 돌렸다는 설(說)도 훗날
있었다)

그러던 1974년의 어느 날. 얼마간 잠잠하던 패티와 조지의 사이에
다시 균열이 가기 시작했다. 조지의 스포츠카에 대한 새로운 열정과
(그는 뭐든 한번 꽂히면 끝을 보는 모양이다) 그해 비틀스의 미국 투
어에서 만난 올리비아[34]와의 염문 때문이었다.
　이때 에릭은 둘 사이에 다시 끼어들었다. 그리고 조지에게 정식으
로 이혼을 종용한다.(대놓고 그랬단다. 에릭, 보기보다 독하다) 결국
1977년 두 사람은 이혼했고 이듬해 조지 해리슨은 올리비아와 결혼
했다. 조지와 갈라선 패티? 그녀는 곧바로 에릭에게로 갔다.

에릭 클랩튼과 패티 보이드, 둘은 마침내 1979년에 결혼했다. 그들
의 결혼식장에는 비록 이미 해체되었지만 비틀스의 멤버들이 와서
축가를 불렀다. 조지 해리슨[35]도 물론 참석했고 노래까지 했다고 한
다.(진짜 대단한 사람들이다. 이해가 가시는가? 이놈이나 저놈이나
희한한 인간들) 언제나 그리워하던 필생의 여인 패티를 차지하며 드

---

34) 훗날, 힌두 찬송가를 만드는 등 이미 영적인 세계에 심취해 있던 조지 해리슨이 숨을 거
　둔 곳은 두 번째 부인 올리비아 해리슨의 품이었다.

35) 다른 얼간이들보다는 그나마 친구인 에릭에게 그녀를 보내게 되어 다행이라고 말하며
　평생 에릭 클랩튼과의 우정을 유지했다고 한다.(어떤 속맘인지 아시겠는가? 솔직히 난
　모르겠다)

디어 사랑의 승자가 된 에릭은 그의 여인을 위해 노래를 만든다. 불후의 명곡, 〈원더풀 투나잇〉이다. 한번 듣고 가자. Play On!

늦은 저녁이에요. 그녀는 무슨 옷을 골라 입을까 망설이고 있죠. 화장을 하고 금발의 긴 머리를 빗어 내리죠. 그리고 나에게 물어 보네요. "나 괜찮아 보여요?" 그래서 나는 대답했죠. "당신 오늘 밤 정말 아름다워!" 우리는 파티에 갑니다. 모두들 내 옆에서 걷고 있는 이 아름다운 여인을 보기 위해 고개를 돌리죠. 그러자 그녀는 내게 물어 보네요. "기분 괜찮아요?" 나는 대답했죠. "오늘 밤 정말 멋진 기분이야." 나는 정말 행복했어요. 그대 눈 속에서 사랑의 빛을 보았기 때문이죠.

_〈원더풀 투나잇〉(Wonderful tonight)

패티 보이드

어떤가? 세상을 다 가진 남자, 세상에서 가장 행복한 남자 에릭 클랩튼의 마음이 느껴지시는가? 사연을 듣고 나니 앞으로 듣는 〈원더풀 투나잇〉은 뭔가 좀 다른 느낌으로 다가오지 않겠는가? 자기를 위해 만들어진 노래를 직접 듣는 여자의 마음은 과연 어떨까?

〈원더풀 투나잇〉을 부를 때 연주했던 에릭 클랩튼의 기타는 1956년에 만들어진 '블랙키' [36]라는 이름을 가진 제품이었다. '블랙키'는

---

36) 기타 한 대 가격이 12억 원이란다. 〈레일라〉 때 6억에다 이번에 12억. 합하면 기타 두 대가 18억? 혹시 기타를 팔아먹기 위해서 그 모든 일들을……? 설마 아니겠지. 에이, 아닐 거야.

2004년의 자선 경매에서 〈레일라〉를 연주한 기타 '브라우니'가 5년
전에 세운 기록을 깨고 100만 달러라는 새로운 기록을 세운다.

 이제 그들 두 사람에게는 행복과 밝은 앞날뿐이라고 많은 이들이
생각했고 그렇게 믿고 싶어 했다. 그러나 '이렇게 해서 둘은 행복하
게 살았습니다.'라고 끝나는 경우가 동화책 말고는 과연 얼마나 실
제의 세상에 존재하겠는가? 안타깝게도 그들은 행복한 결혼 생활을
그리 오래 유지하지 못했다. 에릭은 여전히 술을 많이 마셨으며 올
챙이 적 생각은 못한 채 왕성하고 꾸준한 여성 편력을 자랑했다. 안
타깝게도 아이를 낳지 못하는 패티는 어쩌면 그래서인지 도통 살림
에는 관심이 없었고 화려함과 자유분방함만을 좇았다.

 그러던 1985년, 에릭은 이탈리아 투어에서 만난 로리 델 머시기와
의 사이에 코너라는 이름의 아들을 낳는다. 전 세계를 돌며 엉뚱한
곳에서 투나잇마다 원더풀했던 결과로 그에게는 이미 각자 엄마가
다른 두 명의 아이가 있었고 패티가 아이들을 키우고 있었다.

 세 번째 아이의 소식을 들은 패티는 더 이상 참지 못했고 결국 그
들은 1989년 이혼했다.(이혼 서류에 도장을 찍었다고 많이들 말하지
만 그쪽 애들 도장 안 쓴다)

 세 사람의 슬픈 사랑은 그렇게 일단락되었고 흘러간 그들의 이야
기만 이렇게 오래도록 인구에 회자되고 있다. 이제는 모두 끝났다고
생각되던 이 이야기에 에릭의 끔찍한 불행이 하나 더 닥쳐왔으니 바
로 아들 코너의 죽음이었다. 아이는 뉴욕 맨해튼의 아파트 53층 팬

트하우스에서 실족사했다고 한다.

　사랑하는 아들을 잃은 에릭은 그러나 다행스럽게 이번에는 망가지지 않고 술과 약물 없이 꿋꿋하게 버티며 음악으로 상처를 치유했다. 그는 1992년 또 하나의 명곡 〈티얼스 인 해븐〉을 통해 자식을 잃은 아비의 애틋한 마음을 노래한다. 모두에게 그의 아픈 마음이 전해졌을까? 〈티얼스 인 해븐〉은 그의 모든 이전 곡들을 뛰어넘은 노래가 되었다.

Would you know my name if I saw you in heaven

내가 천국에서 너를 만나면 너는 내 이름을 알 수 있겠니

Would it be the same if I saw you in heaven

내가 천국에서 너를 만나면 너는 예전과 같은 모습을 하고 있을까

I must be strong and carry on

나는 강해져야 해 그리고 꿋꿋하게 살아가야 해

Cause I know I don't belong here in heaven

왜냐하면 나는 여기 천국에 있을 사람이 아니라는 것을 알고 있으니까

Would you hold my hand if I saw you in heaven

내가 천국에서 너를 만나면 너는 내 손을 잡아 주겠니

Would you help me stand if I saw you in heaven

내가 천국에서 너를 만나면 너는 내가 일어설 수 있도록 도와주겠니

I'll find my way through night and day

나는 밤낮없이 항상 내 살 길을 찾아 나갈 거야

Cause I know I just can't stay here in heaven

왜냐하면 나는 여기 천국에 있을 사람이 아니라는 것을 알고 있으니까

Time can bring you down

시간이 흐르면 좌절을 겪을 수도 있단다

Time can bend your knees

시간이 너를 굴복시킬 수도 있고

Time can break your heart

시간은 너의 마음을 아프게 할 수도 있단다

Have you begging please. Begging please

그럴 때는 애원해라, 애원하거라

Beyond The Door There' s Peace I' m Sure

저 문 너머에는 분명히 평화가 있을 거라고 확신한단다

And I Know There' ll Be No More Tears In Heaven

그리고 난 안단다, 그곳 천국에는 더 이상의 눈물은 없을 거라는 것을

Would you know my name if I saw you in heaven

내가 천국에서 너를 만나면 너는 내 이름을 알 수 있겠니

Would it be the same if I saw you in heaven

내가 천국에서 너를 만나면 너는 예전과 같은 모습을 하고 있을까

I must be strong and carry on

나는 강해져야 해 그리고 꿋꿋하게 살아가야 해

Cause I know I don' t belong here in heaven

왜냐하면 나는 여기 천국에 있을 사람이 아니라는 것을 알고 있으니까

_〈티얼스 인 해븐〉(Tears In Heaven)

'나는 여기 천국에 있을 사람이 아니' 라
는 그의 고백이 아프다.

얼마간의 시간이 지난 2004년. 그는 앞으
로는 〈티얼스 인 해븐〉을 부르지 않겠다고
선언했는데 이유를 묻자 이미 노래를 만들
때의 감정이 아니기 때문이라고 답했다. 슬

에릭 클랩튼

픈 표정을 짓고 가식적으로 노래하고 싶지 않다는 이야기였다. 멋지
다. 이제는 슬프지 않다고 오해할 만한 발언이지만 그건 아니리라.

이해될 듯하다. 그의 마음이. 자신이 진정 원할 때에만 아들을 위
한 노래를 하겠다는 뜻이리라. 짠하다. 그래도 된다. 에릭.

사랑은 그들 세 사람이 하였으나, 그 수십 배에 달하는 사람들이
그들의 사랑을 지켜보았으며, 다시 수백 배의 사람들이 소문과 언론
을 통해 그들의 사랑 이야기를 전해 들었다. 그리고 다시 그 수천 배
의 사람들이 이제는 여러 나라의 언어로 번역되고 이미 전설이 되어
버린 그들의 사랑을 말한다.

그들의 사랑에 대해 각자가 하는 여러 이야기들이 조금씩은 다를
가능성이 있다는 말을 하고 싶다. 사소한 부분에서는 더욱 그러하리
라. 이 글에 필요한 정보를 얻기 위해 관련된 책들을 읽으면서 느낀
점들 중 하나가, 저마다 자신의 이야기에는 많은 신뢰를 부여하면서
도 누가 조금만 다른 이야기를 하면 별 근거도 없이 반발을 한다는
점이었다.(하긴 근거 자체도 결국 인터넷에 떠도는 내용들이긴 하지
만) 자신이 아는 얘기와 조금만 달라도 여지없이 나오는 반발이었

다. 특히 인터넷에는 '원래부터 패티와 에릭이 사귀던 사이였다.' 에
서 시작해 수많은 지엽적인 이야기들이 넘쳐났다. 툭하면, '너의 이
야기는 잘못되었다. 사실은…… 했다.' 의 투성이였다.

　이해하기 힘들었다. 솔직히 말해 보자. 이미 여러 사람을 거친 이
야기들이고, 그것이 외신이나 외국의 책에 실린 내용을, 다시 누군
가가 우리말로 번역해 놓은 부분을, 또다시 어디선가 읽고 참조한
결과물 아닌가? 내 이야기가 진짜라고 누가 과연 자신있게 이야기할
수 있는가? 고백컨대, 세 사람의 사랑 이야기를 수십 건이 넘는 문서
로 읽었다. 좀 더 구체적이고 자세한 이야기가 궁금해서였다. 가능
하다면 틀린 사실을 이야기하고 싶지는 않아서였다. 나로서는 결국
이런 결론을 내렸다.

　'당사자 세 사람을 한 자리에 앉혀 놓고 얘기해도 분명히 조금씩
은 서로 다르게 말하리라. 왜냐하면 에릭 클랩튼과 패티 보이드와
조지 해리슨의 각자 입장이 모두 달랐으므로…….'

　이들의 사랑 이야기를 쓰면서, 많은 사람들이 이미 아는 '아주 먼
옛날에' 와도 같은 이 이야기가, 과연 창작물 안에 넣을 만한 성질의
글인가에 대한 고민이 없지 않았다. 앞서 말한 '나만의 이야기 방
식' 이 잘 되었는지 나는 모르겠다. 읽는 분들이 판단할 부분을 내가
먼저 고민하는 모양도 주제 넘는 일이다 싶어 원고를 넘긴다. 독자
들께 판단을 맡긴다. 안재필의 책에 많은 도움을 받았다. 감사한다.

그댈 사랑하는 난 행복한 사람, 이문세

이영미의 책 『세시봉, 서태지와 트로트를 부르다』를 읽다가 저절로 무릎을 칠 정도로 재미있는 부분을 발견했다. 방송국에서 몇 십 년 전부터 내보내는 명절 특집 음악 프로그램에 관한 내용이었으며 최근 뜨겁게 불었던 세시봉의 바람에 대한 이야기였다.

그의 말에 의하면, 1960~70년대에는 명절 특집에 주로 국악이 등장했다고 한다. 판소리 명창이니 김세레나니 뻐꾸기 김상국이니 뭐 그런 분들 계시지 않은가? 그러던 명절 특집 음악이 1980~90년대에는 트로트로 옮겨 갔다고 한다. 길게 말하지 않아도 쉽게 동의하시리라 본다. 이른바 나훈아로 상징되는 트로트의 짧지 않았던 세월이 지나가고 다음의 명절 특집은 무엇일까?

놀랍게도 이영미는 다음의 그 자리에 세시봉을 끌어다 놓았다. 어떤 유행이거나 다른 뜻이 있어서라기보다는 포크음악 세대가 나이를 많이 먹다 보니 자연스레 넘어오게 되었다는 얘기였다.

좋은가? 그렇다면 당신은…….

그들의 음악 즉 포크음악은 젊은 세대들이 찾지 않는다는, 더 솔직히 얘기하자면 이미 중년들의 음악도 아니라는 말이었다. 우리가 기성세대라 일컫는 특정한 연령대의 어른들이 이제 보니 옛날에 세시봉 음악을 듣던 사람들이라는 얘기다. 조영남,

송창식, 윤형주, <u>김세환의 노래를 들으며 추억에 젖은 표정</u>[37]을 짓는 이들의 나이를 봤더니 예전에 국악을 듣고 신명내던 그리고 트로트에 흥겨워하던 그 연령대와 다르지 않다는 말이다. 달리 말해 노인들의 세대가 바뀌었다는 뜻이다. 세시봉을 보며 즐거워하는 세대가 본격적인 노인의 연령대로 접어들기 시작했다는 말이다. 어떤가? 인정하겠는가? 싫어도 어쩔 수 없다. 그게 사실이니까. 세시봉 특집이 즐거웠는가? 만일 그랬다면 미안하지만 당신은, 늙었다.

어쩌면 그것은 누구에게나 마찬가지다. 오랜 시간이 지나지 않아 우리가 1980년대에 환호를 보냈던 가수들이 명절의 음악 특집 프로에 나오게 되지 않을까? 아니 어쩌면 이미 시작되었다. 배철수의 〈콘서트 7080〉이 그것이다. 시간 날 때 한번 보시라. 거기에 우리가 반가워하는 사람들 다 나온다.

TV 리모콘을 이리저리 돌리다 보면 〈가요무대〉를 간혹 만난다. 아마도 대부분 순식간에 다른 채널로 옮겨 가는 경우가 많을 테고 혹시나 그 채널에서 머문다고 해도 이유는 그 음악 때문이 아니리라. '야! 저 양반 아직도 살아 있네. 참 저 노래 오래도 부른다.' 적지 않은 경우가 이렇지 않을까? 아니면 다행이고.

새겨들으라. 〈가요무대〉 무시하지 말자. 그리고 〈가요무대〉를 보

---

37) 김세환이 〈사랑하는 마음〉에서 '천만 번 더 들어도 기분 좋은 말 사랑해' 부분을 부를 때 짓곤 하는 그 특유의 백만 불짜리(나의 아버지가 꽤나 즐겨 쓰시던 표현이다) 부드러운 미소와, 노래를 따라 부르며 얼굴 가득 행복한 표정을 짓는 나이 든 방청객 아주머니, 그리고 그 모습을 기막히게도 잘 잡아내고 계속 비춰 주는 카메라를 떠올려 보자.

는 사람들도 우습게 생각하지 말자. 우리가 주인 될 날 많이 남지 않았다. 어쩌면 배철수의 〈콘서트 7080〉처럼 우리가 기다리고 반기는 거의 유일한 프로가 곧 될지 모른다.

'요즘 텔레비전은 통 볼만한 게 없어.' 이런 말조차 어쩌면 우리에게 이미 노화가 진행 중이라는 증거인지 모른다. 그냥 즐거운 척, 아무 말 말고 TV 보자.

잘 생각해 보라. 조금만 시간이 흐르면 배철수 프로에 서태지가 나올지 모른다. 그도 등장한 지 벌써 20년이 넘지 않았는가? 서태지도 벌써 마흔두 살이다. 그럼 사회자도 바뀌지 않을까? 아마도 김건모쯤으로? 한술 더 떠보자. 들국화가 〈가요무대〉에 나와 〈행진〉을 부른다? 재밌겠다. 멋지겠다.(말이라도 이렇게 자신 있게 하자. 나이 먹으면 어떤가?)

이문세가 첫 음반을 낸 지 31년째 되는 해다. 데뷔는 36년이 되었다.

1977년에 MC로 데뷔해 연예계 생활을 하다가 가수로 데뷔했으니 그도 이래저래 원로(?) 축에 속한다고 봐야 하지 않을까?

얼마 전 TV 토크쇼에 출연한 그는 밝고 진한 녹색의 달라붙는(흔히 쫙바지라 부르는) 바지를 입은 채였다. 십대들이 입을 만한 옷이었다. 아직 그의 나이 불과(?) 쉰다섯이긴 하지만 그는 도대체 나이를 먹지 않는다. 오히려 그는 젊어져만 가는 느낌이다. 개인적으로 그를 알지는 못하는 까닭에 공공의 모두에게 노출되는 부분 외에는 그에 대해 도통 모르지만 내가 보는 이문세는 항상 유쾌하다.

즐거우신가요?

　그가 출연하는 방송을 보노라면 늘 유쾌해진 상태의 나를 발견한다. 흔히 말하는 재미있다는 느낌과는 적지 않은 차이를 가진 감정이다. 아무리 내가 오래전부터 이문세에게 우호적인 마음을 가져온 사람이라 하더라도 그를 볼 때마다 유쾌해진다는 이런 고백이 결코 보통 일은 아니잖은가?

　심지어 나는 '어떻게 하든 그와 인연을 만들어 자주 만난다면 내 인생이 훨씬 즐거워지지 않을까? 하는 생각까지도 해 보았다. 물론 그럴 가능성은 없으리라 본다. 나도 안다. 그래도 이 글의 가수 목록에 이문세의 이름을 더함으로써 친구 신청을 해 본다. 그는 나를 모르겠지만 나는 앞으로도 그를 보며 유쾌하고 싶으므로.

　《이문세 1집》이 나온 1983년만 해도 그는 별다른 색깔이 두드러지지 않는 평범한 가수였다. 〈나는 행복한 사람〉이 방송에 드물지는 않게 나오고, '삐리삐리 파랑새는 갔어도' 라는 참신한 템포의 〈파랑새〉가 일부 여학생들에게 인기를 끌기는 했어도 크게 주목할 정도는 아니었다.

　1983년의 가요계는, 천하의 조용필이 대중가요를 넘어 마치 가곡처럼 들리기도 했던 〈친구여〉를 열창하며 장기 집권 체제를 공고히 하는 중이었고, 전영록은 〈사랑은 연필로 쓰세요〉를 부르며 울렁이는 소녀들의 가슴을 담보로 조용필에게 계속 도전장을 내밀던 때였다.

전영록　　　　　　　김수철　　　　　　　정광태　　　　　　　이선희

김수철은 〈못다 핀 꽃 한 송이〉라는 발라드도 아닌 록도 아닌(어쩌면 둘 다인) 멋진 곡을 들고 나와 차렷 자세로 노래 부르곤 했다. 오천만의 애창곡 〈독도는 우리 땅〉이 정광태에 의해 불리며 전 국민을 애국자로 만들었다. 거기에 송창식의 〈우리는〉과 추억의 누님 패티김의 〈가을을 남기고 간 사랑〉이 사람들의 마음을 적셨다.

이 해는, 소련의 KAL기 격추 사건이 일어났고, KBS의 이산가족 찾기 방송이 시작되었으며, 미얀마(당시 버마)의 아웅산 묘지 폭파 사건 등 국가적으로 유난히 다사다난했던 시기였다. 이문세가 설 자리는 좀처럼 보이지 않았다.

다음 해인 1984년 역시 신인 가수 이문세에게 큰 의미는 없었다.
조그만 몸에 전자기타를 둘러맨 김수철은 깡충거리는 몸짓으로 〈나도야 간다〉를 부르며 새로운 음악하기에 여전히 열심이었고, 전영록의 〈그대 우나 봐〉와 김현식의 〈사랑했어요〉 그리고 심수봉의 〈남자는 배 여자는 항구〉와 나미의 〈빙글빙글〉 등의 노래가 인기를 끌었다. 무엇보다 그 노래, 강변가요제에서 치마를 빌려 입고 부른 이선희[38](4막 5장)의 〈J에게〉가 당시 1년의 반 가까이 모든 거리에 울려 퍼졌다.

1985년은 이문세에게 여러 가지로 의미를 가진 해였다.

먼저 〈별이 빛나는 밤에〉를 이야기해야 하지 않을까? 그해부터 1996년까지 햇수로 무려 12년 동안 매일 밤 10시 라디오를 진행하며 그는 '밤의 교육부장관'이라는 명예로운 별명을 얻기도 한다. 당시 〈별이 빛나는 밤에〉의 인기는 상상을 초월할 만큼 대단했는데, 일주 일마다 한 차례씩 하던 공개방송의 폭발적 열기는 관계자들조차 깜짝 놀랄 정도였다고 한다. 언제부터인가 1년에 한 번씩 늦가을에 열었던 '예쁜 엽서전'도 빼놓기 힘든 별밤의 신선하고 소중한 레퍼토리였다.

이문세는 그때 10여 년 동안의 소녀들에게 크게 빚졌다. 물론 당시 학창 생활을 했던 그리고 별밤에 잠 못 이루고 귀 기울이던 지금의 많은 중년 여성들 역시 별밤지기 문세 오빠에게 빚진 바는 적지 않다.(그들의 상당수는 지금도 변함없이 이문세의 든든한 지원군이다) 소녀들에게 〈별이 빛나는 밤에〉는 문세 오빠와 함께 마음으로 쓰는 일기이자 편지였다.

---

38) 믿기지 않겠지만, 당시 강변가요제 본선에 바지를 입은 여자는 참가하지 못했다. 웃기지 않은가? 이선희는 어느 여중생의 치마를 빌려 입고서야 무대에 섰다. 1990년대 초까지 도 가수는 염색한 머리로 방송 출연을 하지 못했다. 남자 연예인의 귀걸이는 말할 필요 도 없었다. 요즘은 68세 송대관도 귀걸이 하고 나온다. 몸 곳곳에 문신을 한 연예인들도 방송에 많이 보이고, 요란한 화장에 짧은 치마를 입은 채 엉덩이를 요상하게 돌려 대는 미성년 여자아이들의 모습도 일상이다.(소속사 사장들은 그렇다 쳐도 아이들의 부모만 큼은 이해하기 힘들다. 참 할 말 없다) 우습다. 예전에는 규제하는 자체가 구닥다리라고 비웃었으나 어느새 TV를 보며 눈살을 찌푸리는 나를 발견할 때가 많다. 나도 꼰대가 되 어 가는 중이다.

아직은 그다지 주목받지 못하는 가수였던 이문세가 당시 국어 교
사였던 이영훈을 만나게 되는 시기 역시 1985년이었다. 이문세가 이
영훈을 만나지 않았다면 가수로서 성공하기 쉽지 않았으리라고 흔
히들 말할 만큼 그들의 만남은 큰 의미를 가진다.

3집에서부터 조심스레 〈소녀〉, 〈휘파람〉, 〈난 아
직 모르잖아요〉, 〈빗속에서〉 등을 이영훈과 함께
작업한 이문세는 예상을 뛰어넘는 좋은 결과를 얻
게 된다.(고(故) 유재하가 만든 〈그대와 영원히〉도
이 앨범에 담겼다) 이때부터, 다른 가수들과 뚜렷
이 구분되는, 이문세만을 특징하는 여러 가지가 비
로소 그의 노래에 본격적으로 담기기 시작한다.

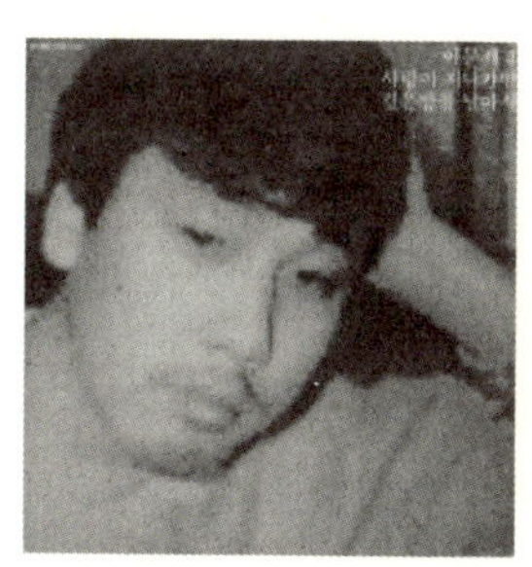

사랑이 지나가면

사실 뛰어난 가창력을 가졌다고는 보기 어려운 이문세지만 그는
특유의 음색과 창법으로 이를 훌륭히 극복한다.(그가 아래턱을 내밀
며 노래하는 모양은 단순히 우스운 몸짓이거나 말[馬] 흉내가 아닌
창법 때문이다. 진짜다)

요란한 성공은 아니었지만 3집으로 자신감을 얻은 그들은 내친김
에 1987년의 4집 앨범 전곡을 이영훈이 만든 노래들로 채운다. 이영
훈은 마지막 트랙의 건전가요 〈어허야 둥기둥기〉[39]까지도 직접 만

---

39) 당시는 앨범마다 건전가요 한 곡씩을 꼭 넣어야 했다. 뜬금없이 〈우리의 소원〉이나 〈시
장에 가면〉이 앨범의 맨 끝에 붙었다. 그럼 나머지의 노래들은 건전하지 않은 가요라는
얘긴가? 여러 가지로 이상한 시대였다. 그랬던 그때가 좋았다는 사람들도 가끔 있다. 한
참 쳐다보게 된다.

들어 내는 자신감을 보였다. 〈사랑이 지나가면〉, 〈이별 이야기〉, 〈가을이 오면〉, 〈그녀의 웃음소리뿐〉, 〈그대 나를 보면〉, 〈깊은 밤을 날아서〉 등 이문세의 4집은 앨범에 실린 거의 모든 노래가 인기몰이에 성공한다. 또한 4집은 1년 뒤의 5집과 함께 이문세와 이영훈 콤비의 절정을 맞게 해 주는 최고의 음반이 된다.

비록 당시 바람몰이를 하던 소방차나 김완선 그리고 이지연 등에 비해 TV에서의 요란함은 뒤졌지만, 대중에 대한 실제적 장악력과 음반 시장의 인기까지 본다면, 이문세의 노래들은 우뚝 높은 곳에 존재했다. 특히 10대 후반부터 20대에 이르는 연령대에서 그의 인기는 무엇보다 독보적이었다.

한국의 대중음악사에서, 발라드의 수준을 한 단계 끌어올렸다는, 평가를 받는 명반인 이문세의 4집이 나온 1987년은 민주화의 격변기였다. 박종철 고문치사 사건이 있었고, 이한열의 죽음이 이어졌으며, 군사독재 집단에 대한 국민적인 6.10 민주 항쟁이 있었고, 마침내 국민들은 항복 선언을 받아냈다. 얼마 후 KAL기 폭파 사고가 일어났으며 곧이어 대통령 선거가 치러졌다. 그해 11월 11일 유재하가 세상을 떠났다.

만약 그 시기가 아닌 다른(몇 년 후라도) 때에 이문세의 4집과 5집이 나왔더라면 어땠을까, 라는 생각을 가끔 해 보게 된다. 아마도 더욱 큰 사랑을 받았으리라 확신한다.

4집에 이어 1988년에 낸 5집 역시 모든 노래의 작사와 작곡을 이영훈이 맡아 했다. 〈시(詩)를 위한 시〉, 〈광화문 연가〉, 〈가로수 그늘 아래 서면〉, 〈안개꽃 추억으로〉, 〈붉은 노을〉, 〈내 오랜 그녀〉 등 일찍이 보기 힘들었던 주옥같은 발라드의 향연이었다.

이문세와 이영훈

　이 앨범에서 보여 주는 이영훈의 작사 능력은 당시까지의 국내 가요에서 결코 보기 힘든 수준이 아니었을까? 시어(詩語)를 조탁해 이미지를 형상해 내는 언어의 장인(匠人)들처럼 그의 노랫말은 마치 사랑 편지에 쓰이는 연시(戀詩)와도 같이 부드럽고 따스했으며 그럼에도 또한 깨끗하고 담백했다.(당시만 해도 'K 사랑했다 K 사랑한다 K 사랑할 것이다.' 나 '성은 김이요 이름은 TS 알파벳 약자로 TS 김이지요.' 와 같은 노래 가사들이 나오던 때였다)

　뛰어난 작곡 능력과 더불어, 이전의 그것들에 비해 전혀 차별화되어 보여진, 이영훈의 탁월한 작사 능력은 현재까지도 그를 가장 유명했던 작사·작곡가의 한 사람으로 손에 꼽게 만들었다. 〈그녀의 웃음소리뿐〉이나 〈시(詩)를 위한 시〉, 〈내 오랜 그녀〉 등의 노래 제목들 역시 그 시절 대단히 신선했으며 또한 파격적이었다.(파격으로 치자면 송창식의 〈왜 불러〉 만한 제목이 있을까? 이건 거의 한판 붙자는 얘기 아닌가? 〈아니 벌써〉, 〈라구요〉도 인정)

　여기서 한 가지, 분명히 하고 넘어가자.
　이영훈의 감수성과 곡 만드는 능력의 뛰어남은 자타가 공인하지만

이에 가려 이문세가 저평가되는 경우는 매우 부당하다. 이문세였기에 제대로 소화해 내고 멋지게 표현해 낸 노래들이 바로 이영훈의 곡들이었다. 그것은 이문세이기 때문에 가능했다. 당시의 이문세와 이영훈은 서로의 페르소나였다. 이영훈의 그것과 더불어 이문세의 감수성과 노래하는 능력이 누구에게도 결코 뒤지지 않았기에 그들 콤비의 찬란했던 봄날이 이토록 오랜 시간 사람들에게 인정받고 있지 않을까?

1991년의 7집 《옛사랑》 이후 이문세와 이영훈은 헤어짐과 만남을 수차례 반복하며 음악적 합일점과 인간적인 합의점을 맞춰 나가는 일에 삐걱거리는 소리를 내기 시작했다.(불과 10여 년 후에 벌어진 이영훈의 갑작스러운 암 선고와 사망을 이들이 예측할 방법은 없었다)

그러면서 이문세는 1996년의 10집 《조조할인》과 1998년의 《솔로예찬》 등의 앨범에서 김현철, 유희열, 정원영, 조규찬, 이적 등 젊은 뮤지션들과의 작업을 통해 새로운 음악적 변화를 꾀하기도 했다. 실제 〈조조할인〉, 〈빨간 내복〉, 〈솔로 예찬〉 등의 곡에서는 그가 이전까지 고수해 왔던 발라드에서 벗어나 얼마간 생소했던 다른 장르들로의 시도를 한 듯도 보인다. 결과적으로, 예전의 애잔함이나 차분함은 뒤로 물러난 대신 조금 가벼워지고 부담스럽지 않은 그리고 경쾌해져 가는 그의 음악을 만나 보게 되었다.

그러는 한편으로도 다시 이영훈을 만나 함께 작업을 하는 등 공동

의 음악을 위한 두 사람의 노력이 또한 없지는
않았다. 그러나 히트곡을 성공의 기준으로 삼는
다면 그들의 재회는 그리 성공적이지 못했고,
오래지 않아 이문세는 이영훈을 떠나보내야 했
다.(이문세의 홈페이지에 들어가 보니 메인 화
면에 고(故) 이영훈의 홈페이지를 링크해 놓았
는데 보기에 좋았다. 따뜻했다)

조금씩 시간이 흐르고 이제는 빛이 바래져 가는 옛날의 화려했던
앨범을 꺼내어 바라보는 일이 잦아질 때쯤 이문세는 다시 돌아왔다.
2006년 드라마 〈발칙한 여자들〉의 주제곡(드라마 OST라 하지 말자,
영화도 마찬가지다. 여기 미국 아니다)인 〈알 수 없는 인생〉을 들고
서였다. 예전의 화려하던 시절은 다시 오기 힘들겠지만 〈알 수 없는
인생〉은 많은 사람에게 그의 건재함을 보여 주었고 음악적 내공이
한층 상승하였음을 확인시켰다. 여러 가지로 다행스러웠다.

한때, 발라드라고 하면 이문세인 시대가 있었다. 그 시대 고급스러
웠던 발라드의 흐름을 변진섭이 든든히 이어 주었고 신승훈도 노장
일망정 아직까지는 건재하다. 나는 아직 이문세의 모습을 배철수의
프로에서 만나고 싶지 않다. 미사리 카페 같은 곳이야 두말할 나위
가 없다. 진심이다. 반복해 말하지만, 옛날 이영훈과 함께 그들이 쏘
아올린 불꽃이 참으로 눈부시게 화려했던 탓에 아마도 다시 그런 날
들을 만나기는 쉽지 않으리라. 그러나 그가 부른 노래처럼 '아직도

많은 날이 남았죠.' 일 테고 '난 다시 누군가를 사랑할 테죠.' 이며 '알 수 없는 인생이라 더욱 아름답죠.' 아니겠는가?

　자신을 말이라 칭하며 스스럼없이 잘 노는 사람. 친구를 잘 만들고 즐겁게 해 주는 사람, 늘 뭔가를 계획하고 부지런히 준비하는 사람, 별을 빛내기 위해 기꺼이 밤이 될 줄도 아는 사람, 볼 때마다 유쾌하고 보고 있노라면 기분이 좋아지는 사람. 차분한 열정이라는 말이 왠지 잘 어울리는 사람, 만나 보고 싶고 친구하고 싶은 사람, 이문세.
　이문세가 1959년 1월생이니 쉰다섯이다. 한창 달릴 때다. 이제 트랙의 반을 겨우 조금 넘었을 뿐이다. 음악에 대한 그의 열정이 지금처럼 항상 현재진행형이기를 바란다. 당근은 언제나 준비되어 있다. 달려라 이문세!

〈알 수 없는 인생〉

김영아 작사 · 윤일상 작곡

언제쯤 사랑을 다 알까요 언제쯤 세상을 다 알까요
얼마나 살아 봐야 알까요 정말 그런 날이 올까요
시간을 되돌릴 순 없나요 조금만 늦춰 줄 순 없나요
눈부신 그 시절 나의 지난날이 그리워요

오늘도 그저 그런 날이네요 하루가 왜 이리도 빠르죠
나 가끔은 거울 속에 비친 내가 무척 어색하죠

정말 몰라보게 변했네요 한때는 달콤한 꿈을 꿨죠

가슴도 설레였죠 괜시리 하얀 밤을 지새곤 했죠

어쩐지 옛사랑이 생각났죠 당신도 나만큼은 변했겠죠

그래요 가끔 나 이렇게 당신 땜에 웃곤 해요

그땐 정말 우리 좋았었죠 하지만 이대로 괜찮아요

충분히 사랑했죠 추억은 추억일 때 아름답겠죠

언제쯤 사랑을 다 알까요 언제쯤 세상을 다 알까요

얼마나 살아 봐야 알까요 정말 그런 날이 올까요

아직도 많은 날이 남았죠 난 다시 누군가를 사랑할 테죠

알 수 없는 인생이라 더욱 아름답죠

언젠간 내 사랑을 찾겠죠 언젠간 내 인생도 웃겠죠

그렇게 기대하며 살겠죠 그런대로 괜찮아요

아직도 많은 날이 남았죠 난 다시 누군가를 사랑할 테죠

알 수 없는 인생이라 더욱 아름답죠

장사익, 너무 슬퍼서 이제는 듣고 싶지 않은

2011년, 한 해에 부친과 장인, 두 분의 아버지를 떠나보냈다. 하늘이 무너지는 아픔이라는 이른바 천붕지통(天崩之痛)의 슬픔을 겪었느냐 누군가 내게 묻는다면 나는 몹시 부끄럽다.

할반지통(割半之痛)이라는, 몸의 반쪽이 잘려 나가는 슬픔을 형제의 죽음에 비유한 그것을 또한 나는 겪었다. 17년 전의 일이다. 막내동생의 죽음에 큰형인 내가 과연 얼마나 큰 슬픔을 가졌었는지는 역시 쉽게 대답하기 어렵다. 언제부터인가, 이런저런(용서하시라. 막돼먹은 표현을) 죽음을 가까이 경험할 만큼의 나이가 어느덧 되었는가라는 생각을 자주 한다. 또한 각각의 죽음마다에 바쳐지는 슬픔의 크기는 과연 얼마나 다른지에 대한 생각도 해 보는 때가 많다.

어린아이의 혹은 젊은이의 죽음과 나이 든 노인의 그것은 슬픔의 크기가 사실상 다를 터이며, 돌연한 죽음과 어느 정도 예고된(?) 그것이 또한 어찌 같겠는가? 경제력을 책임진 가장의 죽음과 오랜 시간 병들었던 비(非)가장의 그것 역시도 결코 같은 경우는 적으리라. 하다못해 보험의 가입 여부에 따라서도 다르지 않겠는가?
'그나마, 그래도 보험이라도 하나 있었던 덕분에……'
부정할 자신 있는가?

내가 상주(喪主)인 혹은 가족의 일원인 장례를 치르면서, 그리고 다른 여러 사람들이 치르는 장례를 경험하면서, 살아남은 자들이 느

끼는 슬픔의 진정성과 그 깊이에 대해서
생각하곤 한다.

'곡을 하는 저 사람들은 과연 지금 무엇
에 대해 슬퍼하고 있는가? 누군가의 죽음
앞에서 웃고 떠들어 대는 저 사람들은 어
떤 마음일까? 호상(好喪)이라는 말을 저렇듯 아무렇게나 마구 갖다
붙이는 경우는 과연 옳은가?(살아남은 사람들의 입장에서 쓸 말은
결코 아니라고 배웠다)'

아직 일천한 삶이지만 생각할수록 그리고 경험할수록 또한 나이가
들수록 점점 슬픔의 감정을 믿지 않게 되어 간다. 안타깝다.

처음부터 끝까지 온통 아픔인, 다른 무엇도 생각 못할, 크기와 깊
이를 도저히 알지 못하는, 슬픔을 겪는 이들을 나는 곁에서 보았다.

1996년 여름 나의 부모님들은 참척을 당하였다. 가장 참혹한 슬픔
이라는, 자식 잃는 아픔을 경험하지 못한 누가 어찌 짐작이나 가능
하겠는가? 그나마 같은 비통한 일을 겪은 소설가 박완서 선생이 생
전 말했던 평생의 가장 큰 슬픔이라는 말로 감히 막연하게나마 비추
어 볼 뿐이다.

사고 이후 나와 바로 아래의 동생은 서울에서의 생활을 접고 고향
으로 돌아갔다. 사실 돌아갔다는 표현은 맞지 않다. 고향이라고는
해도 어릴 때 그곳을 떠나온 나와 동생은 초등학교 시절부터 이미
20년을 서울에서 살았다. 1992년에 서울에서 낙향하신 부모님들은

여생을 고향에서 보내실 생각이었고, 나와 아래의 동생에게는 객지에 가까운 그곳보다는 오히려 서울이 고향처럼 익숙한 곳이었기에 그렇게 각자 생활하던 상태였다. 그런 와중에, 군에 입대하기 위해 얼마간 부모님 곁에 머무르던 스물한 살의 막내 동생이 일을 당했고, 자식 삼 형제 중 막내를 갑자기 잃게 된 부모님을 그대로 내버려 둘 수는 없었다.

참담하고 황망했던 장례를 치른 나와 동생은 서둘러 서울 생활을 정리하고 고향으로 향했다. 무엇보다 남은 식구들이라도 뭉쳐 살아야 한다는 생각이 먼저였다.

'식구들끼리 서로의 상처를 달래 주고 보듬어 주어야 한다.'

그 생각이 내게는 가장 중요했다. 돌이켜 보면, 가족들이 뿔뿔이 흩어져 산 시간이 너무 길었다. 우리 가족들은 이미 너무나 오래 흩어져 각자 생활해 왔었다. 가족에게 닥쳐온 고통의 해결책을 나는 거기서 찾으려 했다. 자연히, 다시 가족이 모여야 한다고 생각했다. 그렇게 남은 우리 네 식구는 고향의 바닷가에(그 바다는 동생을 삼켰다) 모여 새로운 삶을 시작했다.

가족 모두에게 위로와 희망을 가져다 주리라 믿었던 새로운 생활은 그러나 생각만큼 쉽지 않았다. 처음에는 힘들어도 차차 자리를 잡고 나면 가족들 모두의 상황이 좋아지겠지 하는 생각은 좀처럼 현

실이 되어 주지 않았다. 이해되지 않는 일이었지만, 같은 아픔을 함께 겪고 남은 우리 네 명의 가족들은 서로를 위로하지 못했다. 뿐만이 아니었다. 오히려 서로를 힘들게 만들고 상처를 주는 경우가 많았다. 나부터도 그랬다.

위로를 해 주어야 할 또한 동시에 위로를 받아야 할 사람들이 모여 살며 오히려 서로에게 아픔을 주었다. 상상 못했던 일이었다. 믿기 힘든 일이었고 너무나 이상한 일이었다.

동생의 일 이후로 특히 극심해진 부모님들의 불화는 당신들뿐 아니라 남은 자식들에게도 적잖은 영향을 끼쳤다. 하루아침에 모든 생활이 변하고 서울에서의 그것에 비해 지나치게 단순해져 버린 일상에 적응하는 일이 쉽지 않았던 나와 동생에게 그것은 또 다른 형태의 괴로움이었다. 그러나 이미 가족 모두가 각자의 입장에서만 고통을 생각할 뿐 다른 가족에 대한 배려의 마음은 찾아보기 힘든 상황이었다.

많은 시간이 지난 후에야 나는 알았다. 당시의 우리 가족들에게는 원망의 대상이 없었다. 동생을 그렇게 만들고 상황이 이렇게 된 것에 대해 정해진 누군가를 원망하고 탓해야 하는데 도대체 그럴 상대가 없었다. 동생의 죽음은 그만큼 어이없었고 허망했다.

그렇다고, 몇 년 만에 중학교 동창을 찾아 서울에서 여수까지 놀러 와, 장난치다 동생을 높은 파도의 바다에 던져 죽게 만든, 그리고 다시 서울로 돌아가 버린, 다섯 아이들을 잡아와 똑같이 죽인다고 해도 뭔가가 해결되는 것은 아니잖은가?

우리는 아무도 탓하지 못했다. 우리 가족의 분노는 대상을 찾지 못했다. 슬픔은 빠져나갈 통로를 찾지 못했다. 집 앞의 바다에 원망 담은 눈길을 던지며 긴 한숨을 내쉬는 일 빼고는 슬픔을 치유할 아무런 방법도 없었다. 그리고 가족 외에는 위로해 줄 사람조차 거의 없었다.

위로는 자식들이 해야 할 몫이었다. 그러나 아들들은 부모를 위로하지 못했다. 나는 더욱 그랬다. 위로를 건네기는커녕 삶의 터전부터 시작해 갑자기 송두리째 바뀐 상황에 적응하는 일만도 힘에 겨웠다. 무엇보다, 머물던 곳과 두고 떠나와야 했던 부분들에 대한 미련과 아쉬움들은 좀처럼 내 마음을 잡기 어렵게 만들었다. 그리고 늘 침묵하고 가라앉은 집안의 분위기는 이미 어찌해 보기 힘든 한마디로 속수무책이었다.

가족들의 슬픔을 위로하고 치유하기 위해 선택한 낙향과 삶의 변화가 이제는 오히려 새로운 걱정거리와 스트레스가 되어 버린 상태였다. 부모님의 마음을 보살펴야 할 아들들에게 그것은 또한 힘든 일이었다. 결국 부모님들은 남은 자식들에게조차 제대로 위로받지 못했다.

가슴속의 부글거리고 애 터지는 마음을 도무지 어떻게 풀 길이 없었던 우리 가족은 급기야 남은 가족들을 원망하고 서로에게 상처 주는 말과 행동들을 거침없이 하곤 했다. 그것은 이전과는 전혀 다른 차원의 아픔을 주는 상처들이었다. 가슴 아픈 일이었다.

부모님들의 사이는 시간이 흐를수록 회복이 힘들 만큼의 거리를 만들며 악화일로를 걸었다. 제발 마음이라도 편한 집을 원했던 아들들은 아버지에게 그 탓을 돌리며 원망하는 경우가 많았다. 그것들은 대부분 당신에 대한 단단하고 기나긴 침묵으로 표현되었다.

위로와 희망을 위해 모인 가족들은 오히려 점점 외로워져만 갔다. 타인들에게는 모두가 남의 일일 뿐이었다. 현실을 벗어나고 싶었고, 많은 이들에게 서운했으며, 적잖은 이들을 미워하고 원망했다. 결국 고향으로 온 지 5개월 만에 둘째 동생은 원래의 왔던 곳을 향해 빈손으로 다시 떠나고 말았다.

나는 어땠는가? 고향으로 내려온 결정을 차마 후회한다고는 말하지 못했지만, 가능하다면 빨리 이 힘에 겨운 상황을 벗어나고 싶다는 마음이 당시 나의 솔직한 심정이었다. 그러나 한편으로는 몇 개월 사이에 너무나 처참하게 뭉개져 버린 초로의 부모님을 두고 나만 살겠다고 떠나는 일이 큰아들로서 차마 할 짓인가 하는 죄책감이 끊이지 않았다.

고향으로 간 지 몇 개월 되지 않아 나는 깊은 우울에 빠졌다. 기분 좋을 일이라곤 도무지 없었고, 술 취해 집 앞의 검은 밤바다에 대고 쌍욕을 하며 훌쩍거리곤 했었다. 지금에 와서도 결코 두 번 다시는 겪고

싶지 않은 기억들. 그것은 당시의 복잡하고 어두운 감정들이다. 절망의 감정들이었다. 나는 그 바다가 싫다.

장사익을 처음 만난 날은 1997년의 봄이었다.

여수에 있는 시민회관에서였다. 그날 왜 그의 콘서트를 보게 되었는지를 되짚는 일은 어렵지 않다. 당시 나는 그곳의 공단에 날일을 다녔다. 육체적인 부분은 건설 현장 일용직과는 비교가 안 될 만큼 편한 일이었지만, 관리자들이 대하는 태도나 받는 보수에 있어서는 본질적으로 큰 차이가 없는 곳이었다. 그렇지만 또 한편으론, 나처럼 언제까지 그곳에서 생활할지조차 분명하지 않은 경우에는, 어쩌면 상당히 안성맞춤이고 썩 괜찮은 직장이랄 만한 곳이기도 했다. 또한 비록 날일일망정 일하려는 사람에 비해 일자리가 워낙 부족한 터라 전체로 보면 경쟁이 적지 않은 곳이었고, <u>소개해 준 이</u>[40]의 안면을 보아서라도 성실히 일해야 할 곳이었다.

고향이라곤 해도 열 살에 떠나 이미 20년이 지난 탓에, 몇몇 친척들을 빼면 친구 하나 없는 곳이었고, 어차피 돈 벌러 나가는 외에는 할 일도 딱히 없었다. 일어나서 출근하고 일을 하다 시간이 되면 퇴근해서, TV를 보다 잠드는 그것이 늘 반복되는 일상이었다. 다른 일은 없었다.

---

40) 여수에서 머물렀던 기간 내내 공단의 일자리를 책임져 주었고, 일머리가 부족한 부사수였던 나를 항상 든든하게 감싸 주었던 주대감, 늘 가족과도 같았던 효식 형에게 고마움의 인사를 전한다. 임대만 형께도.

잠들기 전 소주를 한두 병씩 마시다 잠들 때가 많았다. 유일한 낙이었다.(먹고 싶어 먹긴 했지만 솔직히 그게 낙(樂)이었는지는 모르겠다. 알콜 중독이라 해도 할 말 없다. 몸에도 기분에도 좋을 술은 아니었다) 그래도 술 마시고 다음 날 일을 못 나갔다거나 했던 경우는 없었다. 오히려 명절과 같은 기간에도 되도록이면 일하려 애썼고 (명절 기간은 일당이 세 배였다. 적지 않은 돈이었다) 가끔은 일요일에도 출근을 하곤 했다. 일요일은 일당이 1.5배였다.

자연히 쉬는 날이 아무래도 적을 듯하지만 꼭 그렇지만은 않았다. 비가 오는 날이 있었다. 당시 일하던 곳은 전기와 관련된 일이 많았고 실외에 노출된 상태의 작업이 많았던 관계로 비가 오면 쉬는 일이 흔했다. 비 오는 날은 공치는 날이었다. 자연히 하늘의 안부를 궁금해하는 경우가 많았고 일기예보에 귀를 기울이는 습관은 중요한 일상이었다. 솔직히 말하자면, 일을 못할까 봐서가 아니라 일을 좀 쉬고 싶어서였다.

장사익을 만나던 그날.

이미 전날부터 충분히 예고되었던 비인지라 몹시도 가벼운 마음으로 우산을 쓰고 집을 나선 나는 한 시간에 한 번꼴로 집 앞을 다니는 버스를 타고 시내로 향했다. 누가 보면 약속이라도 정해진 사람처럼

일찌감치 나서기는 했어도 답답한 집을 나오는 데에 목적이 있었지 사실 마땅히 갈 곳이 정해져 있다거나 그런 상황은 아니었다.

그저, 몇 천 원을 내면 하루 종일 만화와 책을 보며 저녁까지 시간을 때우는 일이 가능한, 만화방에 가서 아침부터 자리를 잡는 한 가지. 그리고, 한동안 가장으로서의 책임을 지지 못한 울분 가득한 마음의 분풀이를 바닷속의 물고기들에게 매일 해대던 이. 남해안의 물고기들 사이에 원성이 자자했던 희대의 낚시꾼.[41] 사람 좋은 우리 막내 외삼촌을 찾아가 낮술을 마시는 일이 또 한 가지. 그렇게 두 가지가 나에게 허락된 선택의 전부였다.

곰곰 생각 끝에 낮술을 먹기에는 너무 이른 시간임을 감안한 나는 걸음을 만화방으로 향했는데 그곳의 입구에서 커다란 콘서트 안내문을 보았다. 바로 장사익의 콘서트였다. 안내문 속의 사진은 분명 모르는 사람임에도 불구하고 어딘가 낯이 익은 이였고 나는 곧 이유를 알게 되었다. 며칠 전에 읽은 신문과 그곳에 실렸던 그 사람의 기사 때문이었다. 신문의 기사에 따르면,

나이 마흔다섯 먹어 가수로 데뷔한 1949년생 장사익이란 이가 있는데, 충남 홍성의 광천이란 곳에서 장구재비의 아들로 태어나 어릴 때부터 장구와 가락을 몸에 익혔으며, 일찍부터 가수가 되기를 꿈꾸었으나 실패해 독서실 직원과 가구점 점원과 전파상 점원과 노점상 등 이런저런 온갖 직

---

41) 당시, 많은 분들이 우리 가족에게 위로의 마음을 건네주었다. 특히 막내 외삼촌 내외분의 조용하고 세심했던 배려에 늘 감사한다. 잊지 않겠다. 함께해 준 여러 마음들이 없었다면 버티기가 더 힘들었으리라.

업을 전전하던 중, 어느 날 국악을 하기로 굳게 결심한 후 1980년부터 단소와 피리 등을 또한 1986년부터는 대금과 쇄납에 정악피리까지 공부하고 배웠다고 한다. 그러던 그가 난데없이 1990년부터는 몇 년간 카센터에서 일을 했는지 운영을 했는지 이 또한 실패했으며 거기에 더해 이혼의 아픔까지 겪었다고 한다. …중략

그리고 그러했던 그가, 최고 권위의 〈전주대사습놀이〉에서 1993년과 1994년 연속 장원을 했으며 1995년에는 KBS의 〈국악대제전〉에서 대통령상까지 받았다는 얘기며, 태평소 연주자로도 이름을 날렸는데 알고 봤더니 몇 년 전 가요와 국악의 접목이라고 하여 한바탕 화제를 불러 일으켰던 서태지와 아이들의 〈하여가〉에서 태평소 연주를 했던 사람이 바로 장사익 그라는 말이었다. …중략

그리고 그렇게 그러했던 그가, 45세에야 뒤늦게 가수가 되었는데 지금 전국을 돌며 공연을 하는 중이라 한다. 그런데 이 공연이 여간 심상치 않단다. 국악도 아니고 그렇다고 가요도 아닌 이상한 스타일로 노래를 부르는데 들을수록 끌리고 듣다 보면 빠져들 수밖에 없다고 한다. 악기는 북 하나거나 피아노 하나거나 이마저 없이 마이크 하나 앞에 두고 공연을 하는데, 그의 공연을 보고 눈시울을 붉히지 않는 이가 없고, 공연이 끝날 때면 거짓말처럼 모두 일어나 기립박수를 치게 된다는. …후략

TV의 방송 프로 〈인간극장〉에 나올 법한 그런 류의 기사였고, 며칠 후에 여수의 시민회관에서 그의 콘서트가 열린다는 이야기가 해

당 기사의 말미였다. 불현듯 나는 그가 궁금해졌다.

그날 오후 나는 여수시민회관의 관객석에 앉았다. 혹시 지겨우면 중간에 살짝 빠져나갈 생각으로 나는 뒤편의 통로 옆에 자리를 잡았다. 생각보다 관객들의 수가 많은 데에 놀랐고 특이하게도 40대와 50대가 대부분인 것을 보며 의아했다.

"장사익이 도대체 누구길래?" 나는 중얼거렸다.

옆자리의 아줌마는 혼자 온 듯했는데 무척 부산스러웠다. 무어라 중얼거리기도, 한숨을 푹푹 내쉬기도, 손거울을 들여다보기도, 가방을 열어 내용물을 확인하기도 하는 그녀는 공연 시작 전까지 꽤나 신경을 거슬리게 했다. 그리고 공연이 시작되었다.

생각보다 키가 작고 마른 사내였다. 곱게 한복을 차려 입은 채 마이크 앞에 두 손 모으고 공손한 자세로 서서 자신을 소개한 그는 느릿한 충청도 말투로 간단한 인사말을 한 뒤 노래를 시작했다.

〈찔레꽃〉…〈귀가〉…〈국밥집에서〉…〈꽃〉…〈섬〉…〈님은 먼 곳에〉… 〈하늘 가는 길〉…〈빛과 그림자〉…〈열아홉 순정〉…〈봄비〉.

노래하는 중간 중간에 조금씩 자신의 이야기를 섞어 가며 그는 관객들과도 호흡했다. 공연은 한 시간 반쯤 진행되었다.

모든 일이 옆에 앉은 아줌마 때문이었다고 말하고 싶다.

장사익이 등장할 때부터 가느다란 신음 소리를 내며 화장지를 눈으로 가져가는 그녀를 경계했어야 했다. 시작하기 전에 눈치를 챘어

야 했다. 그 중년 아줌마의 가방 속에 있던 새것임에 분명한 두루마
리 화장지를 의심했어야 했다. 무대에 선 장사익의 말에 처음부터
한마디도 빠뜨리지 않고 일일이 중얼거리며 대답하는 모습을 보고
얼른 자리를 바꿨어야 했다. 본격적으로 노래가 시작되고 내 귀에
들릴 정도로 훌쩍거리는 소리가 잦아질 무렵이라도 그리 늦지는 않
았었다. 그녀가 화장지를 꺼내는 속도가 점점 빨라지기 전에 나는
다른 자리로 갔어야 했다.

 눈앞에서 장사익이 노래 부르는 모습을 본 적이 있는가? 누군가가
혼신을 다해 부르는 노래를 들어 본 적이 있는가? 심금(心琴)을 울린
다는 표현이 있지만 진정 내 마음이 운다는 느낌의 노래를 들어 본
적이 있는가? 깊은 가슴속의 응어리를 기어이 꺼내어 터뜨린다는 느
낌을 노래에서 받아 본 적이 있는가? 목이나 배가 아닌 온몸을 통해
노래하는 사람을 본 적이 있는가? 저렇게 온 힘을 써 노래하다가는
저 사람은 얼마 못 살겠다는 느낌을 받아 본 적이 있는가? 어떤 이가
노래에 진심을 담아 나를 위로해 주고 있다는 느낌을 단 한 번이라
도 받은 적이 있는가?

 처음에는 옆자리의 아줌마 때문이라고 생각했다. 눈이 자꾸 뜨거
워지고 입을 틀어막은 손가락 사이로 자꾸만 이상한 신음 소리가 나
왔지만 처음엔 무시하려 애썼고 다음엔 참으려 했다. 아줌마가 옆에
서 자꾸 훌쩍이니 나까지 이상해지는 기분일 뿐 별것 아니라고 생각
하려 했고 그렇게 느끼려 했다.

부끄럽지만 고백하겠다. 그날 나는 한 시간 넘게 펑펑 울었다. 태어나서 지금까지 그렇게 울어 본 적은 처음이었다. 울고 눈물 닦고 코 풀고, 다시 꺽꺽거리며 울고 눈물 닦고 코 풀고 그것들의 반복이었다. 머리가 아프고 어지러웠지만 눈물은 멈추지 않았다. 눈이 따갑고 얼굴이 쓰라리고 콧속이 짓물렀지만 도무지 그치지 않고 눈물이 쏟아졌다. 눈물이 조금 멎을 만하면 그가 다시 노래를 불렀다.

스물한 살에 세상을 떠난 동생이 불쌍해 울었고, 여덟 살 아래였던 그 녀석에게 무심하고 미안했던 기억이 너무나 많아 울었다. 아버지와 어머니의 퉁퉁 부은 눈에서 흘러내리던 참담한 눈물을 생각하며 울었고, 그들이 너무 불쌍해 울었다. 자식을 잃고도 위로조차 변변히 받지 못하는 부모가 가슴 아파 울었고, 위로는 못할망정 짜증과 침묵으로 일관했던 내가 부끄러워 울었다. 무거운 걸음으로 먼저 떠난 동생의 쓸쓸한 뒷모습을 떠올리며 울었고, 비겁하게도 곧이어 떠나기로 마음먹은 나를 생각하며 울었다. 결국 바닷가에 다시 쓸쓸히 남겨질 내 부모를 생각하며 울었고, 우리 가족 모두가 불쌍해 울었다. 도대체 어쩌다 우리 집이 이 모양이 되었는지 기가 막혀 울었고, 영영 희망은 없는 듯 느껴져 나는 울었다. 불과 몇 달 사이에 벌어진 모든 일들이 서러웠고 터진 울음은 좀처럼 그치지 않았다.

얼굴이 눈물에 퉁퉁 불었을 정도로 울었다. 나중에는 두 손바닥으로 얼굴을 덮고 엉엉 소리 내어 울며 장사익의 노래를 들었다. 그의 순박한 우스갯소리에도 울면서 웃었고 또 울고 다시 울었다. 얼핏

둘러보니 우는 사람은 나와 옆자리의 아줌마 뿐만이 아니었다. 그리고 공연 막바지에 그가 느릿한 어조로 건넨 말은 그나마 참아 오던 이들의 마지막 자제의 끈을 놓게 만들어 버렸다.

"힘들 내세유~ 사는 거 그거 다들 힘들어유~ 힘 내세유~"

기껏 참아 오던 울음들이 동시에 터지는 소리가 여기저기서 들려왔다. 옆자리 아줌마의 두루마리 화장지는 결국 거의 내가 다 썼다.

노래에 마음을 담는다는 말을 나는 그날 처음으로 실감했다. 장사익은 그의 진심을 보여 사람들을 울게 했다. 노래를 부를 때마다 탄성처럼 쏟아지는 그의 목소리와 노랫말 한 구절 한 구절이 모두의 가슴으로 들어와 아픈 마음을 찔러 댄 탓이었다. 공연이 끝나자 모든 사람들이 일제히 일어나 박수를 치기 시작했다. 그에 대한 고마움의 표시였다.

일어나지 않은 몇몇의 사람들은 아예 퍼질러 앉아 우는 이들이었다. 믿기지 않는, 처음 보는 광경이었다. 신문에서 읽은 그의 기사가 비로소 이해되었다. 옆자리의 아줌마와 눈이 마주쳤다. 서로 쑥스럽게 우리는 웃었다. 둘 다 눈이 새빨개져 있었다. 그 모습에 우리는 다시 웃으며 목례를 했다. 신기하게도 몹시 후련했다. 마치 가슴이 뻥 뚫린 그런 느낌이었다. 고맙게도 아줌마는 화장지 값은 안 받을 모양이었다.

공연이 끝난 시민회관 입구의 로비는 몹시 붐볐다. 많은 사람들이 그의 주위로 몰려들었고 아직도 콧물을 훌쩍이는 이들이 적지 않았다. 장사익은 진이 빠진 모습으로 사람들과 인사를 나누는 중이었다. 몹시 치쳐 보였지만 얼굴에는 편안한 미소가 가득했고 여전히 인사는 정중했다. 악수 청하는 대부분의 손을 그는 두 손으로 잡아 주었다.

그와 직접 인사까지 할 엄두는 내지 못했다. 눈이 참기 힘들 만큼 따갑고 얼굴도 몇 배는 부어 오른 느낌이어서 어차피 나서기도 힘들었다. 멀찍이서 나는 그에게 혼자 눈인사를 건네며 중얼거렸다.
"덕분에 잘 울었습니다. 고맙습니다."

공연장을 나서 서늘한 저녁 바람을 맞자 뜨거웠던 얼굴이 조금 진정되면서 갑자기 아버지와 어머니의 얼굴이 무척이나 보고 싶어졌다. 예상 못했던 일이었지만 그럼에도 몹시 맹렬한 감정이었다. 다시 한 시간에 한 번 오는 버스를 서둘러 타고 나는 집으로 향했다.

집에 도착해 방문을 열자, 퀭한 눈빛을 한 초로의 부부가 어두운 방에서 조그만 저녁상을 마주한 채 무덤덤한 얼굴로 귀가하는 큰아들을 맞아 주었다. 가슴이 먹먹해 왔다.

16년 전, 장사익을 만났던 그날의 모습은 문신처럼 내 기억에 음각(陰刻)으로 새겨져 남았다. 힘없이 눈물만 줄줄 흘려 대던 서른 살 부끄러운 나의 모습도.

요즘은 장사익을 잘 듣지 않는다. 특별한 때 찾아서 듣는 경우가 없지는 않지만 어지간해서는 그의 노래를 안 들으려 한다. 물론 지금도, 길을 가다 우연히 한 번씩 듣게 되면 걸음을 멈추고 귀 기울이게 되고, 다 듣고 나면 분명히 뭔가 후련하고 개운해지는 기분이 들기는 한다. 그것은 바로 장사익의 힘이고 느낌이다.

하지만 다른 한편으로 저쪽 어딘가에서 뭔가가 스멀거리며 올라온다. 그것은 슬픔이다. 그는 〈찔레꽃〉에서 노래했다.

찔레꽃 향기는 너무 슬퍼요 그래서 울었지 목 놓아 울었지

장사익의 노래는 너무 슬프다. 그리고 아프다. 미안하지만 그것이 가능하다면 앞으로는 그의 노래를 듣지 않고 싶다. 아니 더 솔직한 진심을 말하자면, 그의 노래가 위로가 되는 우울한 삶을 앞으로는 살고 싶지 않다. 이제 나는 즐겁고 유쾌한 인생을 살고 싶다.

가수 장사익!

앞으로도 많은 사람들을 위로해 주시기 바란다. 아무래도 나이 탓이 크겠지만, 전에 비해 목소리의 힘이 눈에 띄게 떨어지신 듯하다. TV에 출연해 노래하는 모습을 보다 문득 느껴졌다. 걱정스러웠다. 그렇지 않아도 여기저기서 그의 건강을 염려하는 팬들을 많이 보았다. 힘내시고 몸에 좋은 음식들 많이 드시길 당부한다. 장사익에게 위로받아야 할 사람들이 세상에는 아직 많다.

땡큐 장사익! 그리고 이제는 굿바이 장사익!

<꽃구경>

김형영 시(詩)·장사익 노래

어머니 꽃구경 가요
제 등에 업히어 꽃구경 가요

세상이 온통 꽃핀 봄날
어머니는 좋아라고 아들 등에 업혔네

마을을 지나고 산길을 지나고
산자락에 휘감겨 숲길이 짙어지자

아이구머니나!
어머니는 그만 말을 잃더니

꽃구경 봄구경
눈감아 버리더니
한 움큼씩 한 움큼씩 솔잎을 따서
가는 길 뒤에다 뿌리며 가네

어머니 지금 뭐 허신대요
솔잎은 뿌려서 뭐 허신대요

아들아 아들아 내 아들아
너 혼자 내려갈 일 걱정이구나
길 잃고 헤맬까 걱정이구나

* 노부모를 내다 버리던 고려장의 모습을 봄날의 꽃구경에 비유해 묘사한 시에 장사익이 가락을 더했다. 부모님을 그리워하는 분들은 꼭 들어 보시라.

* 뱀발[蛇足]

　오래전부터 좋아했던 가수들과 그들의 음악에 대해 꼭 얘기하고 싶었다. 제법 오래된 결심인 까닭에 머릿속에 대강의 얼개가 있어 글 쓰는 일은 그리 어렵지 않으리라 생각했다.

　큰 착각이었다. 쉽지 않은 일이었다. 그리고 쓰는 과정에서 나름대로 이런저런 고생은 제법 했다고 느끼지만 결국 이렇게 얄팍한 글을 써 놓고야 말았다. 부족한대로 나의 진심이 전해진다면 그것으로 충분하고 그냥 재미있게 읽어 주셨으면 좋겠다.

　예전에 사용하던 고장난 비데가 생각난다. 사양도 그렇게 낮은 제품은 아니었고 다른 기능에는 별 문제가 없었는데 수압 조절이 문제였다. 약·중·강 가운데서 강(强)의 상태가 아니라 아예 그쪽의 어떤 부분이 먹통이 되어 버린 모양인지 수압이 그야말로 최강(最强) 내지는 극강(極强)이었다. 덕분에 신체의 어느 한 부분이(상상 금지) 한동안 꽤나 고생했는데 이보다 더 큰 문제가 있었다. 어떻게 된 일이 화장실만 다녀오면 배가 묵직하고 든든해지면서, 밥을 안 먹어도 도통 배고플 일이 없었다. 그놈의 수압 때문이었다.(이건 정말 상상하지 마시라)

　웃자고 꺼낸 얘기긴 하지만 글을 마치는 지금의 기분이 그러하다. 하고 싶은 얘기를 했는데 끝내고 보니 할 이야기가 더 많아져 버렸다. 무언가를 꺼내 놓기 위해 글을 썼는데, 화장실을 다녀오고 나니 오히려 배가 불러 버린 상황처럼 써야 할 이야기들이 새로이 생겨났다. 나쁘지는 않은 기분이다. 더 많이 공부하겠다.

   못내 한 가지 아쉬운 점이 있다. 김광석의 이야기를 결국 못했다. 누구 못지않게 나에게는 중요한 가수였으나 무슨 이유인지 좀처럼 내 안의 누군가가 얘기를 하지 않으려 해 속상했다. 속만 태우고 말았다. 김광석에게 물어보고 따져야 할 일들이 많다. 성의와 노력이 아직은 부족한 탓이라 생각한다. 훗날을 기약하겠다.

   글을 시작하고 보니 정확한 사실 확인이 많이 필요했고 이에 따라 여러 자료를 살펴보아야 했다. 자료들을 찾는 과정에서 수많은 분들이 상당한 품과 노력을 들여 엮어 놓은 책들을 많이 접했다. 방대한 자료량과 책의 종류에 놀라면서 되도록 많이 공부하려 노력은 했지만 생각만큼 되지 않은 점이 마음에 걸린다.
   있었던 일을(객관적인 사실을) 저자 개인의 감정과 스타일로 이야기해 놓은(주관적으로 해석한) 결과의 책들인 만큼 가능하면 한 분의 책이라도 더 많이 읽으려 했다. 그렇게 해야 다른 분들의 시각에서 벗어나 나만의 이야기를 쓰게 되리라 생각했다. 자료는 별 방법이 없어 다른 분들이 수고한 결과를 가져다 쓰지만 행여나 그 이상의 부분에서 오해받을 일은 없어야 하지 않겠는가?

   남들이 알아주지 않아도, 오랜 시간과 공을 들여 묵묵히 자료를 모으고, 결과물들을 책으로 엮어 내신 많은 분들께 진심으로 경의를 표하며 뒤의 참고 문헌에 존명을 표시하는 일로 감사의 마음을 대신

한다.

'고생해서 작업하신 일들을 알맹이만 쏙 빼먹어 죄송합니다.'

임진모와 이영미, 나도원의 글을 읽으며 끊임없이 감탄했다. 존경스럽다. 많이 배웠다.

* 참고 문헌(가나다 순)

구루마 - 구루마의 음악 선물-웨인라이트디자인그룹, 2005

김익두 - 상아탑에서 본 국민가수 조용필의 음악세계-평민사, 2010

나도원 - 결국, 음악-북노마드, 2011

나인화 - 짬짬이 읽는 팝의 역사-라이프하우스, 2009

문제훈 - 김광석 부치지 않은 편지-여름숲, 2006

박준흠 - 이 땅에서 음악을 한다는 것은-교보문고, 1999

박준흠 외 - 한국 대중음악 100대 명반 인터뷰-민미디어, 2009

배철수·배순탁 - 배철수의 음악캠프 20년 그리고 100장의 음반-위즈덤하우스, 2010

선성원 - 우리가 정말 알아야 할 우리 대중가요-현암사, 2008

안재필 - 세기의 사랑 이야기-살림출판사, 2004

이동연 - 서태지는 우리에게 무엇이었나-문화과학사, 1999

이영미 - 한국 대중가요사-시공사, 1998

이영미 - 쎄시봉, 서태지와 트로트를 부르다-두리미디어, 2011

이우용 - PD 이우용의 우리 대중음악 읽기-창공사, 1996

임종진 - 김광석 그가 그리운 오후에-랜덤하우스코리아, 2008

임진모 - 세계를 흔든 대중음악의 명반들-민미디어, 2003

임진모 - 우리 대중음악의 큰 별들-민미디어, 2004

정일서 - 365일 팝 음악사-돋을새김, 2010

정일서 - 팝 음악사의 라이벌들-돋을새김, 2011

조영남, 이나리 - 쎄시봉 시대-민음인, 2011

조정아 - 팝음악의 결정적 순간들-돋을새김, 2004

홍호표 - 조용필의 노래 맹자의 마음-동아일보사, 2008

경고 : 건강을 해치는 담배
그래도 피우시겠습니까?

금연도전 잔혹사

금연 도전 잔혹사

＊지은이 주―2012년 여름에 쓴 글에 수정과 보완을 조금 했다. 당시의 시점으로 쓴 글이기에 시기와 날짜가 관계 있는 부분들은 굳이 바꾸지 않았다.

담배, 첫 만남에 대한 이야기

2012년 여름의 어느 날. 나는 금연을 실천하는 중이다. 이제 고작 7개월 남짓한, 1년도 채 되지 않는 금연의 시간을 지나왔을 뿐이다. 벌써부터 담배를 끊었다는 표현은 아무래도 조심스럽고 아직 자신이 없다. 담배 좀 피웠다는 사람치고 왕년에 금연 몇 번씩 안 해 본 이가 어디 있던가? 최소 몇 시간이거나 며칠에서부터 어떤 이는 몇 년까지도, 금연을 시도해 보지 않은 흡연자는 없으리라.

사실 담배 끊는 일이 어디 어렵던가? 다시 피우는 일이 더 쉬워서 그렇지. 감히 아직 나는 담배를 끊었다고 말하기 힘들다. 단지 지금 금연을 실천 중일 뿐이다.

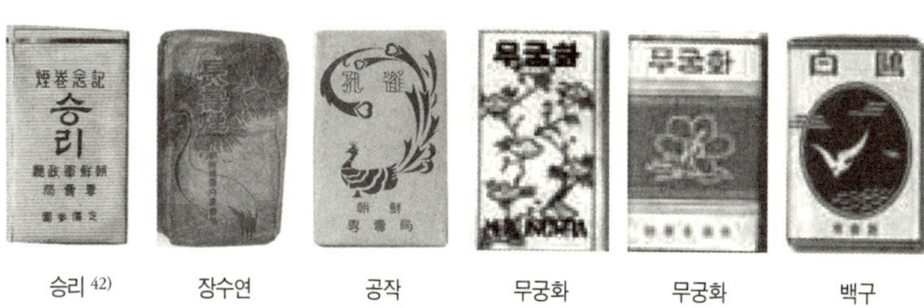

승리 42)　　　장수연　　　공작　　　무궁화　　　무궁화　　　백구

우리 나이로 마흔다섯. 나의 살아온 나이다. 만으로 따져 대략 43년. 어림잡아 43년의 삶에서 내가 담배와 같이한 시간은 짧지 않다. 어린 시절 친구들과 어울려 흉내 내던 뻐끔담배의 시절을 제한다 해도 26년 정도는 되지 않을까? 어쩌면 이것도 박하게 잡은 시간인지 모른다. 지금껏 나는 26년 이상 담배를 피워 왔다. 그렇게 오랜동안 벗 삼아 온 담배를 이제 잊으려 한다. 그리고 잊기 위해 담배와의 추억을 이렇게 다시 한 번 더듬어 본다.

나와 담배의 첫 상견례는 여덟 살. 비록 여덟 살의 나이에 담배 그 자체를 탐하여 만나지는 않았지만 너그럽게 보려 해도 너무 이른 나이였다는 생각이 든다. 나의 기억 속에 또렷한 담배와의 첫 만남. 그 추억이 하도 강렬하여 여기에 이야기해 본다. 또한 그 만남으로 인해 치러야 했던 대가와 비행청소년(?)으로의 첫 날갯짓도.

---

42) 최초의 담배 승리부터 1990년대 초반까지 생산되었던 담배들을 제조한 시기의 순서대로 소개해 본다. 1949년에 생산된 백두산이라는 담배의 사진은 자료를 구하지 못했다. 아쉽다. 한번 구경들 해 보시라. 지난 시대의 생활상과 문화를 맛보는 기회가 되리라 생각한다. 승리─1945년 나라를 찾은 기쁨을 기념하여 만든 첫 담배가 승리였다.(기념 궐련이라는 글자가 보인다. 가격은 3원이었다) 이후 현재까지 약 150여 종의 담배가 대중에게 사랑을 받았다.

내가 태어난 지방의 소도시에서 가장 큰 시장의 복판. 그곳에 내 어린 시절의 집이 있었다. 아래층은 상가로 쓰고 위층은 살림을 하는 높지 않은 조그마한 2층 건물. 1층은 나의 어머니가 식당을 운영했고, 2층은 우리 가족이 살림집으로 쓰는 구조였다. 살림집이라곤 하나 2층 역시, 1층의 손님이 넘치거나 단체 손님이라도 올라치면, 지체 없이 술상이 펼쳐지던 공간이었다.

그날이 그러한 날이었다. 아버지 직장 동료 분들의 모임. 주인 남자가 주최하는 자리인 만큼, 보통의 술자리들보다 푸짐한 안주와 많은 양의 술들이 2층으로 계속 올라갔고, 흥겨운 젓가락 장단의 노랫소리 또한 오래 지속되었다.(그때는 왜들 그렇게 젓가락을 두드려 댔는지 모르겠다) 나와는 관계가 없는 어른들의 유흥에 괜히 조금 들뜨기는 해도, 오히려 졸지에 쉴 자리와 잠자리를 빼앗긴 나는 밤 늦게까지 하릴없이 어두컴컴한 시장 구석을 맴돌아야 했다.

그러기를 몇 시간여. 집에서 멀리 떨어지지는 않은 채 이리저리 주변을 서성이다 보니 어느새 밤 11시가 훌쩍 넘었을까? 끊이지 않을 듯하던 술자리의 소음도 마침내 잦아들기 시작했다.

'이때다.'

재빨리 집 앞으로 달려간 나는 손님들 한분 한분께 빠뜨리지 않고 깊이 고개 숙이며 공손하게 인사를 했다. 지나간 몇 번의 경험을 통해, 이런 상황에서의 예의 바른 인사가 뜻밖의 고액권 용돈을 가져다 줄 때도 있음을, 이미 나는 잘 알기 때문이었다.

그러나 영악하게 계획된 나의 노력에도 불구하고, 이미 제각각의 방식대로 만취 상태인, 아버지의 동료들은 아무도 내게 별다른 관심이 없어 보였다.

'그렇다면…….'

용돈을 받기가 쉽지 않음을 일찌감치 눈치챈 나는 서둘러 2층으로 올라갔다. 그동안 있었던 몇 차례의 술자리를 곁눈질하며 터득한 바로는 오늘과 같은 자리엔 유난히 맛있는 음식들이 많았기 때문이었다.

아버지와 직장 동료 분들의 술자리에는 평상시 쉽게 보는 안주 말고도 처음 만나는 음식들이 가끔씩 등장하곤 했다. 1970년대 중반이던 시절, 서울도 아닌 촌구석에서 당시에는 구경하기 힘들었던 햄·소시지 종류나 크림빵 같은 음식을 맛본 적이 나는 있었다. 특히 얼마 전에 처음 먹어 본 그 이름까지도 멋진 탕수육이라는 음식의 맛은 생각만으로도 입 안 가득 침을 고이게 하기에 충분했다. 세상에 어떻게 그런 맛있는 음식이 존재하는지 믿기지 않을 정도였다. 말로 표현하기 힘든 그 환상적인 향과 맛이란.(그때는 그렇게 맛있었던 음식들이 지금은 왜 예전의 그런 맛이 아닌지?)

그러나 2층으로 서둘러 올라간 나는 곧바로 실망의 한숨을 쉬었다. 그날따라 유난히 길었던 술자리 탓이었을까? 어른들이 머무르다 떠난 술상은 아무리 눈을 씻고 샅샅이 훑어봐도 먹을 만한 음식이 전혀 보이지 않았다. 살점 하나 붙어 있지 않은 돼지 족발의 잔해와 지저분한 빈 접시들만 술상을 온통 뒤덮었을 뿐이었다.

그리고 어지럽혀진 술상 저쪽 모서리에서 누군가가 미처 끄지 않았는지 담배 타는 연기가 뭉게뭉게 피어오르는 모습만이 보였다. 담배 연기는 환기를 위해 활짝 열어 놓은 커다란 거실 창 쪽으로 느릿느릿 움직이며 빠져나가는 중이었다. 거실 창의 난간은 내 무릎 높이였다. 전체의 높이가 거의 천장까지 이르고 양쪽으로 열어젖히면 3~4미터는 족히 열리는, 당시로서는 제법 큰 창문이었다.

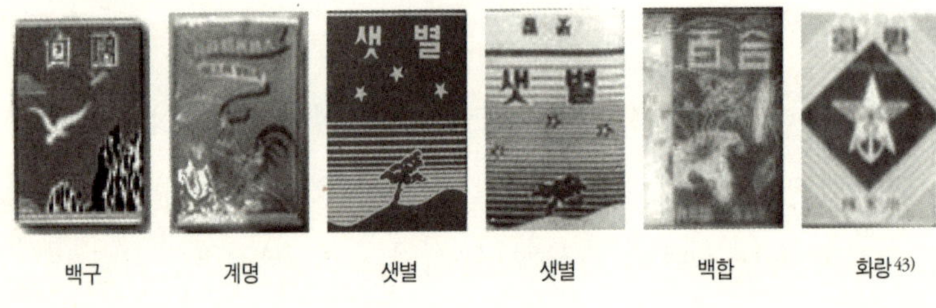

백구　　　계명　　　샛별　　　샛별　　　백합　　　화랑43)

그 순간. 과연 나는 왜 그랬을까? 허탈한 마음으로 술상을 바라보던 내 눈길은 어느 순간 담배 연기의 시작 지점에 머물렀다. 그리고 그곳으로 다가간 나는 이미 반이 넘게 탄 상태의 담배를 갑자기 들어 올려 입으로 가져갔다. 순식간의 일이었다. 어떤 사전 준비도 계획도 없었던, 충동적이라는 말로도 설명하기 힘든 돌발적인 행동이었다. 담배를 피워 보고 싶다는 생각이 결코 아니었다. 어른들이 피우는 담배의 맛이 궁금해서도 절대 아니었다.

나는 그냥, 그곳에 연기를 피워 올리는 담배가 있었고, 그것을 한

---

43) 화랑: 1949년에 국군 창설 기념으로 만들기 시작했다. 이후 33년이라는 긴 시간 동안 군인들의 사랑을 독차지하며 최장기간 생산 기록을 세운다. 1974년 2월부터는 필터가 장착되었다.

번 빨아 보고 연기를 뱉는 흉내를 내보았을 뿐이었다. 시간을 잰다 하더라도 10초도 채 걸리지 않았을 짧은 시간이었다.

얼떨결에 담배를 입으로 가져가기는 했어도 실상 깊이 빨아 보지도 못한 담배의 연기를 서툴게 후— 뿜어내며 나는 이상한 느낌에 고개를 돌려 방문 쪽을 바라보았다. 믿기 힘들었다. 눈이 의심스러웠다. 그곳에는 나의 아버지가 서 있었다. 너무나 놀라 벌린 입을 다물지 못한 채.

나의 아버지는 어떤 분이었는가? 그분은, 일상의 어떤 문제를 처리함에 있어서, 최소한의 신체적 접촉만으로도 가능한 일을, 결코 대화나 타협 또는 의논 등의 비효율적인 방식으로 해결하는 분이 아니었다. 당시만 해도 어린 자녀들 특히 아들들에게 아버지의 존재는 자상함이나 따스함보다는 주로 엄격함이나 무뚝뚝함으로 기억되는 경우가 많았다. 내 아버지의 경우에는 그 정도가 유난스럽고 특별히 심했다 하겠다. 아버지는, 평상시에도 어지간한 일에 주먹이 말보다 뒤지는 경우는 결코 드물었으며, 특히나 아들들의 훈육에 있어서는 그 소신이 유난히 뚜렷하신 분이었다.

아들들이 눈 밖에 나는 일을 했을 때, 몇 대 쥐어박으면 될 일을 굳이 타일러서 고치는 법이 아버지에게는 없었다. 무엇보다 자녀 교육 최고의 덕목은 끝없는 고함과 윽박지름과 주저 없는 손찌검이라고 늘 확신하시는 분이었다. 심지어 우는 아이를, 때리거나 고함 등으로 겁을 줘서, 울음을 순식간에 그치게 만드는 엄청나게 고강한 신공의 소유자이기도 했다. 훗날 유명해진 대발이 아버지? 무릎 꿇으시라!

'대발이 아버지×3 = ∴ 나의 아버지' 이런 공식, 가능하다.

'아들들이 뭔가를 잘못했을 때 독한 맘먹고 반쯤 박살을 내놓으면 그 잘못은 결코 반복되지 않는다. 그러니까 아들들은 어른이 되기 전 넉넉잡아 백 번 정도만 반쯤 박살을 내놓으면 아주 훌륭한 습관과 가치관을 가진 성인으로 성장하게 된다. 틀림없이.'

이것이 한마디로 정리 가능한, 자식에 대한, 교육철학의 핵심이었다. 그리고 바로 그런 성격과 철학을 가진 아버지의 놀람과 충격은 그 순간 나만큼 아니 나보다 훨씬 더 커 보였다.

2층으로 올라와 방문을 연 그때. 방 안에 서서 담배를 손에 들고 연기를 내뿜으며 서 있는 여덟 살 아들을 목격한 바로 그때. 일순간에 굳어 버린 온몸과, 어―억 하는 비명과도 같은 소리를 내뱉은 뒤로는 벌어져 다물어지지 않는 아버지의 입.

멀리서 마주 본 채 선 나의 반응도 아버지와 크게 다르지 않았다. 어―어 하는 소리와 함께 굳어 버린 온몸과 숨이 멎은 듯한, 그리고 머릿속이 하얗게 되어 버린 느낌. 다만 하나 다른 모습이 있었다면, 나도 모르게 뒷걸음치며, 밖을 향해 활짝 열려진 낮은 창문 쪽으로 가까워지는 중이었다는 점이다.

돌이켜 보면, 담배는 나쁘다는 개념조차 없었던 여덟 살. 담배의 해악에 대해서 본 적도 들은 적도 없는 나이. 아니 어찌 보면 담배라

건설 44)	풍년초	풍년초(뒤)	파랑새	백양	백양(뒤)

는 물건에 대해 어떤 호기심조차 갖기 전이었던 나이.

그 순간, 나에게 흡연의 죄책감은 너무나 추상적이고 사소했다. 하지만 상대적으로 아버지에게서 느껴지는 공포감은 대단히 현실적이고 직접적이었으며 그야말로 엄청난 크기였다. 무언가 잘은 모르겠지만 내가 어마어마한 잘못을 저지르고 말았다는 죄책감과 두려움.

결국 뒷걸음치던 나는 창틀에 다리가 걸려 뒤로 넘어지면서 2층에서 집 밖의 1층 길바닥으로 떨어져 버렸다. 이번에는 방금 전보다 훨씬 더 큰 아버지의 비명을 위에 남겨 둔 채로였다.

1층과 2층 중간에 펼쳐진 조그만 차광막 덕분이었을까? 무방비 상태로 떨어졌음에도 불구하고 신기할 만큼 멀쩡한 낙상이었다. 다행히 떨어진 직후의 충격에서 힘들지 않게 빠져나온 나는 여덟 살 아이답게 본능적으로 먼저 우—왕 하는 울음을 크게 터뜨렸다. 그런 한편으로는 온몸을 조금씩 움직여 보며 어디 다친 곳이 없는지를 서서히 확인해 보기 시작했다. 다행인지 아니면(?) 불행인지 참으로 신

---

44) 건설: 1951년에 생산되었다. 6.25전쟁 이후에 폐허처럼 되어 버린 나라를 일으키자는 의미가 담겼다고 한다.

기하게도 떨어질 때 입은 타박의 통증 말고 다른 이상은 없는 듯했
다. 그런데 다친 데가 없이 멀쩡하다는 생각이 들자 오히려 조금 전
의 아버지에 대한 공포감이 다시 나를 순식간에 뒤덮기 시작했다.
그 탓이었을까? 나의 울음소리는 더욱 커져만 갔다. 난데없는 나의
커다란 울음소리와 그 직전에 터진 아버지의 엄청난 비명 소리에 깜
짝 놀라 가게에서 어머니와 몇몇이 뛰쳐나왔다. 또한 미처 시장 골
목을 빠져나가지 못한 아버지의 동료들 몇몇도 술이 덜 깬 얼굴로
어느새 웅성거리며 모여들었다.

그리고 아버지, 아! 나의 아버지. 그는 처음부터 이미 내 곁에 있었
다. 내가 2층에서 떨어지자 아버지는 나를 따라 그곳에서 바로 뛰어
내린 상태였다. 아무런 망설임 없이. 엉엉 우는 와중에도 나는 무서
워서 차마 아버지를 바로는 못 보고 몇 차례 곁눈질로 훔쳐보기만
했다. 다리를 조금 절뚝이기는 해도 큰 이상은 없어 보였다. 정말 다
행스런 일이었다.

모두가 워낙 순식간에 벌어진 일이었다. 그렇기 때문에 엉엉 울기
만 하는 나와 내 몸 여기저기를 확인하며 뭐라 설명하기 힘든 표정
을 지은 채인 아버지 외에는, 누구도 사건의 전후 사정을 알지 못했
다. 당연히 귀가 아플 만큼 여러 사람들이 질문을 마구잡이로 쏟아
냈다. 하지만 나는 울음을 멈추지 않았고 아버지는 난감한 표정으로
계속 얼버무리기만 할 뿐이었다. 영문을 몰라 이것저것 두서없는 물
음을 던지는 사람들 사이에서 아버지의 표정은 몹시 당황한 듯도 아
주 화가 난 듯도 보였다.

마침내 모든 상황이 정리되고 시간도 이미 12시가 한참 지난 깊은 밤. 다시 2층의 그 자리에서 나는 아버지 앞에 무릎을 꿇고 앉았다.

벌써 몇 번이고 몸 상태를 확인한 터라 이제는 떨어질 때의 충격도 거의 사라졌고 좀 전의 사건까지도 마치 거짓말처럼 멀게 느껴지는 그런 상황이었다. 단지 나는, 언제부턴가 한없이 길게 느껴지는 하루가 이제는 그만 끝났으면 싶었고, 또한 너무 많이 울었던 탓인지 몹시 졸리기도 했다.

하지만 나는 내가 무엇을 얼마나 잘못했는지를 이제는 정확히 알게 된 상태였고 그래서 곧 있을 아버지의 처벌을 기다려야 하는 터였다. 사고 직후부터 아버지의 입은 나에게는 물론 어머니에게도 단한 번도 열리지 않았다. 과연 얼마나 화가 난 상태인지 짐작조차 하기 어려운 상황이었다. 어머니 역시도 나의 입을 통해 담배 사건에 관한 이야기를 이미 들은 터라 걱정스런 표정으로 잠자코 앉아 눈치만 살필 뿐이었다.

| 백양 | 사슴 | 사슴 | 진달래 | 진달래 | 진달래 |

침묵 속의 긴장은 힘들고 지루했다. 시간이 얼마나 흘렀을까? 차라리 어서 몇 대 맞고 끝내는 편이 어쩌면 내게도 편하겠다는 생각이 막 들 때쯤이었다. 솥뚜껑만한 아버지의 손이 불쑥 내 머리통을 향

해 다가왔다. 순간, 움찔하며 반사적으로 나의 목은 자라의 그것처럼 움츠러들었다. 나로서는 익숙한 반응이었다. 그러나 아니었다. 아버지의 손이 향한 곳이 내 머리통은 맞았으나 목적은 전혀 다른 데에 있었다. 나의 고개가 멈칫했다. 겁먹어 잔뜩 찌푸린 채 감긴 두 눈이 번쩍 뜨일 만한 일이 일어났다. 아버지의 손은 내 머리를 쓰다듬는 중이었다.

"참말로 어디 아픈 디 한 개도 없냐? 있으믄 언능 말해 봐…… 괜찮응께…… 다리는 참말로 괜찮으냐? 팔이랑……."

이미 마음속으로 혹독한 체벌을 각오했던 터에 이 무슨 뜻밖의 상황일까? 일찍이 겪어 보지 못한, 무엇과도 비교하기 힘든 따스한 손길이었다. 목소리 또한 어찌나 귀에 친근하게 감기는지 내 아버지가 과연 맞나 싶어 몇 번이고 다시 눈을 들어 확인할 지경이었다.

그날 밤. 나는 아버지의 팔베개를 한 채로 잠이 들었는데 비록 낯설기는 했지만 참으로 기분 좋았던 따스한 숙면이었다. 아버지와 아들 사이에, 쓰다듬음이나 토닥거림 따위의 그런, 신체 접촉들도 있음을 실로 포만감 가득하게 경험한 날이었다. 그것이 여덟 살, 담배와 나의 첫 만남이었다. 또한 내 비행 청소년기의 입문이기도 했다.

아버지께서 돌아가신 지 벌써 1년이 넘었다. 너무나도 부족한 큰아들에게 늘 많은 기대를 하셨던 분이라 항상 죄송스럽고 부끄럽다. 자꾸만 생각난다. 작년 봄, 아버지의 죽음을 너무도 담담하게 받아들였다. 많이 슬퍼하지도 울지도 못했다. 죄스러운 일이다.

8년을 누워 계셨다는 말로 핑계를 삼았다. 가식이다. 8년의 시간 동안 내가 한 일은 아무것도 없었다. 오로지 어머니의 길고 고달픈 희생만이 있었을 뿐이다. 두고두고 한없이 고개 숙여야 할 일이다. 아버지의 장례를 치를 때조차 아버지보다는 나를 먼저 생각했다. 남들의 눈에 비칠 나를 생각했다. 부끄럽다. 벌 받을 일이다.

"아버지 잘 지내시는지요? 보고 싶습니다. 둘째가 요즘 많이 힘든 모양입니다. 부디 보살펴 주세요. 자식은 늘 이렇게 부모님께 바라기만 하는 존재인가 봅니다. 죄송합니다."

THE 도라지, 너는 내 운명

피우기는 해도 어찌 되었든 고등학교까지는 아직 음지에서만 가능하던 나의 흡연은 재수와 대학 생활을 거치며 이제는 합법적으로 본격화되었다. 1980년대 후반의 20대 남자들 중 흡연자는 얼마나 되었을까? 아니 차라리 거꾸로 묻자. 담배를 피우지 않는 20대의 남자들이 과연 얼마나 있었을까? 전혀 없다고 보기는 힘들겠지만 숫자가 그리 많지는 않았으리라. 당시만 해도 흡연이 흉이 되지 않는 시절이었고, 어쩌면 음주와 더불어 성인으로서의 인증 용도로도 많이 통용되던 시절이었다. 담배를 피워서 청춘인지는 몰라도 그때의 청춘들은 하나같이 담배들을 꼬나물었다. 담배를 피워야 어른이고 말술을 마셔야 진짜 남자인 시대였다.

또 오고 가는 시비들에 절대 비굴함이 없이 싸나이를 외쳐 대며 엉겨 붙어야 남자답다는 소리를 듣던 그때. 그 수많은 단순무식형 바

진달래　　　　아리랑45)　　　　탑　　　　나비　　　　나비　　　　모란

보 마초들의 행진이 오히려 낭만으로 포장되던 나이였다.

　어찌 보면 유치하고 미련해 보이지만, 한편으로는 순진하고 그래서 더욱 아련하게 추억해 보는 우리들의 젊은 날이 아닐까?
　참으로 많이 피우고 많이 마시고 많이 휘청거리고 그러면서도 뭐든 많이 발산하고 가슴 깊은 곳의 열정들을 끌어내던 시절이었다. 담배도 술도 노는 일에도 연애도 모두. 생각해 보면 공부 빼고는 무엇이든 열심히 죽어라 몰두하던 이른바 청춘의 시절이었다.

　벌써 23년이 지났다. 1989년 봄의 어느 날. 여느 때와 마찬가지로 학교 앞의 싸고 북적거리고 거기다 지저분하기까지 했던 어느 단골 주점에서였다. 어떻게 보면 술자리가 그렇지 않은가? 관계없는 타인들에게는 늘 똑같아 보이고 별 의미도 없어 보이고 그래서 때론 한심스러워 보이는 그게 바로 술자리 아닌가? 하지만 막상 술자리의 당사자들에게야 어디 그런가? 모여서 어울리는 횟수가 반복되고 늘

---

45) 아리랑: 1958년에 나온 우리나라 최초의 필터 담배이다.(이전까지는 필터가 없는 양절 담배만 궐련으로 만들어져 왔다) 많은 소비자들이, 필터 때문에 맛이 싱겁다며 처음에는 오히려 기피했지만, 얼마 지나지 않아 없어서 못 팔 지경이 되었다고 한다. 1970년대 초반에 생산이 중단되었다가 1984년에 재생산되며 무려 23년에 걸쳐 판매되었다.

어 갈수록 매번 다르고 새롭고 더더욱 즐거운 곳이 술자리의 매력 아니던가?

그날 역시 하찮은 이유와 핑계들로 술자리를 만들고, 별 의미 없는 이야기들을 시답잖게 나눌 뿐이었는데도, 그럼에도 불구하고 우리 모두는 항상 그래왔듯이 몹시 유쾌한 상태였다. 신경림 시인의 책 제목 『못난 놈들은 서로 얼굴만 봐도 흥겹다』[46]처럼 우리는 그저 즐거웠다. 돌이켜 보면 그때만큼 유쾌하고 즐거웠던 시절은 없었다.

내 인생의 담배를 그날의 술자리에서 나는 만났다. 누군가는 무슨 담배 얘기가 그리 거창한가 하겠지만, 적어도 내게는 한용운의 시 〈님의 침묵〉에 나오는 날카로운 첫 키스에 버금갈 만큼 강렬했던 첫 만남이었다. 비록 장소가 시끄럽고 어두침침하고 지저분하기까지 한 학교 앞의 싸구려 주점이긴 했지만, 만남의 기억은 아직도 내 눈과 입에 그리고 나의 후각에 선하다. 지워지지 않는다. 그날의 향을 나는 결코 잊지 못한다. 쉬운 일이 아니다 그것은.

그날 그 자리, 기분 좋을 만큼의 취기에 모두가 적당히 젖어들 때쯤이었다. 언젠가부터 술자리 주변으로 묘한 냄새가 풍겨 오기 시작했다. 익숙하지는 않았지만 그렇다고 결코 낯설다고 말하기도 힘든 조금은 친근한 냄새였다. 상큼한(?) 한약재의 향이라는 표현이 가능하다면 나는 그때의 냄새를 그렇게 표현하고 싶다.(이름이 도라지이긴 했지만 나는 지금도 그것을 도라지 자체의 향으로 기억하기는 힘들다)

---

46) 신경림 시인의 시 〈파장(罷場)〉에 나오는 시구(詩句) 일부다.

묘한 담배 냄새의 주인은 학과 교수님이셨다. 학생들에게 술 잘 사 주시고 학점 후하기로 유명한, 또한 출석 체크에는 일관되게 무관심 하셨으며, 무엇보다 툭하면 수업 장소를 강의실이 아닌 술집으로 용 도 변경하는 결단에 주저함이 없는 분이었다. 달리 말해, 학생의 입 장으로는 도저히 존경하지 않기가 힘든 분이었으며, 저런 분들이 있 어 세상은 살 만하다는 마음을 절로 갖게 만들어 주시는 분이었다. 학생들에게 얼마나 인기가 있었을지는 달리 말해 무엇하랴?

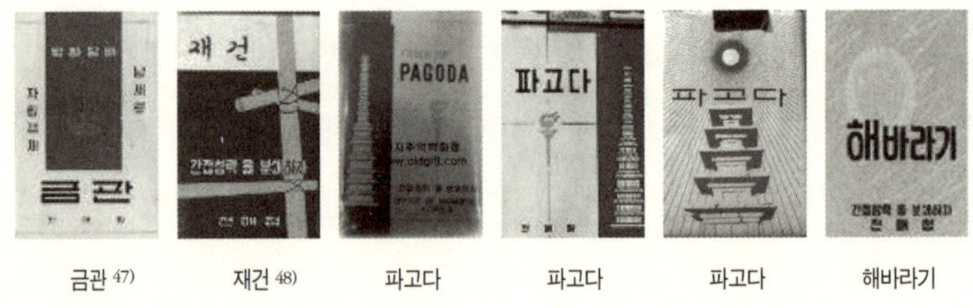

금관 47)　　재건 48)　　파고다　　파고다　　파고다　　해바라기

아까부터 그 향에 반해 어떤 담배의 냄새인지 궁금해진 내가,

"교수님 이 담배 이름이 뭡니까?" 라고 조심스레 여쭤 보았는데 그 분은 인자한 표정을 얼굴 가득 띄운 채,

"아, 이거 도라지라고 얼마 전에 새로 나온 담밴데 향이 참 좋아. 자네들도 한번 피워 보겠나?"

하시며 흔쾌히 한 개비씩을 권해 주셨다. 최대한 허리 숙여 공손히 담배를 받아든 나는, 그 맛의 궁금함을 도저히 참기 힘들어 화장실 로 가지고 가서는, 얼른 불을 붙여 입술에 침을 발라 가며 맛을 음미

---

47) 금관: 1961년에 생산된 금관은 우리나라 최초의 박하담배였다.

48) 재건: 1961년 5.16 쿠데타를 기념해 출시되었다.

해 보았다.

'한약재 담배'와 '오미자 곽향 첨가 담배'라는 담뱃곽
양면의 낯선 문구는 사실 무슨 소린지 이해하기 쉽지 않
았다. 그러나 별 생각 없이 한 모금을 빠는 순간, 순식간
에 가슴속까지 편안하게 만들어 주는 그 친근하고 상쾌한
한약재의 향은, 첫 만남에서 이미 내 마음을 온통 빼앗고
말았다. 도라지 담배의 향은 참으로 건강 친화적인 마치

보약과도 같은 느낌이었다. 심지어 한약재의 향이 너무
좋다 보니 나중에는, '어쩌면 이건 피울수록 몸이 건강해지는 담배
가 아닐까?'라는 생각이 들 정도였다.

그날, 나는 아버지보다도 더 연장자이신 교수님의 담배 한 갑을 두
시간도 안 돼 바닥내 버리는 천인공노할 만행을 저질렀다. 또한 당
장 이튿날부터 다른 담배는 도저히 피우기 힘든 일명 도라지맨이 되
어 버렸다.("교수니이임……죄송하지만 한 개비만 더…….' 할 때마
다 애써 억지웃음을 지으시며 어금니 깨무시던 모습이 떠오릅니다.
그땐 정말 죄송했습니다, 교수님 ㅠㅠ)
그렇게 생전 처음 맛보는 담배를 접하고 그것의 매력에 푹 빠진 나
는 그때까지 피워 왔던 여타의 잡(?)담배들과는 단칼에 절연을 선언
했다. 이제부터 나에게 세상의 담배는 오로지 하나, 무조건 도라지
였다.

그날의 술자리에서 도라지에 대한 충성을 맹세한 사람은 나 말고도 한 명이 더 있었다. 우리 두 도라지맨들은 그날 이후로 꽤나 오랜 시간을 함께 한약 냄새를 풀풀 풍기며 우정을 쌓아 갔다. 둘을 제외하고는 대부분 다른 종류의 담배를 피우는 세상의 틈바구니에서 우리는 학창 시절에도 또 이후의 출판사 생활을 하면서도 늘 가까이 지내는 도라지 친구였다. 실제 외국 출장이나 여행을 가는 경우에 서로 알아서 도라지 담배를 넉넉히 챙겨 주곤 하던 기억이 새삼스럽다.(다른 담배를 피우는 사람들이라면 경험하기 힘든 일이리라. 또한 그 담배로 인해 나는 외국에서 몹시 황당한 경험을 했던 적이 있었다)

한때 머리를 맞대고 '도라지 담배 동호회' (가제; 더(THE) 더덕) 결성을 꿈꾸기도 했던 우리 둘은 2003년 3월 1일 우정에 심각한 위기를 맞게 된다. 한 사람의 돌연한 금연 탓이었다. 다행히 이후로도 둘의 돈독한 관계에는 별 문제가 없었지만 그의 금연으로 인해 한동안 도라지의 시장 점유율은 치명적인 타격을 입어야 했다.

3.1절을 맞아 조국의 독립을 위해 애쓰다 돌아가신 순국선열에 대한 예의를 갖추기 위함이니 뭐니 해 가면서 별 이상한 이유로 금연을 선언했던 사람.(그럼, 담배 피우는 사람들은 나라 팔아먹으려고 피우나? 그냥 솔직하게 얘기하지? 형수의 협박이 무서웠다고……) 그는 바로 이 책을 만드는 출판사의 발행인 신현운 형이다. 어느새 우리들의 우정도 어언 25년이 되었다. 그때, 피 끓는 20대 초반이었던 우리들의 꿈은 무엇이었을까? 누군가는 시를 쓰는 출판사 사장이

되었고 다른 누군가는 장사꾼이 되었다. 그리고 이렇게 모여 지난날들을 추억하며 살아간다. 어디서 무엇이 되어 다시 만나랴? 이야기가 길을 잃었다. 다시 가던 길로 가자.

자랑스러운 나의 조국 대한민국이 국가적 명운을 걸고 유치해 성공적으로 치러낸 88서울올림픽. 올림픽을 기념해 출시되었던 담배, 88라이트. 세련된 하늘색 디자인의 600원짜리 88라이트를 그때까지 나는 얼마나 사랑했던가? 잠실의 올림픽종합경기장을 짓기 위해 벽돌을 한 장 한 장 쌓아 올리는 경건한 정성과 마음으로 몇 년 동안 나는 매일 600원씩을 내고 88라이트를 사서 열심히 피워 댔었다. 나라의 큰 경사에 작은 마음이나마 보태겠다는 순수한 애국심(?)의 표현이었다.

결국 그러한 나의 성의에 감동한(?) 탓인지 대한민국은 종합 4위를 차지하며 성공적으로 올림픽을 치러 냈다. 그리고 이제 올림픽과 88라이트는 과거의 추억으로 밀려나며 도라지에게 자리를 내주어야 했다. 바야흐로 밀월이 막 시작되는 새 시대와 새 담배의 역사적 만남이었다. 새로운 담배 도라지는 내 삶을 즐겁고 풍요롭게 만들어 줄 매력적인 친구처럼 느껴졌다.

그러나 호사다마(好事多魔). 새로운 담배와의 밀월은 3개월을 채 넘기지 못했다. 피 끓는 청춘의 무덤, 대한민국의 군대 때문이었다. 어느 날 갑자기, 그야말로 난데없이, 도저히 믿기 힘든, 눈으로 보고도 이해가 안 되는 일이 벌어졌다. 입대까지의 날짜가 불과 6일 후로

적힌 입영통지서가 날아왔기 때문이었다. 입영통지서를 받은 나는
요즘 흔히들 하는 말로, 순식간에 멘붕[49] 상태에 빠지고 말았다.

아무리 회자정리(會者定離)의 뜻을 고등학교 시절에 배웠고 거자
필반(去者必返)이라는 말처럼 헤어진 사람은 꼭 다시 만난다고 믿고
싶어도 군대는 사실 두려운 곳이었고 가고 싶지 않은 곳이었다. 그런
데 아닌 밤중에 홍두깨도 아니고 무슨 말도 안 돼는 일인가 싶었다.

'입대를 겨우 6일 남겨 놓고 도대체 뭘 해야 한단 말인가?

어찌 보면 그런 고민을 할 겨를조차 없이 날벼락처럼 날아들어 순
식간에 손에 쥐여진 입영통지서였다. 그나마 친구들이 서두르며 애
써 준 덕분에 급한 대로 여기저기 불려 다니며 송별회다 뭐다 정신
없이 치르기는 했었다.

한편 그런 정신없는 와중에도 어처구니없고 우스웠던 한 가지가,
피우던 담배에 대한 걱정이었다. 그랬다. 도라지를 못 피우게 된 상
황에 대한 걱정이 크지는 않을망정 내 가슴 한편에는 존재했다.

인정한다. 그것은 남들에게 엄살로도 과장으로도 유난스런 까탈
로도 충분히 보일 법하고 당연히 '그까짓 담배 하나가 뭐라고!' 하
는 이야기를 들을 만했다. 하지만 남의 속을 모르는 소리였다. 그 특
유의 한약재 향에 인이 제대로 박혀 버린 이른바 도라지맨들은 사정

---

49) 멘탈(정신) 붕괴(충격)의 뜻으로 아이들이 쓰는 말이다. 바람직하지는 않겠지만 나름 재
미있다. 한은순 박사의 말처럼 '쩔어' '쩐다' 는 말 역시 놀라울 정도로 어감이 그럴듯하
게 와 닿는다.(사전에 올려도 될 만큼 자연스럽지 않은가?) 아이들이 쓰는 요즘의 은어
(隱語)들은 크게 걱정하지 말자. 하지만 언제부턴가 아이들이 내뱉는 욕은 그 빈도와 강
도가 너무 심하다. 아이들의 작고 고운 입에서 어떻게 그런 욕들이 나오는지 모르겠다.
어른들 탓이다. 욕하지 말자.(부끄럽다)

이 많이 달랐다.

　1988년 하반기에 생산하기 시작한, 타르 8mg과 니코틴 0.8mg을 함유한, 규격 84mm의, 한때 0.28%라는 경이적인(?) 담배 시장 점유율을 기록하기도 했던 도라지. 이 담배는 여타의 담배들과는 확연히 다른 독특한 중독성을 가졌다. 그나마 비교가 가능한 종류는 멘솔이라 불리는 박하 향의 담배였는데 그것 한 가지만 흡연해야 하는 박하담배 중독 이상으로 도라지에는 몇 배나 더 강력한 중독성이 있었다고 지금도 많은 담배 전문가(?)들은 말한다. 일반 담배의 애연가들이 박하 향과 같은 색다른 담배에 쉽사리 손은 내밀지만, 결국 한 개비의 절반조차도 채 피우지 못하고 꺾어 버리지 않는가? 그와 마찬가지로 도라지맨들에게는 다른 담배가 도무지 입에 붙어 주지를 않았다.

　그렇다고 무슨 뾰족한 방법이 있었겠는가? 결국 '까짓 담배야 뭐, 어떻게 되겠지!' 하는 맘으로 나는 입대하는 수밖에 없었고 훈련병 기간 내내 담배로 인해 조금은 더 힘든 시간을 보내야 했다. 고된 훈련을 받는 짬짬이, 훈련소에서 지급받은 국방부 마크가 선명한, 면세 담배의 연기를 뿜어내다 보면, 이런 상황에 이깟 담배 종류가 무슨 상관인가 하면서도 결국엔 더 그리워지곤 했던 한약재 냄새였다. 누군가는, 훈련소 생활이 얼마나 편했기에 그런 생각이 다 났겠느냐며, 놀리지만 진실로 힘이 들수록 나는 더 그러했다. 그리고 마침내 신병 훈련소의 퇴소식이 있던 날. 실로 오랜만에 느껴 본, 너무도 그리워했던 도라지의, 강렬한 향과 맛은 23년이 지난 지금 떠올려 봐도 결코 잊히지 않는다.

　자대로 배치를 받고 시작된 이등병 생활. 워낙에 조심해야 할 일도 많고 금지된 행동들이 많은 입장이라 차라리 바보가 되어야 편한 계급. 어찌 보면 사람인 듯도 아닌 듯도 한 처지의 계급인 까닭에 표현은 못하지만 기다리는 한 가지는 오직 휴가 아니던가? 그리고 입이 바라는 아니 꿈꾼다는 표현이 차라리 어울릴 많은 먹을거리들 중에 짜장면과 라면만큼 나에게 그리웠던 하나는 우습게도 그놈의 담배였다.

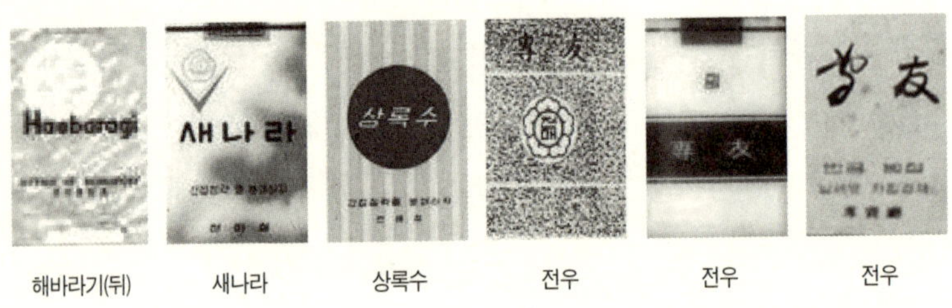

해바라기(뒤)　　새나라　　상록수　　전우　　전우　　전우

　어찌 되었든 국방부 시계는 느리게나마 멈추지 않고 돌아갔고 나는 조금씩 군인이 되어 갔다. 기다리고 또 기다려 드디어 일병을 달고 나온 첫 휴가. 원도 없이 한도 없이 휴가 기간 열흘 내내 도라지를 물고 다닌 탓에 나의 입에서는 싸하고 달큰한 한약재 향이 떠나지를 않았다. 얼마나 피워 댔는지 누군가 만약 내 몸의 냄새를 맡는다면, 아버님이 한의원 하시느냐고 물어볼지도 모를 정도였다. 거기가 끝이 아니었다. 휴가가 끝나 부대로 복귀하는 날에 나는 무려 50갑이나 되는 담배를 사들고 강원도 간성으로 가는 버스에 올랐다. (1급 군사기밀 한 가지, 나는 얼마 전 노크 귀순으로 유명해진 22사단 출신이다. 귀순 병사들 잘 좀 맞이해 줘라. 목숨 걸고 온 사람들이다. 힘 내라 22사단 박문규 중사) 어렵게 해후한 내 담배와의 이별이 너무 나 아쉬웠던 탓이었다. 최대한 아껴 피우며 하루에 반 갑씩으로 다 음 휴가 때까지 한번 버텨 볼 요량이었다. 물론 처음의 생각과는 달 리 담배는 한 달도 채 못 가 바닥을 드러내고 말았지만.

이놈의 고참들이 웬수였다. 담배를 한 번씩 피울라치면, 냄새가 참 좋다며 혹은 고향 생각이 난다는 이상한 이유까지 대 가며, 이놈 저 놈 모두 한 개비씩 가져가니 꺼내 놓기가 무서울 지경이었다. 심지 어는 아예 한 갑씩 들고 가 버리는 인간들도 있었다. 그렇다고 가져 가서 정말 맛나게 피우는가 하면 그건 또 아니었다. 한두 모금까지 는 정말 만족스럽고 흐뭇한 표정으로 맛을 음미하던 인간들이 대여 섯 모금을 빨고 나면 꼭 인상을 쓰고 아까운 담배를 중간에서 비벼 끄면서 그것도 모자라 한마디씩 덧붙이기 일쑤였다.
"야! 뭔 담배 맛이 이러냐? 입맛만 버렸네 퉤퉤."
'이런 XX……'

문제는 그것이 너무나 자주 반복된다는 데 있었다. 부대에서 늘 짬 밥만 받아먹다 보니 기(氣)가 허해져서 한약재 향이 그리워지는 체 질들이라도 되었을까? 그렇게 퉤퉤거렸으면서도 특유의 냄새가 풍 길 때면 다시 어김없이 손들을 내미는 고참들이었다.
'이 개념 없고 재수 없는 고참님들이 까마귀 고기들을 처드셨나? 끝까지 피우지도 않을 담배를 왜 볼 때마다 달라고 지랄들이야? 이

게 얼마나 귀한 담밴데…….'

　그러나 어떡하겠는가? 고참이 달라는 담배를 주지 않을 방법은 없
잖은가? 그렇게 애지중지한 담배 50갑은 결국 대부분 제대로 연기로
산화되지도 못한 채 허망하게 유명을 달리하고야 말았다. 휴가에서
복귀한 이후 불과 한 달도 지나지 않은 시점이었다.

　그나마 입대 후 1년이 넘어갈 무렵부터는 여러 가지 상황이 좋아
져 감히 생각조차 하기 힘든 사치를 누린 때도 있었다. 짬밥이 제법
붙어 내가 원하는 담배를 피워도 되는 정도의 자유(PX의 일반 사제
담배를 사서 피우는 일이 가능한)를 갖게 되었던 시절이었다.

　그 시절에는 사병에게 한 달에 열다섯 갑의 군용 면세 담배가 지급
되었는데, 저 유명한 화랑 담배에서 시작한 군용 담배가 여러 차례
의 변화를 거쳐 이제 은하수에서 흔히 애기하는 솔 담배로 막 바뀌
었을 때쯤으로 기억한다. 그 무렵 한때 나는 지급되는 담배를 받지
않고 대신 외출 · 외박하는 이들이나 PX의 선임하사에게 부탁해 내

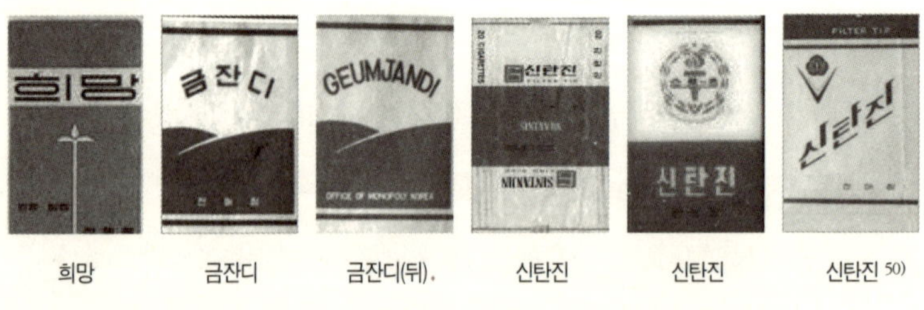

희망　　　금잔디　　　금잔디(뒤)．　　　신탄진　　　신탄진　　　신탄진 50)

50) 신탄진: 전매청이 1965년 당시 동양 최대의 규모와 최고의 시설이라는(그때는 담배 공장
　　도 자랑거리였는가 보다) 신탄진 연초 제조창의 준공을 기념해 만든 제품이다. 대한민국
　　담배의 성지(聖地)를 기념하는 담배답게 여러 가지 디자인이 나왔고 50개비들이 깡통
　　제품으로도 출시되기도 했다.

가 원하던 담배를 사다 피우는 경우가 많았다.

　하지만 그 사치는 곧바로 벽에 부닥쳤는데 무엇보다 당시의 내 경제적인 능력과 담뱃값 사이의 괴리 때문이었다. 당시의 내 한 달 월급이 6천 몇 백 원이었고 도라지 담배 한 갑의 가격이 600원이었다. 계산을 해 보면 당시 내가 받는 하루 일당이 약 2백 20~30원 꼴이었다. 간단히 말해 대한민국 군인이 나라를 3일 지키고 그 돈을 고이 모아서 3일 만에 담배 한 갑 사 피우는 셈이었다. 한 달 월급을 받아 담배 열한 갑을 사 피우면 계산이 딱 맞았다.

　돈의 문제도 있었지만 그렇지 않아도, 짬밥도 적은 쫄따구 놈이 담배 가지고 유난을 떤다며 고참들이 주는 눈치도 보통은 아니었고, 생각해 보면 이래저래 어차피 길게는 누리기 힘들었을 사치였다.

　결국 제대를 한 이후에야 나는 무조건적이고 중단 없는 도라지 사랑에 다시 빠져들었다. 하지만 이제는 순탄하리라 생각했던 그 길은 또다시 예상치 못했던 걸림돌을 만나게 된다. 참으로 쉽지 않은 담배 짝사랑이었다. 나와 같은 도라지맨들이 늘 부딪쳐야 했던 가장 큰 문제는 무엇보다, 끊임없이 제기되는 생산 중단설이었다. 이게 다 빌어먹을 놈의 도라지 판매량과 시장 점유율 때문이었다. 잊을 만하면 한 번씩 비집고 나오는 기분 나쁜 그 소문들.

　저조한 판매량 때문에, 도라지의 생산 중단을 검토 중이라는 소식이 해가 바뀔 때마다 빠짐없이 들려왔고, 그때마다 우리들은 적지 않은 스트레스에 시달려야 했다. 안타깝게도 불쾌하기 그지없는 그 이야기들은 결코 떠도는 소문으로만 머무르지도 않았다.

실제 2002년 월드컵의 해에 생산 중단설은 절정에 이르러, 신문에까지 '도라지 생산, 2003년에 중단 예정' 이라는 기사가 커다랗게 실릴 정도였으니 우리들의 마음이 오죽했겠는가? 대한민국 축구 대표팀의 기적과도 같은 승승장구 덕분에 누구랄 것 없이 온 국민이 행복해하던 2002년. 당시의 연일 난리법석이었고 그럴수록 모두가 집단 행복의 용광로에 빠져들었던 시절조차, 우리 도라지맨들은 그런 남모를 아픔을 겪어야 했다. 다시 말하지만 그깟 담배 운운하며 코웃음 치지 마시라. 그때 우리들에게 도라지의 생산 중단은 한국 축구 대표팀의 16강과 8강과 4강만큼이나, 중요하고 절박한 문제였다.

하지만 세상에는 또한 반전(反轉)이 있지 않던가? 우리 삶에 호사다마(好事多魔)가 있다면 또한 고진감래(苦盡甘來)의 때도 반드시 찾아오는 법.(진짜 이런 법(法)이 있다면 재미있겠다. 오히려 아닐까?) 도라지맨들이라고 해서 언제나 그렇게 조마조마 마음을 졸이며 힘들게 지내던 시기만 항상 계속된 것은 아니었다. 살다 보면 누구에게나 인생에 화양연화(花樣年華)[51]의 시기가 찾아오듯 우리 도라지맨들에게도 한때의 행복했던 시절이 아주 없지는 않았다는 얘기다. 비록 그것이 짧기는 했어도.

끊임없는 단종의 위협에 시달리며 점점 지쳐 가던 2003년의 어느

---

51) 화양연화(花樣年華): 인생에서 가장 행복한 한때를 이른다고 한다. 내 삶에 또한 우리의 인생에 화양연화는 언제쯤 오게 될까? 혹시 이미 지나가 버린 뒤일까? 과거는 역사, 미래는 미스터리, 현재는 선물이라는 말이 있다. 오늘을 행복하게 살라는 얘기로 내겐 들린다.

날. 생산 중단에 대한 그때까지의 모든 우려를 한 방에 불식시켜 버린 일생일대의 경사스런 일이 일어났다. '리뉴얼' 이른바 새로운 도라지.

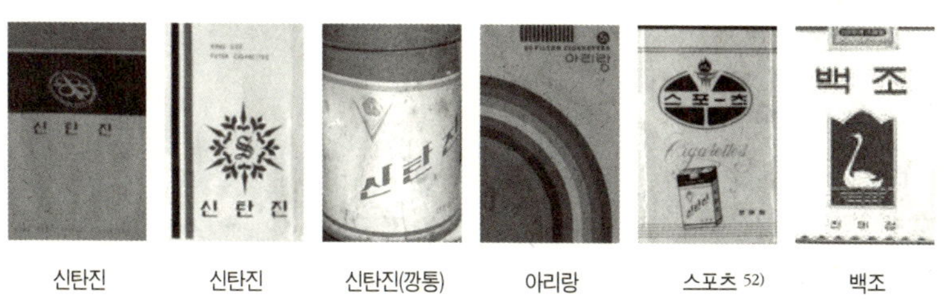

신탄진　　　신탄진　　　신탄진(깡통)　　　아리랑　　　스포츠 52)　　　백조

〈도라지연然〉의 시대가 열렸다. 오랜 시간 이어져 온 숱한 박해와 음해의 벽을 넘고, 어느 때보다 구체적이었던, 2003년에 확실히 생산이 중단된다는, 눈앞의 흉흉한 소문까지도 정면으로 돌파한 끈질기고 강인한 생명력의 승리였다. 〈도라지연然〉은 그렇게 새로운 이름과 얼굴로 나타나 더욱 뜨거워진 도라지맨들의 사랑을 다시 독차지하게 되었다. 당시 〈도라지연然〉의 제품 포장에 나와 있던 문구가 생각난다.

자연과 같은 동양의 정서를 담았습니다.

담배 광고 정말 기막히지 않은가? 재미있다. 뭘 어쩌자는 이야긴가? 도대체 담배를 피우라는 이야긴지, 도를 닦으며 내공이라도 연마하라는 이야긴지 알기 힘들지 않은가? 그리고 자연과 같은 동양의

---

52) 스포츠: 담배 이름이 스포츠란다. 이건 또 어쩌자는 이야긴가? 운동할 때 짬짬이 피워 주면 몸에 좋다는 말인가? 타이거와 함께 가장 인상적인 담배 이름이다. 1966년에 출시되었다.

정서를 왜 하필이면 담배에 담겠다는 얘긴가? 정말 재미있다. 아무튼 동양의 정서를 어떻게 담았는지는 몰라도 참으로 반가운 담배였고 참신한 광고였다.

새 담배는, 규격은 그대로, 건강을 생각해(?) 전에 비해 줄어든 타르 5mg과 니코틴 0.5mg을 장착한 채, 그리고 진한 쑥의 냄새와 함께 라벤더오일이라는 새롭고 고급스런 뭔가를 추가했다는, 요즘 말로 하자면 이른바 '도라지 시즌 2' 인 셈이었다.

문제는 가격이었다. 〈도라지연然〉이 원래의 도라지 값 600원에서 순식간에 뛰어올라 1,800원이라는 어마어마한 가격이 되자 우리는 당혹스러웠다.(충격적인 가격 인상의 반발을 줄이기 위해 몇 년간 꾸준히 단종 소문을 흘렸다는 그럴듯한 믿거나 말거나식의 이야기도 당시에 존재했다)

그때에는 물론 생산 중단이 되지 않았다는 이유 하나만으로도 충분히 고맙고 만족했던 도라지맨들이었다. 그래서 누구도 이 살인적 가격 인상에 강력히 반발하거나 당시의 담배인삼공사를 응징하기 위한 투쟁의 방편으로 단호하게 금연을 선언했다는 이는 없었다. 반발은커녕 도라지의 생산이 중단되지 않은 사실에만 오히려 감사할 따름이었다.

하지만 얼마간의 시간이 흐른 뒤의 어느 날. 신제품 〈도라지연然〉조차도 발매 초기와는 달리 결국 인기를 끌지 못하고 몇 년 동안 의미 없는(?) 판매량을 기록하자 다시 이상한 기류가 흐르기 시작했다.

아니나 다를까 2005년을 넘어서며 또다시 그 망국적인 생산 중단설이 고개를 서서히 들기 시작했다. 이번에도 역시 시기까지 거론이 되는 제법 구체적인 기분 나쁜 소문이었고 해마다 반복된다는 점에서도 비슷했다.

이때, 소비자를 발톱의 때만큼으로도 여기지 않는 담배회사의 지나친 일방통행에 반기를 들며, 강력한(?) 도라지 소비자의 힘을 보여주자는 용자(勇者)들이 세상에 등장하였다. 누가 뭐래도 이는 역시 정의(?)가 아직은 죽지 않았음을 만천하에 보인 쾌거가 아니겠는가? 2008년 10월의 어느 청명한 가을날이었다.

'더 이상은 담배회사의 횡포에 끌려 다니지 말자.' '내가 원하는 담배를 언제까지나 생산 중단의 걱정 없이 자유롭게 피울 권리를 찾자.' '그러기 위해서 스스로의 세력화를 통해 힘을 모으고 자체적 역량을 강화하자.'

이러한 굳은 신념과 의지를 가진 한 무리의 열정적인 도라지맨들이 인터넷의 포털사이트 다음에 카페를 개설하기에 이른다. '도라지 소비자 열혈 동맹'의 결정체, 그 이름은 〈카페 도라지연然〉이었다.

도라지를 사랑하는 사람들의 모임 〈카페 도라지연然〉. 대한민국 최초의 흡연 동아리로 기록될(?) 이 모임은 당시 매우 신선한 화제를 불러일으켰다. 나아가 한때는 일부 비영리 기관지(농민신문, 담배신문, 농약정보 등)의 한 귀퉁이에 손톱보다 약간 큰 크기의 소개 기사가 실린 적도 있을 만큼 유명세를 타기도 했다. 하지만 씁쓸하다. 결국 그뿐이었다.

모임이 서두에서 밝힌 설립 취지와는 꽤나 달랐던, 실제의 활동 상황을 한번 들여다보자. 현실적인 도라지맨들의 권익 보호나 회원들의 친목 도모와 같은, 사업의 사례들은 아무리 찾아보아도 눈에 띄지 않는다. 결국 이전과 달라진 것은 없었다. 가련하게도 오로지 원하는 한 가지는 '도라지 담배를 계속 만들어 주세요, 제발 생산 중단만은 하지 말아 주세요.' 하는 읍소뿐이었다.

한때 전국 각지에서 열다섯 명이라는 막강한(?) 회원 수를 자랑하며, 우리나라 담배 시장의 소비자 권리에 대해, 가슴속에 진정성 있는 울림을 주었던 〈카페 도라지연然〉. 그렇게 한동안 왕성(?)하게 활동하기도 했던 이 모임은 언제부터인가 카페 활동이 끊긴 상태인데 이유는 아시다시피 결국 단행된 도라지의 생산 중단이다.

위와 같은 눈물겨운 노력에도 불구하고 2009년 5월의 어느 날, 이름조차도 요상하게 외국 회사처럼 바뀐 KT&G는 〈도라지연然〉의 생산을 끝내 중단한다.

일찍이 우리 근현대사에 1910년 8월 29일 한일합병의 경술 국치일이 있었고, 1997년 11월 21일의 IMF 경제 국치일이 또한 있다. 도라지맨들에게 2009년 5월의 어느 날은 <u>망연자실(亡然自失)[53]</u>의 날로 기록된다. 이른바 단종. 모두 끝이라는 얘기. 다시는 보지 못한다는 얘기.

---

53) 망연자실(亡然自失): 사랑하던 〈도라지연然〉을 잃고 실의에 빠져 정신줄을 놓게 되다.

백조(뒤)　　　　백조　　　　수연　　　　새마을　　　　새마을　　　　새마을

솔직히 얘기해 보자. 0.1% 이하라는 담배 시장 점유율을 핑계로, 또한 이로 인한 소량 생산과 제조 공정의 비효율을 핑계로, 〈도라지 연然〉의 가격도 어느새 2,300원까지 인상하지 않았는가? '나쁜 놈들.' 민영화를 통해서 오히려 정체가 불분명해진 KT&G[54]는 수지타산이 안 맞았는지, 아니면 돈보다는 이런저런 신경 쓰이는 부분들이 귀찮아서였는지, 끝내 생산 라인을 정리하고 말았다. '정말 나쁜 놈들.'

그러면서도 어쩌면 도라지맨들의 반발과 사재기가 무서웠을까? 쥐도 새도 모르게 조용히 진행된 KT&G의 생산 중단 탓에, 대부분의 도라지맨들은 여름을 넘어 제법 선선한 바람이 불 때쯤이 돼서야 뒤늦게 비보를 접하고 엄청난 충격에 빠지게 된다.

이후 몇 개월 동안 전국 각지에서 펼쳐진 이들 사이의 담배 획득하기 전쟁(?)은, 치열하면서도 한편 쓸쓸하였고, 작금의 뜨거운 입시 전쟁에도 버금갈 만큼 절박했다고 전해진다. 저마다 특유의 금단증상에 시달리며 담뱃가게에서 '도' 소리만 들어도 지갑을 꺼내들고 "있

---

54) 만약 한국전력이 민영화가 되면 첩첩산중이나 작은 섬 지역에는 원가에도 못 미치는 전기 공급을 끊어야 하나? 그런 일들이 이른바 경영 합리화를 앞세우는 민영화의 명분인가?(전기와 담배가 같다는 말이 아니다. 그냥 해 보는 얘기다. 그렇지만 민영화가 된다고 해서 과연 뭐든 그렇게 좋아지는 걸까?) 그리고 분명 KT&G로 민영화가 되었다면서 왜 담뱃값은 정부에서 마음대로 올리는지 모르겠다. 좀 이상하다.

는 대로 다 주세요."라고 외치며 도라지 담배를 찾아 천지 사방을 헤매던 가슴 아픈 시절의 이야기를 어찌 필설로 다 형용하겠는가?

'에효, 눈물이나 닦자.'

여담이지만, 훗날 밝혀진 바에 의하면 이때의 도라지맨들 중에는 유명 연예인들이 여럿 있었는데, 영화배우 원빈과 신하균, 영화감독 장진, 배우 손현주 등 지명도와 숫자가 결코 만만치 않다.

이제 알겠는가? 꽃미남 원빈 그 멋진 '아저씨'도 도라지맨이었다. 당시 금단증상에 시달리던 원빈이, 드라마 〈가을동화〉에 등장하는 담뱃가게에서 송혜교에게 이미 품절된 도라지 담배를 내놓으라며, 외치던 절규는 아직도 많은 사람들의 기억에서 지워지지 않았다.

"얼마면 돼? 얼마면 되냐구?"

도라지를 피우는 동안 겪었던 에피소드를 소개한다. 다른 담배를 피우는 사람들은 경험하기 쉽지 않았으리라는 생각에 이야기해 본다.

첫 번째 이야기—워낙에 별로 팔리지 않는 담배 도라지. 도라지를 파는 담뱃가게가 그다지 많지 않았고, 그런 탓에 익숙하지 않은 동네에서는 여기저기 담뱃가게를 헤매 다니는 경우가 흔했다. 때로는 처음 가는 담뱃가게에서 황당한 일을 겪기도 했다. 그중 하나.

담뱃가게 문을 열며 나는 담배를 찾는다. "아줌마 도라지 있어요?(다른 담배들과는 달리 도라지는 항상 있는지의 여부부터 물어야 했다)" 사람은 있으나 빤히 쳐다만 볼 뿐 대답이 없다. "……." 나는 잘못 들었나 싶어 다시 한 번 또박또박 말한다. "도라지요, 도·라·지!" 그래도 아줌마는 아무런 말이 없이 나를 계속 쳐다보기만 한다. "……." 조금 짜증이 난 나의 목소리가 이제는 약간 높아진다. "아줌마, 도라지 없냐구요? 도라지!" 갑자기 더 이상은 못 참겠다는 듯한 아줌마의 퉁명한 목소리가 들려온다. "없어요 없어! 여기가 야채 파는 가게도 아니고 왜 담뱃가게에 와서 무슨 도라지를 찾고 그래욧!" (실제 여러 번 경험했던 일이다)

두 번째 이야기—1994년 여름, 영국 출장길에서 벌어졌던 일이다. 런던 시내의 한 선술집(PUP)에서 같이 간 동료와 함께 맥주를 마시는 중이었는데, 낯선 이국땅에서 조금은 모험을 한다 싶은 마음으로 용기를 내 쑥스러워하며 들어간 곳이었다. 처음의 부자연스런 기분도 잠시. 술이 몇 잔 들어가자 우리는 얼마 지나지 않아 "나라는 달라도 술집은 다 거기서 거기지 뭐." 하며 마치 우리 동네의 호프집에라도 온 듯 행동하기 시작했다.

"팝콘 인심이 너무 야박하다 팝콘 좀 많이 주라. 여기 혹시 소주랑 골뱅이 같은 술안주는 안 파는 거냐? 그거 팔면 정말 대박이 날 텐데."

이런 소릴 웨이트리스에게 손짓 발짓으로 해 가며 국제적 진상을 쳐대는 중이었다. 또한 우리는 틈날 때마다 웃으며 한마디씩 외치는 일도 결코 잊지 않았다. "I'm from Japan."

그런데 처음에는 우리들의 진상짓을 애써 모르는 체 외면하던 주인이 갑자기 우리의 테이블로 와 다짜고짜 나가 달라고 하지 않는가? 연신 흥겹게 맥주를 들이키며 담배 연기를 뿜어 대던 우리는 순간 몹시 당황했으며 또한

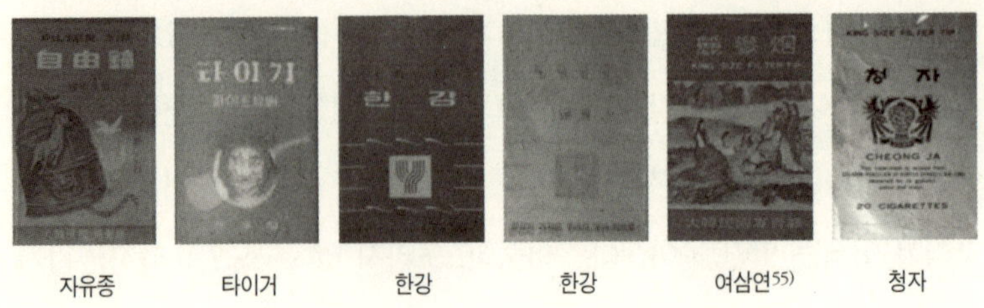

대단히 황당하였다. 흥분한 나는 "왜 우릴 내쫓느냐?"며 주인에게 항의하며 대들었고, 주인은 주인대로 몹시 화난 얼굴로 뭐라고 소리치는 상황까지 벌어졌다. 결국 양쪽 모두 언성을 높이고 격렬한 싸움을 했으나 도대체가 쉽게 끝나지는 않을 싸움이었다. 둘이 마주 보고 소리를 지르기는 했으되 나는 한국말로 사장은 영어로 계속 서로에게 떠들어 대기만 했으니…….

한참이 지난 후에야 그나마 손짓과 발짓을 통해 겨우 알아들은 내용은 "내가 담배를 피우기 때문에 쫓아내야 한다는" 이야기였다.

오히려 뜻밖의 그 말에 나는 더욱 격분했다.

"나는 이곳이 분명 흡연이 가능한 술집인지 확인을 하고 들어왔으며, 또한 지금도 저쪽 테이블에서 담배를 물고 앉아 우리의 싸움을 구경하는 저 사람은 대체 뭐냐? 이 재수 없는 영국 놈아! 이것은 명백한 인종 차별이 아니더냐? 이 거지 같은 영국 놈아!"

이렇게 소리치며 나는 주인을 마구 윽박질렀다. 물론 순수한 한국말로.

서로 의사소통이 안 되니 도저히 끝나기가 힘들어 보이던 다툼은 결국, "그럼 술값은 안 받을 터이니 얼른 나가기만 하라."는 주인의 제안에 내가 마지못한 듯 동의를 하고서야 끝이 났고, 그제야 우리는 대한 남아의 의기가 양양하게 숙소로 돌아왔다.

---

55) 여삼연: 인삼 담배. 1968년 수출을 하려는 목적으로 만들었다고 한다.

그러나 아무래도 생각을 할수록 화가 나 귀국하는 날까지도 그때의 분이 풀리지 않았는데, 한국으로 오는 비행기 안에서 우연히 어떤 가이드를 통해 들은 말에 그만 나는 망치로 뒤통수를 맞은 듯했다.

"글쎄요, 제가 직접 보지를 못해 말씀드리기가 뭐하지만, 제 생각에는 그 술집 사장이 도라지 담배 냄새를 맡고서는 아무래도 그걸 마약이라고 생각한 듯합니다. 솔직히 도라지 냄새가 골 때리잖아요? 더군다나 서양에서는 처음 맡는 냄새였을 텐데. 자기 가게에서 마약을 피우다가 걸리면 벌금도 엄청 세고, 마약 중독자들 상대해 봐야 짜증만 나니까 술값도 아예 안 받고 그냥 나가 달라고만 그러지 않았을까요 ……."

'아, 정말 쪽팔려라. 무슨 개망신인가?'

"미안하다 영국 놈, 몰랐다 나는. 진짜 미안하다. 나중에 런던에 갈 일이 생기면(글쎄, 그럴 날이 과연 있을까?) 그때의 술값은 두 배로 꼭 갚으마. 그리고 스미마셍, I' m from Japan."

누구를 위하여 담배를 피우나―내 친구 박노식

하루아침에 나만의 담배를 잃은 후 세상의 뭇 담배들에게 내 입은 무주공산이나 다름없었다. 어느 담배든 먼저 들어오는 놈이 임자였다. 이놈이 보이면 이놈을, 저놈이 잡히면 저놈을 하는 식이었다. 입에 맞는 담배가 없었다. 몸이 끊임없이 니코틴을 찾으니 담배를 입에 물고 불을 붙이기는 하되 어느 한 놈에게도 정이 가지 않던 시절이었다. 결국 끽연(喫煙) 본래의 즐거움은 잃은 채 이 담배 저 담배를 기웃거리는 신세가 되어 버린 상태였다.

내 비록 집이 없어 homeless[56]를 17년 전부터 ID로 꿋꿋하게 사용하는 사람이긴 하지만 이제 cigarless까지도 ID로 사용해야 하는 처지에 이르렀는가?(영어에서 -less는 앞의 것이 없다는 뜻이다. 예) wifeless—독신남)

이것은 디스　　　　오마 샤리프

짧지 않은 고민 끝에 내가 니코틴의 보급용으로만 선택한 대체품은 이름도 괴상한 THIS라는 가장 흔하고 싼 담배였다. 말이 나온 김에 얘기해 보자. 뭔 놈의 담배 이름이 THIS인가? 한국에서 만들어 판매하는 담배 이름을 왜 그 모양으로 짓느냐는 말이다. 예전의 오마 샤리프[57]와 같은 담배 이름도 기분은 나빴지만, 수출 어쩌고 하기에 그나마 그런가 보다 했다. 하지만 이건 아니지 싶다. THIS라는 이름을 붙인 이유가 없지야 않겠지만 좀처럼 만나기 힘든 최악의 담배 이름이 아닐까 하는 내 오랜 생각이다. 앞으로 신경 좀 쓰시라.

그렇게 이후의 몇 년은, 피우긴 피우되 어쩔 수 없어서 피우는, 끊고는 싶은데 어쩔 수 없어서 피우는, 끊어야지 언젠간 끊어야지 하

---

56) homeless: 잠을 잘 집이 없다는 뜻이다. 사전적 의미의 집(house)뿐만이 아니라 가정(home)까지 없는 사람들을 흔히 지칭한다. 부랑자나 노숙자의 개념으로 쓰인다.

57) 1958년 노벨문학상을 받은 러시아의 대문호 보리스 파스테르나크의 소설 〈닥터 지바고〉를 미국의 데이비드 린 감독이 동명의 영화로 만들었다. 영화 역사상 가장 위대한 서사극으로 평가받는 〈닥터 지바고〉의 주연 배우는 이집트 최고의 배우였던 오마 샤리프였다. 대한민국에서 담배 피우려면 이쯤은 알아야 한다. 담배 피우기 참 힘들다.

면서도 어쩔 수 없어서 피우는 나날들의 연속이었다. 나의 입에 딱 맞는, 마치 오래 사귄 연인과도 같은, 담배를 잃고 실의에 빠져 지내던 날들이었다. 급기야는 아무 담배에게나 내 입을 함부로 허락하고 마구 내돌리며 지내왔던 긴 세월.

하나 묻자. 현재 당신의 삶은 어느 정도 당신이 예상해 왔던 대로 진행된 결과물인가? 지금의 인생은 당신이 주체적으로 노력하고 예측하며 만들어 낸 스스로의 작품인가? 아니면 어찌어찌 떠밀리며 버티어 오다 어느 날 문득 보니 이렇게 살아가는 중인가?
누군들 그렇지 않을까만, 나 역시 예측 가능한 삶을 지향하고 그러한 인생을 사는 이들을 부러워한다.

군 제대 후 다시 찾은 나의 20대는 예상치 못한 상황에서 시작되었고, 나의 무능력과 그럼에도 불구하고 주제를 모르는 까칠함 탓에 이런저런 부침을 겪으며, 결국 이어진 30대까지도 예측하기 힘든 삶이 계속되었다.
결혼 이후? 살아왔다기보다 겨우겨우 버티는 쪽에 가까웠을 만큼 쉽지 않았던 30대에도 도무지 내 40대의 삶을 예측하기는 어려워 보였다. 예측하기 힘든 삶이라는 말은 어쩌면, 예측의 측면보다는 힘든 삶에 더 큰 방점이 찍히지 않을까? 예측이 힘들 만큼의 어려운 삶. 어찌 될지조차 몰라 더욱 막막하고 힘든 삶. 쓸쓸하지 않은가?

신설동에 위치한 〈서울풍물시장〉을 아는가? 30대 후반의 어느 시기, 지치고 힘이 빠진 나에게 이곳은 앉을 자리 하나를 내주었다. 서울시의 수장(首長)이 바뀔 때마다, 청계천에서 동대문으로 그리고 다시 이곳 신설동으로 이리저리 내몰리며 이름마저 조금씩 바뀐 시장. 비록 몇 차례 이름은 바뀌었어도, 벌써 9년째 이곳은 내게 일할 자리와 일용할 양식을 허락해 주는 삶의 터전이다.

〈서울풍물시장〉 — 잊혀졌던 당신의 기억이 꿈틀거리는 아날로그 시장(市場), 우리나라를 대표하는 세계적인 풍물시장으로 만들겠다.

이것은 뭐든 예쁘게 새로 만들고 디자인하기를 유난히 좋아했던 전임 시장(市長)이 신설동으로 풍물시장을 이전해 오며 내걸었던 캐치프레이즈였다. 여러 그럴듯한 말로 한때 이곳 상인들의 마음을 들뜨게도 했던 전임 시장. 그는 어느 날 뜬금없이 애들 밥그릇 싸움을 일으키더니 자신의 밥그릇만 발로 뻥 차버린 채 영국 어딘가로 유학을 떠났다고 한다.

가만히 보면 사람의 일이 뜻대로 되는 경우는 참 드물지 않은가? 누구에겐들 젊어 한때의 꿈이 없었으랴? 또 그렇다고 해서 한때의 그 꿈을 '이 정도면 되었다.' 할 만큼 만족스레 이루는 이는 과연 얼마나 될까?

30대도 이미 후반이었던 그때의 나는, 직업이나 신분에 대해 가졌던 20대의 꿈도 이루지 못했고, 가정을 꾸린 이후 가졌던 가장으로서의 소박한 바람과도 한참 거리가 먼 상태였다. 한 가정을 책임져

야 하는 가장으로서 어떠한 결과물 하나 제대로 이루어 놓지 못한
참담한 입장이었다. 또 그런 볼품없는 처지였음에도 불구하고, 나는
먹고사는 일에 꽤나 지쳐 있었다. 무엇보다 내 자신에게 몹시 실망
하고 깊은 자괴감에 빠진 상태였다. 내상은 깊었다. 그렇게 나는 이
곳 시장으로 왔다.

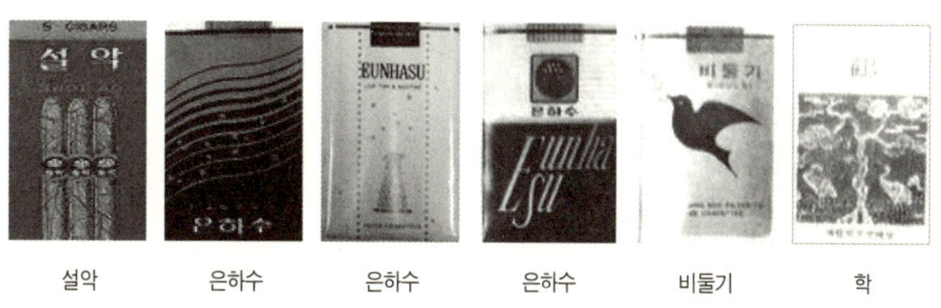

설악　　　은하수　　　은하수　　　은하수　　　비둘기　　　학

　그리고 10년. 시장은 내게 꽤나 많은 변화를 가져다 주었다. 한우
등심은 몰라도 30개월 넘은 미국 소의 값싼 등심 정도는 어지간하면
한 번씩 먹게 되었다.(이건 삼겹살보다 오히려 싸다고 한다. 미국에
선 사람이 먹지 않는 고기라고 하니 뭐 그럴 만도 하겠지) 태권도니
바둑이니 피아노니 하며 아이 둘을 학원 한두 개씩 보내는 일에 대
해서도 그리 큰 부담을 갖지 않을 정도는 되었다. 기름값이 부담스
러워 비록 운전하는 날보다 세워 놓는 날이 많기는 해도 어쨌거나
차도 한 대 굴리는 형편은 되었다.

　그러나 무엇보다 중요한 한 가지. 이곳은 나의 열등감을 치유해 주
었다. 그것이 성향 탓이든 무능력 탓이든 아니면 운이 없어서든, 나
는 한동안 내 안의 열등감에 시달려야 했다. 먹고사는 일에 별 재주

가 없고, 그래서 결과는 더 없고, 결국은 더욱 그것에 맥이 빠진 그런, 아마 그때의 내 모습이 아니었을까?

성인이 된 이후 계속되어 온 여러 열등감. 특히 결혼 이후 가장으로서의, 뭐라 딱히 말하기는 힘든 혹은 부끄러운, 뿌리 깊은 열등감. 겪어 본 바, 열등감은 그것 자체로 또한 나쁜 감정이어서 자꾸만 사람을 비비 꼬이게 만들고 꼬임은 다시 더 큰 열등감과 속 좁은 마음을 만든다. 끝없는 악순환이다. 그리고 어쩌면 가장의 열등감은 결국 가족들의 얼굴을 통해서도 드러난다. 나는 한동안 아내를 웃게 하지 못했다.

이 시장은 그리고 이곳의 사람들은 나를 부끄러움에서 조금씩 벗어나게 해 주었고, 나의 자존감을 되찾아 주었다. 그렇게 서서히 되찾게 된 나의 자존감은 내 아내의 얼굴에 오랜 시간 자리 잡았던 그늘을 없애 주었다. 밝은 기운이 아내의 얼굴에 머무르게 했다. 그리고 아내 얼굴의 밝음은 다시 나에게 큰 힘이 되어 주었다. 내 삶의 소중한 이유들이 되었다.

남들의 눈에 현재의 내가 어떤 모습으로 비치는지 난 모르겠다. 지금의 내 모습이 전부터 원해 왔던 그것이 아님을 또한 나는 안다. 또 앞으로 이루고 싶은 모습들과도 아직은 거리가 멀고 어쩌면 전혀 다른 위치에 서 있는지도 모르겠다. 그러나 분명히 말할 수 있는 한 가지가 내게는 있다. '나는 현재의 삶에 감사하다.'

오해는 마시라. 만족한다는 얘기가 결코 아니다. 히딩크만 배고픈 사람이 아니다. 나도 아직 배가 한참 고프다. 꼭 몸무게가 많이 늘었기 때문만은 아니다. 스웨덴의 전설적인 그룹 아바(ABBA)는, 〈Thank you for the music〉이라는 노래를 통해서 자신들을 행복하게 해 준, 그리고 많은 소망들을 이루게 해 준, 음악에게 감사하다는 마음을 표현했다던가?

나도 따라 해 보고 싶다.

"고맙다, 서울풍물시장." "Thank you for the SEOUL FOLK FLEA MARKET."

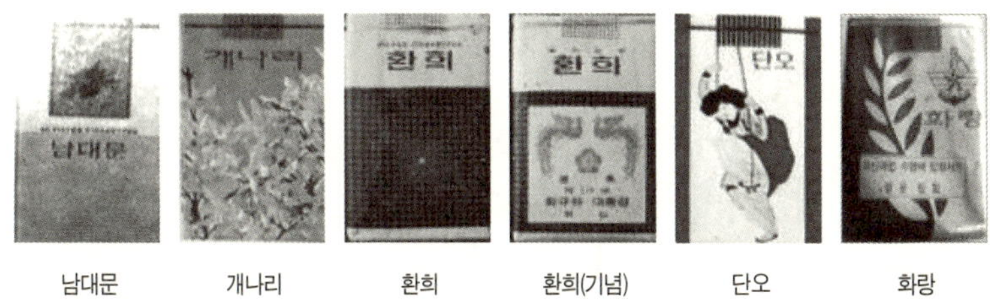

| 남대문 | 개나리 | 환희 | 환희(기념) | 단오 | 화랑 |

이곳 서울풍물시장이 나에게 가져다 준 여러 가지 힐링(healing)[58]은 내 마음과 지갑에 대한 부분 말고도 몇 가지가 더 있다.

소개하고 싶은 사람이 있다. 박노식—충남 서천 출생. 서울풍물시장 상인. 주량 소주 2병. 담배는 하루 15~20개비. 순한 성격(순하다

---

58) 힐링(healing) 바람이 거세다. 하지만 치유, 치료, 나아가 위로의 뜻을 가진 이 말을 군이 방송 프로그램 제목으로까지 사용할 필요가 있을까? 광화문 세종대왕 동상 뒤의 꽃밭에 '플라워카펫'이라는 이름을 붙여 한글을 만든 세종대왕을 희롱하는 이들이 있다. 공공기관이나 대형 건물의 식당가에는 언제부턴가 푸드코트(food court)라는 안내판만이 대부분이다. 서울시의 저소득층과 생활보호 노인들에게 먹거리를 제공하는 곳의 이름은 뜬금없이 푸드마켓(food market)이란다. 너무한다. 거의 조롱 수준이다. 힘든 할머니 할아버지들이 쌀을 받으려면 푸드마켓으로 가야 한다. 요즘 아파트는 영어 이름들이 무척 많다. 시부모님들이 찾아오기 힘들게 하려고 아파트의 이름에 영어를 잔뜩 사용하는 추세라는 우스갯소리가 한때 유행했다. 푸드마켓? 혹시?

고만 했음. 좋은 성격이라고는 결코 안 했음). 과묵한 편(과묵이 지나쳐 주변 사람들의 복장을 터지게 할 때도 많음). 자녀 셋(인구 증가에 기여하는 투철한 애국심과 함께 부부간의 금슬이 얼마나 좋은지를 알기 쉽게 보여 줌). 노래방에 가면 무조건 최성수의 〈해후〉를 20년째 부름(눈에 물기가 맺히는 걸 보면 뭔가 분명히 있음). 먼저 술을 먹자고는 잘 안 하는데 술 먹자 하면 결코 거절하는 경우는 없음. 나와는 적어도 1,000번 이상의 술을 먹었음(미쳤다고 할 수밖에……). 상인으로서의 능력은 탁월하나 운 때를 못 만나 아직 돈을 모으지는 못하고 있음. 대단히 성실함. 고집은 센 편임. 그리고……암튼 착한 편임. 그리고…… 까짓것…… 쪼끔 잘생겼음 쪼끔. 정말 쪼끔.

1,000번 이상의 술자리. 더 이상의 설명은 필요 없지 않을까?
'박노식과 나는 친구다.'
신발을 떠올리면 되지 않을까 싶다. 생각 없이 아무렇게나 벗어 놓아도 결코 멀리 떨어지기는 힘든 신발짝들처럼 우리 둘은 늘 가까이에 있다. 시장에서 나와 내 친구 박노식은 하루 종일 붙어 생활한다. 밥도 같이 먹고, 술도 늘 같이 마신다. 심지어 식사 메뉴도 매일 똑같다. 어딘가를 갈 때도 어지간하면 같이 움직인다. 당구도 같이 치고 야구장에도 함께 가서 술 마시며 응원한다.(응원하는 팀은 서로 다르지만 같이 응원해 준다) 상갓집에도 같이 다니고 병문안도 같이 다닌다. 이러기를 벌써 10년째다. 이건 거의 양훈―양석천, 이기동―배삼룡, 서수남―하청일, 남철―남성남, 강석―김병조, 배일

집—배현정, 컬투의 정찬우—김태균 같은 사람들과 어깨를 나란히 할 만한 수준 아닌가? 남자들이 흔히 말하는 불알친구[59]는 아닌데 가끔은 어쩌면 다른 의미에서 그렇게 보는 일도 가능하지 싶다. 허구한 날 붙어(?) 다니니까. 아닌가?

| 한산도 | 명승 | 명승 | 새마을 | 화랑 | 화랑 |

어쩌다 이런 지경(?)이 되었는지는 모르겠다. 언제부터인지도 정확히는 모르겠다. 다만, 그냥 자연스러웠다는 점, 그것 하나는 기억한다. 성격은 판이하게 다른 듯해도, 서로 물이 섞이듯 혹은, 마치 폭탄주의 술이 섞이듯(미안하다. 자꾸 이게 떠오른다. 유치한 줄 안다) 그렇게 자연스러웠던 친구와의 만남이었다고 나는 지금도 기억한다.

매일 아침 출근하기가 무섭게, 나와 내 친구 박노식은(마치 신발 짝처럼) 나란히 혹은 마주한 채 앉아 세상의 걱정을 시작한다. 온갖 세상 걱정은 백수들이 방구석에서 도맡아 한다던가? 안타깝게도, 장사는 안 되고 시간은 넘쳐나는 우리의 서울풍물시장. 덕분에 우리들의 걱정거리는 참으로 많고 그럴수록 시간은 더더욱 많다. 우

---

59) 한 번씩 사용할 때마다 표현이 너무 상스러워 꺼림칙한 단어이다. 이에 대체할 단어를 물색하고 골똘히 생각해 보았는데 맞춤한 말을 만났다. 고환붕우(睾丸朋友). 어떤가? 불알친구보다는 아무래도 품위와 격조가 느껴지지 않는가? 자주 쓰자. 고환붕우.

리는 매일,

  그리스의 경제 위기와 유럽 공동체의 대응 방안에 촉각을 곤두세웠으며,
한미 자유무역협정(FTA)의 이해득실에 관해, 신자유주의의 물결이 가져올
파장에 대해 머리를 맞대고 고민했다. 김정일 사망과 김정은 집권의 뉴스
를 접하고 진심으로 남북 관계의 돌발 변수와 북한 주민의 인권을 걱정했
으며, 미국 국민이 뽑고 전 세계가 맞이한다는 대통령 오바마의 취임식을
지켜보며 세계 각국의 이해관계와 더불어 새삼 인종 차별의 심각함에 대
해서 함께 고민했다. 월드컵을 지켜보며 프랑스 아트 사커의 실종과 브라
질 삼바 축구의 퇴조에 안타까워했으며, 사람 잡는 축구, 대한민국 군대스
리가의 추억을 얘기했고 세계 무대에서 고전하는 북한 축구의 한계에 대
해 이야기했다. 베이징올림픽의 웅장하고 장엄한 개막식을 보며 중국 문
화의 위대함과 동북공정의 비뚤어진 탐욕을 이야기하고, 그들이 만드는
상상 그 이상의 짝퉁과 가짜 계란의 황당함에 대해 이야기했다. 런던올림
픽 개막식을 통해 본 대영제국의 도도한 자존심과 함께, 힘만이 아닌 문화
와 산업으로도 세계를 지배했었다는 자부심을 부러워했으며, 내가 꼭 갚
아야 할 술값이 있는 런던 어느 거리의 술집 주인에 관해서도 이야기했다.
대기업과 무역에 대한 의존도가 갈수록 심해지는 한국 정부의 경제정책에
심각한 우려를 표했으며, 비인간적인 교육정책에 시들어 가는 우리의 아
이들을 이야기하며 마음 아파했다. 자장면에서 짜장면으로 당당하게 제
이름을 찾은 범국민적 경사에 홍길동의 마음으로 흔쾌히 축하와 박수를
보냈으며, 그럼에도 불구하고 5천 원까지 뛰어오른 단골 중국집의 짜장면
가격에 대해서는 악담을 퍼붓기에 주저함이 없었다.(차라리 짜파게티가

더 맛있다는 극심한 욕을 한 적도 있었다) 가파르게 치솟는 야구의 인기에 환호성을 아끼지 않았으나, 분위기에 편승해 덩달아 치솟은 목동야구장의 주말 입장료에는 '야구팬이 봉이냐?'를 외치며 강력히 성토했다.

뉴스는 한없이 만들어지고 우리의 걱정 또한 끝이 나기는 힘들었다. 이래저래 연일 이어지는 나라 걱정과 세상 걱정 때문에 애태우는 우리의 입에서 연기로 죽어 나가는 담배도 그 숫자를 세기 힘들 정도였다. 그날도 우리는 세상의 모든 고민을 두 어깨에 힘겹게 짊어진 채 담배 연기를 뿜어 대는 중이었다. 그날 고민의 주제는 다름 아닌 담배였다. 시간과 틈이 허락하는 대로 세계의 평화와 대한민국 모든 국민들의 안위를 걱정해야 직성이 풀리고 마음이 편한 우리 두 사람에게 어찌 담배에 대한 고민이 없었겠는가? 그러나 고민의 방향이 일반의 그것과는 조금 달랐으니 '건강과 행복을 위해 우리 함께 금연해 보아요.' 따위의 고민들이 아니었다.
'흡연인의 사회적 위상' 이것이 바로 우리의 관심사였다.

도로변의 저렴한 유사 휘발유는 자동차에 무리를 줘 국민 행복을 위협하기 때문에 철저하게 단속을 한다고 들었다.(주유소 기름값의 60% 이상인 세금 소득 때문은 절대 아니겠지?) 학교 앞의 불량식품은 학생들의 건강에 해를 끼치기 때문에 국민 행복을 위해 나라에서 불법으로 규정하고 판매를 금지한다는 얘기를 들었다.(어차피 세금도 거의 안 내는 영세업체들이기 때문은 결코 아니겠지?) 그럼, 담배는? 그렇게 물심양면으로 국민의 행복 향상을 위해 불철주야 노력하는 고마운 나라가 왜 담배가 국민 건강에 주는 위험에 대해서는 모르는 체할까? 아니 정확히 말해, 왜 하필 담뱃값을 올리려고[60] 할 때만 국민 건강에 관심이 생길까? 혹시 딴 꿍꿍이가 있는가? 담뱃값을 인상할 때마다 써먹는 '국민들의 흡연율을 낮추기 위해서'라는 표현은 낯 뜨겁지 않은가? 진정 흡연율을 낮춰 국민 건강을 지키기 위해서 그렇게 줄기차게 담뱃값을 인상하곤 했었나? 몰랐었다. 그리고 고맙다. 그렇게까지 국민의 건강을 생각하는지 정말 몰랐었다. 흡연율을 획기적으로 낮추는 방법? 내가 하나 알려 줄까? 이건 누구나 아는 비밀인데…… 그냥 담배를 못 팔게 하거나 못 피우게 하면 된다. 그것도 아니면 담배 한 갑에 5만 원씩 받아라. 그러면 된다. 무조건 흡연율 1% 이하로 떨어진다. 장담한다. 뭐라고? 그러면 흡연자가 너무 힘들지 않겠냐고? 흡연자의 행복추구권도 국가가 지켜 줘야 한다고?(담배로 벌어들이는 돈은 그대로 유지하고 싶다는 속내가 아니고?) 다시 한 번 고맙다. 정말 당신들이 그렇게 흡연자를 걱정해 주는지 몰랐다.

| 샘 | 수정 | 태양 | 태양(관광) | 태양(뒤) | 하루방 |

---

[60] 새 정부가 들어선 2013년 3월, 갑자기 담뱃값 인상에 대한 이야기가 또 나왔다. 이번에는 2,000원을 올릴 예정이라고 한다. 늘 반복되는 말이지만 그래야 흡연율이 낮아진다고 한다. 정말 2,000원을 올릴 생각인가? 진짜? 아니겠지. 결국 이러다 흡연자들을 위해 물러서는 척 슬그머니 500~1,000원 올리려는 속셈 아닌가? 너무 많이 올려서 정말로 흡연율이 뚝 떨어지면 당신들이 오히려 곤란하잖아? 사실 그게 걱정이잖아? 어차피 오래지 않아 결과를 알지 않을까? 나는 내 예상을 믿는다. 내기해도 좋다. 100원 걸겠다.

1년이면 10조 원에 가까운 돈을 간접적인 세금으로 나라에 바치는 이들이 있다. 생산 원가가 700원이 채 안 되는 담배를 2,500원에 팔아도 군소리 한마디 없이 구입하는 이들이 있다. 아무리 오랜 단골이고 많이 사서 피워도 담뱃값을 10원 한 푼 깎자고 하는 법이 없는 사람들이다. 이들이 바보로 보이는가? 한심해만 보이는가?(제발, 아니꼬우면 끊으라는 말은 그만하자. 그건 논리도 무엇도 아니다) 맞다. 자기 돈 써 가며 스스로 몸을 망치는 바보 같은 이들이 좋은 얘길 듣기는 어차피 힘들다. 세상이 흡연자들에게 비우호적인 이유도 나름 인정한다. 어차피 추세가 그러하니 받아들이겠다. 그러나 이들에게 담배를 팔아 막대한 돈을 벌어들이는 국가가, 흡연자가 줄어 수입이 감소하자 <u>담배의 가격을 올려</u>[61] 수입을 꾸준히 유지해 온 국가가, 이제는 금연구역을 잔뜩 늘려 흡연자들에게 벌금도 걷겠단다. 비흡연자들에게 박수도 받고 한편으로 돈도 계속 벌겠단다. 담배를 팔아서 벌고, 담뱃값을 인상해서 또 벌고, 거기에 벌금을 부과해서 더 많이 계속 벌겠단다. 이래저래 참 서럽다. 이러다 노래방 안마방들처럼 나중에는 <u>흡연방</u>[62]이 생겨나게 될지도 모르겠다.

위의 부분은 그날의 주요 이야기 내용이었고 아래는 당시 대화의 결정적 터닝 포인트라 볼만하다.

---

61) 하필 담뱃값을 올릴 때마다 왜 그렇게 OECD 평균을 따지는지 모르겠다. 담뱃값이 싸니까 OECD 평균에 맞추려면 계속 인상해야 한다고? 그래 좋다. 그럼 진짜 OECD 평균 한 번 줄줄이 따져 볼까? OECD 평균 2.4배의 기름값, 세계 최고의 자살률, 세계 최하위권의 행복지수, 선진국에 비해 다섯 배나 높은 노인 자살률, OECD 최하위 수준의 최저 임금과 최저 생계비, 그리고 OECD 최고인 45.1%에 달하는 노인 빈곤율…… 계속해 볼까? OECD가 기분 나빠한다. 그냥 조용히 올리자.

62) 실제 흡연방 사업을 하실 분이 있다면 연락 꼭 주시라. 아이디어 사용료 받으러 가겠다.

"그러고 보면 담배 팔아 걷는 세금이 몇 조 원씩이나 된다는데 그 많은 돈을 다 어디에 쓰는 걸까?"

"뭐 교육세니 건강부담금이니 하는 이름으로 걷어 가니까 쓸 만한 데 쓰이겠지. 그리고 의료보험도 늘 적자라는데 그런 곳에 들어가겠지 뭐."

"아냐, 그런 세금보다 오히려 소비세랑 부가세가 차지하는 비율이 훨씬 더 크다고 하던데? 그런 돈 가지고 여기저기 엉뚱한 데에 쓸지도 몰라."

"맞아. 어쩌면 국민연금도 적자가 나고 한다는데 그런 부분에 메우는 돈으로 쓰기도 하겠지. 그쯤이야 뭐, 나쁜 일에 쓰겠다는 얘기도 아니고 그 정도는 봐줘야 되지 않나?"

"아니 그런 데에 들어가는 돈 말고. 지자체들이 툭하면 시의 청사를 비까번쩍하게 짓는 돈들도 어쩌면 담배 판 돈에서 나올지도 몰라. 시끄러운 4대강 사업도 그렇고."

"맞다 그럴지도 모르겠다. 그런데……."

(그날 이 얘기만 나오지 않았어도……) "그러고 보니 어차피 세금으로 들어가는 돈인데, 담배 팔아 버는 돈들 중에 어쩌면 저 국회의원 X들 월급으로 나가는 부분도 있겠네?"

순간, 우리 둘은 멈칫했다. 그리고 곧바로 우리는 동시에 내뱉었다.

"야야! 그건 정말 안 되겠다. 무조건 낼부터 당장 끊자."

물론 이전이라고 해서 우리 둘 사이에 금연의 결의가 없지는 않았다. 없기는커녕 따져 보면 오히려 지나칠 만큼 많았다고 봐야 한다.

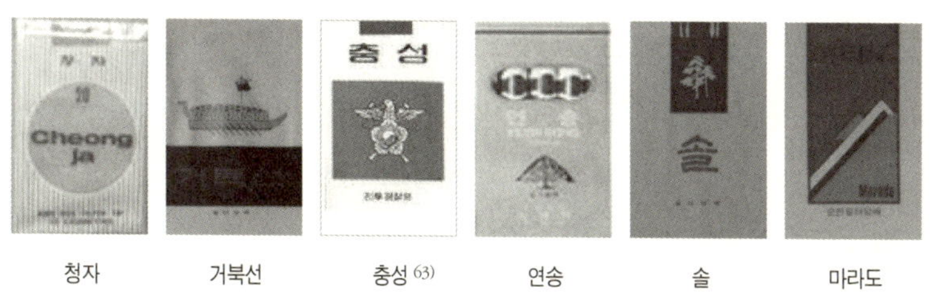

하루 내내 붙어 지내며 하릴없이 시간과 담배를 죽여 나가다 보면 손가락 사이의 담배가 말잔치의 도마 위로 올라와 난도질당하는 경우가 어디 한두 번이었겠는가? 또 담배가 욕먹을 이유가 어디 한두 가지인가? 그래 봐야 결과적으로는 늘 말뿐인 난도질이기는 하지만.

담배의 이런저런 해악으로부터 이야기가 시작되어 나중에는, 우리 둘 다 끊기는 끊어야 할 텐데 혹은, 내일부터 정말 끊어 보자는 공허한(?) 약속으로 끝맺는 일이 다반사였다. 물론 약속은 다음 날 당장 기억조차 되지 않는 경우가 대부분이었다. 하긴 드물기는 해도 몇 번이나마 반나절 정도씩 금연이 지켜진 경우가 있기도 했다. 그러나 역시 시간이 흐르면서 대부분 자연스럽게 무언의 합의를 통해 무시해 버리곤 하는 행태가 우리 사이의 익숙한 관례였다.

그런데 마침 그날 난데없는 국회의원 월급 운운이 우리를 순간적으로 흥분케 했고, 누가 먼저라고 할 필요조차 없이 서로에게 금연을 제안하는 상황이 벌어지기에 이르렀다. 사실 둘이 즉흥적으로 그

---

63) 충성: 1976년부터 생산되었다. 전투경찰용이라는 표시가 보여 주듯 전·의경들에게 지급되는 담배였다. 군용 담배인 화랑과 같은 성격이었다.

런 경우가 어디 한두 번이었던가? 어차피 이전처럼 '이 또한 지나가
리라.'가 아니겠는가? 그러나 어쨌든 우리는 참으로 죽이 잘 맞는
친구 사이였다. 우리는 사안의 중요성에 비추어 보다 심도 있는 논
의를 위해 무엇보다 먼저 장소부터 술자리로 옮기기로 했다.

"저 유명한 삼국지의 유비랑 관우랑 장비가 했다는 도원의 결의가
뭐 별거라더냐?" "내가 담배를 사 피우는 돈이 국회의원 그 XX들에
게 가는 꼴은 죽어도 못 보겠다." "기왕 상황이 이렇게 된 바에야 우
리도 진지하게 한번 의기(意氣)를 투합(投合)해 보자."
　이런 우발적이고도 도발적인 결심을 아무 곳에서나 절차도 없이
마구잡이로 하기는 그렇지 않은가?

복숭아 통조림 앞에서 금연을 결의하다

　유비와 관우 그리고 장비가, '비록 한날한시에 태어나지는 못했
으나 반드시 한날한시에 죽기로', 비장한 마음으로 술잔을 들고 복
숭아나무 아래에서 결의하였다던가? 그것을 일러 도원결의라 한다
던가?
　다른 건 몰라도 술잔을 들고 무엇인가 하는 일에는 절대로 질 생각
이 없는 나와 내 친구 박노식은, 역시 비장한 표정으로 황도 복숭아
통조림을 안주로 놓고 술잔을 연거푸 비우며 결의하였다.
　"비록 한날한시에 죽을 마음은 둘 다 눈곱만큼도 없으나 되도록
한날한시에 금연하리라. 그게 가능하다면……."

우리 둘은 툭하면 그래 왔듯이 그날도 격식을 갖추어 가며 그동안 하도 많이 해 이제는 입버릇처럼 되어 버린 금연을 새삼스럽게 엄숙히 결의하였다. 역사적인 금연 결의의 장소는 〈서울본점〉[64]이라는, 이름만 들어서는 도무지 정체를 알기 힘든 풍물시장의 한 술집이었다.

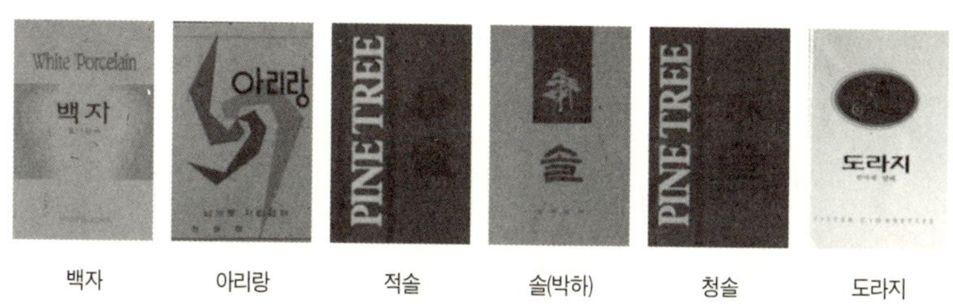

백자   아리랑   적솔   솔(박하)   청솔   도라지

혹자는, 나와 내 친구 박노식이 그날따라 대낮부터 술 마실 핑계가 없으니, 하다하다 별 지랄들을 다한다고 하였다. 또 다른 누군가는, '너희들이 툭하면 금연을 결의하는 탓에 시장 앞 담뱃가게 아줌마의 신경질만 늘었다.' 는 식으로, 우리를 조롱하는 데 있어 한 치의 주저함이나 망설임도 없었다. 그러나 나와 내 친구 박노식은 이러한 주위의 열화와 같은 비웃음을 못 본 체하고, 부지런히 술잔만 비울 뿐이었다.

사실 속으로 자신은 별로 없었다. 지금까지 늘 금연에 실패만 해 온 탓이었다. 약속을 지키는 일이 결코 만만치 않음을 아는 까닭이

---

64) 서울본점: 밥도 팔고 술도 팔고 정(情)은 덤으로 주는 집이다. 음식도 맛있고 주인아주머니가 참 좋다. 가격도 많이 저렴하다. 이쯤에서 솔직히 말하겠다. 주인아저씨가 적극적인 식당 홍보를 요구하며 나에게 술도 한잔 샀고 여러 차례 협박도 했다. 그래서 마지못해 쓴다. 그래도 주인아저씨가 좋다는 말은 절대 못하겠다.

었다. 말이 그렇지 금연의 실천이 어디 그리 쉬운 일이던가?

그런데 우리 한번 터놓고 얘기해 보자. 저 복숭아나무 아래에서의 약속대로 삼국지의 세 사람이 모두 같은 날 죽었는가? 아니잖은가? 특히 유비 같은 경우는 동생들을 잃을 때마다 울며불며 자기도 죽어야 한다고 그럴 듯하게 쇼만 했지 결국 천수를 모두 누리지 않았는가? 맨 처음 관우가 여몽의 계략에 의해 목숨을 잃었을 때를 보자. 만약 삼 형제가 저 복숭아나무 아래의 결의대로 했다면, 유비와 장비가 모두 관우를 따라 그냥 죽어 버렸다면, 김이 빠진 그 삼국지를 과연 누가 읽겠는가?

어디 그뿐인가? 그토록 유명한 삼국지의 여러 가지 고사들은 어떻게 하란 말인가? 제갈공명이 썼다는 당대 최고의 명문장인 출사표와, 지금의 베트남 지역인 남만 정벌에서의 만두에 얽힌 재미있는 이야기. 훗날 작고 약한 나라 베트남이 거대한 제국 미국을 몰아내는 데 바탕이 되었던 강인한 민족주의. 그것의 정서적 뿌리가 된 맹획의 끝없는 저항정신(칠종칠금 이야기)과 도전정신. 그리고 울면서 목을 베어야만 했던 읍참마속(泣斬馬謖)의 이야기와 사자성어는 모두 어찌하라는 이야긴가? 게다가 죽은 공명이 산 사마중달을 물리쳤다는 얘기는? 닭갈비 때문에 죽은 양수의 이야기는?

또 있다. 무엇보다 삼국지 원래의 저자 진수와 나관중 이래 삼국지 덕분에 먹고사는 여러 나라의 수많은 작가들이 얻는 경제적 수입은 과연 어찌 되었을까? 우리나라만 해도 멀리 월탄 박종화 이래로 박태원, 정비석, 김동리, 김구용, 조성기, 황석영, 고우영, 이문열, 장정일, 김홍신 등 지금도 삼국지의 <u>인세로 수입을 얻는</u>[65] 수많은 유명 작가들이 존재하지 않는가? 아직 또 있다. 삼국지 이야기는 적어도 다섯 권에서 열 권 정도이고, 심지어 만화는 50권~100권짜리도 수두룩하다. 이건 어쩌면 출판계의 흥망까지도 걸린 문제가 아니겠는가?(이야기를 하다 보니 정말 삼국지는 대단하고 엄청나다는 생각이 새삼 든다. 여기에 게임 분야까지 더한다면 삼국지의 문화적 영토는 그야말로 어마어마하다) 보라, 만약 도원의 결의가 제대로 지켜졌다면 정말 큰일이 날 뻔했다. 삼국지의 삼 형제가 약속을 지킨답시고 다 죽었으면 이래저래 여러 사람이 힘들어지고 난리가 났다는 얘기다.

이렇듯 살다 보면 상황에 따라 이럴 때도 저럴 때도 있는 그게 바로 인생 아닌가? 그것이 금연이라고 해서 다를 바는 없지 않은가?

'실패하면 또 어떤가? 다음에 다시 시도하면 되는 거지.'

그것이 나의 솔직한 마음이었다. 그게 지금까지의 방식이었으므로. 그런데 지금까지 늘 그렇듯이 당연하게(?) 실패해 왔던 금연 시도에, 이번에는 뭔가 많이 이상한 조짐이 첫날부터 시작되었다.

---

65) 책이 많이 팔리면 해당 작가의 인세 수입만 느는 것은 아니다. 작가의 저작 권리는 사(死) 후 50년까지 유효하다. 법정 상속인에게 지급된다. 위의 작가들 가운데는 현재까지 삼국지가 몇 백만 부나 팔린 분도 있다. 인세를 책값의 10%로 본다면…… 어마어마하다. 거대한 규모의 연금과도 같다.(상속 가능한) 어쩌면 그래서 새로운 작품들이 잘 나오지 않는 걸까? 아니리라 믿는다. 문청(文靑) 시절, 책에 빠져 잠 못 이루는 밤의 쾌락을 나에게 알게 해 준 분들. 글을 통해 내게 소설가의 꿈을 갖게도 또한 그 꿈을 포기하게도 만들었던, 눈부셨던 수많은 선생님들의 실제적 절필(絶筆)이 안타까워 해 보는 넋두리다. 부디 찬란한 불꽃을 보여 주시라.

88라이트   장미   한마음   88멘솔   라일락   88골드

다음 날 아침. 언제나 그래 왔듯이 나는 전날의 약속을 까맣게 잊어버린 사람처럼 태연히 담배를 입에 물고 출근을 했다. 그런 나를 발견하고 내 친구 박노식이 다가왔다. 나는 자연스레 담배를 내밀었고 친구가 그것을 받아 불을 붙이면 전날의 금연 약속은 예전처럼 없었던 일로 돌아가게 될 터였다. 그때 전혀 예상 밖의 일이 벌어지고 말았다. 내가 내민 담배를 싸늘히 외면한 내 친구 박노식은 정색을 한 표정으로 내게 약속 파기를 꾸짖었다. 그리고 급기야는, 늦긴 했지만 이제부터라도 금연 약속을 지키라며 나를 종용하기 시작했다. 전에 없던 일이었다.

그때 친구의 표정에서는 마치 삼국지의 관우와도 같은 근엄하면서도 심상치 않은 어떤 결기까지 느껴져 왔다. 순간 나는 몹시 당황했다.

'이 친구가 도대체 왜 이러지? 설마 진짜 끊자는 이야긴가?

그러나 이내 평정을 되찾은 나는 여러 가지 생각을 해 보았으며 곧 어렵지 않게 상황과 입장을 짐작하게 되었다.

'짜식, 담배 끊는다고 큰소리를 엄청 많이 쳐놓은 모양이구나. 좋다. 너의 상황이 그러하다면 내가 그거 한번 못 도와주겠냐? 나도 내

일부터는 정말 금연을 하마. 비록 그것이 언제까지일지는 몰라
도…….'

길게 생각할 필요가 없었다. 첫날부터 금연 약속을 마구 지켜 버리
는 좀 이상해진 친구에게, 그렇지 않아도 약간의 미안한 마음이 있
었던 나는 흔쾌히 다음 날부터의 금연을 다시 약속하였다. 물론 어
차피 며칠만 참으면 되겠지 하는 맘이었다.

드디어 그렇게 나와 내 친구 박노식의 금연이 시작되었다. 시작을
하면서도 솔직히 나는, 우리들의 금연 약속이 그때까지 늘 그래 왔
듯이, 오래가지는 못하리라 굳게(?) 믿었다. 그래서였는데, 나는 웃
으며 내 친구 박노식에게 이렇게 말했다.

"이유가 무엇이든 내가 너보다 하루 늦게 금연을 시작하게 되어
정말 미안하다. 대신 금연에 실패해 네가 다시 담배를 피우는 날, 그
날이 오면 나도 너보다 하루 늦게까지 금연을 함으로써, 이 빚을 기
어이 꼭 갚으마."

그런데 뜻밖에도 이에 대한 내 친구 박노식의 대답은 영화의 한 장
면에라도 나올 만큼 인상적이고 멋졌다.

"그렇다면 너는 영원히 담배를 피우지 못할 것이다."

자못 비장하기까지 한 그 말과 표정에 나는 결국 웃음이 터지고 말
았다. 흡사 옛날의 유명한 영화배우 박노식이 빙의된 듯했다. 그렇
게 유쾌하게 시작된 우리 친구 사이의 금연은 이 뜨거운 여름, 어느
덧 7개월을 넘어가는 중이다.

금연의 장점? 절연(絶煙)의 미덕? 무엇보다 먼저 건강을 꼽아야 하지 않을까? 실제의 건강 지수에 수치적인 도움이 되는 이상으로, 직접적인 나의 의지로 몸에 나쁜 무언가를 더 이상 빨아들이지 않는다는 사실은, 정신건강까지 포함해 큰 도움이 되리라 본다. 거기에 더불어 가족들의 간접흡연 피해까지 줄어든다고 하니(비록 실체를 잘 알기 힘들고 솔직히 인정하기도 쉽지 않은 간접흡연의 피해라곤 해도) 이 또한 가족 모두의 건강에 도움이 된다고 보아야겠다.

가족들 사이의 화목? 크게는 모르겠으나 식구들에게 담배 때문에 욕먹고 원망 듣는 일은 없으니 나아졌다 하겠다. 그러나 어차피 담배의 빈자리를 다른 소소한 새로운 잔소리들이 채우는 일은 단지 시간문제일 뿐이다. 하긴 남자들이 평생 들어야 하는 잔소리들이 어디 담배뿐이겠으며 죽기 전에 끝이 날 성격의 잔소리들이던가? 또 하나, 금전적인 부분도 처음은 미미하겠지만 몇 십 년 동안 꾸준히 저축이 된다고 계산해 보면 무시하기 힘든 금액이 되리라.

하나로	88디럭스	한라산	엑스포	오마 샤리프	시나브로

이 외에도 일일이 꼽기 힘들 정도로 많은 장점이 있지 않은가? 몸에서 나쁜 냄새가 안 나고(피울 땐 정말 잘 모른다), 주머니도 늘 깨끗하고, 항상 라이터와 담배를 챙기지 않아도 된다는 점. 집에 들어

갈 때마다 남은 담배의 개수를 습관적으로 헤아리지 않아도 된다는
점.(이거 은근히 굴욕적이다) 길거리에서 담배 피우는 나를 보며 표
가 날 만큼 거부감을 드러내는 사람을 만나지 않아도 된다는 점(그
때 느끼는 모멸감 역시 정말이지……) 등등 정말 끝도 없다. 많기도
하다. 이런 여러 가지가 금연의 장점이라면, 이제 금연의 단점에 대
해 말해 보자.

'담배를 피우지 못한다.'

더 이상의 어떤 설명이 필요한가? 아직 담배를 손에서 놓지 못하는
사람들. 그들에게는 이 한 가지의 부족함이 앞서의 모든 수많은 장
점들을 덮고도 남기 때문이 아니던가? 안 피우는 사람은 모른다. 담
배를 피우지 못하는 고통은 생각보다 크다.
비록 담배와의 이별을 선언은 했지만 오랜 동료이자 동지였던 세
상의 남은(?) 흡연인들에게 이렇게나마 내 맘속의 경의를 표한다.

"피우는 날까지는 즐겁게 맛나게들 피우시라. 응원하겠다. 그리고 정말
부럽다 씨. 맘껏 담배 피우는 사람들 참 좋겠다. 진심이다."

이쯤 되면, 지금 이 글을 읽는 분? 나의 금연이 여전히 계속 진행중
인지 궁금하지 않으신가? 쉽게 확인할 방법이 있다. 내 친구 박노식
을 보라. 그가 나와의 약속을 아직 깨지 않았다면 나 또한 친구와의
약속을 지키는 중이리라.

＊ 뱀발[蛇足]

　흡연자와 비흡연자를 구분하는 정도의 차원으로 가볍게 나뉘던 일상에서의 담배 문화. 그런데 언제부터인가 흡연자와 혐연자(嫌煙者)의 대결(?) 양상으로 변해 간다는 느낌을 많이 받는다. 흡연자들이 살기 힘든 세상이다. 많은 혐연자들이 흡연자에 대한 거부감을 노골적으로 드러내는 경우가 흔해도 이쪽에서는 별다른 대거리를 하지 못하는 세상이다. 흡연자들이 점점 꿀 먹은 벙어리가 되어 가는 중이다. 흡연이 결코 불법 행위가 아님에도 불구하고, 이제는 아예 길에서 피우는 담배에도 벌금을 부과하는 세상이 되려는 모양이다.

　요즘 들어 혐연(嫌煙)의 목소리가 지나치게 강해지고 커졌으며 실제의 필요 이상으로 도를 지나치는 경우가 많다고 나는 생각한다. 물론 많은 흡연자들이 본의 아니게 타인들에게 피해를 주는 경우가 분명 있으리라. 하지만 그것은 그런 경우의 때와 장소에 국한시켜서 얘기하고 비판해야 하는 문제가 아닌가? 무조건 흡연 자체를 경멸하고 나아가 흡연자들을 싸잡아 모욕을 주는 행위는 너무 지나치다고 보지 않는가?

　듣자 하니 요즘 산은 금연구역이라고 한다. 좋다, 산에 안 가겠다. 공원도 금연이라고? 커다란 공원 안에 단 하나의 흡연구역[66]도 만들면 안 된다고? 할 말은 많지만 그래 좋다. 까짓것 공원에도 가지 않겠다. 저 넓은 한강 둔치도 전체가 공원이라고? 한강 주변 어디에서도 담배를 피우면 안 된다고? 좋다. 그래, 가지 않겠다. 그런데 길거리에서도 그리고 아파트 단지 안에서도 금연하라고? 왜? 간접흡연 때문이라고? 다른 사람들에게 피해를 준다고? 정말 왜들 이러시는 가? 웃긴다. 어처구니가 없고 납득이 안 된다. 건물도 금연이고 길도 금연이면 도대체 흡연자는 어쩌라는 이야긴가? 이런 사람들이 길에 다니는 차들에게는 왜 시비를 걸지 않는가? 차는 경우가 다른가? 매 연은 몸에 안 나쁜가? 이거 정말 너무들 한다. 담배 피울 권리는 이 렇게 마구 무시당해도 과연 상관없다는 이야기인가?

아파트의 부녀회가 어느 날 갑자기 회의를 통해 금연아파트로 결 정하고 선포하면 그 아파트에 사는 흡연자는 하루아침에 담배를 끊 어야 하는가? 그러면 만약 금연을 하지 못하는 이는 한심한 사람이 되고 나아가 죄짓는 사람이 되어야 하는가?

뭐라고? 그러니까 <u>기분 나쁘면 끊으라고?</u>[67] 끊으면 되지 않느냐 고? 어쩌면 흡연자에 대한 이런 식의 대응도 일종의 폭력 아닌가? 그 래서 아파트 단지 내 사람 없는 벤치에서(실내가 결코 아니다) 담배 를 피우던 노인 분들이 백주 대낮에 그곳을 지나던 딸 또래의 젊은 새댁들에게 험한 꼴을 당해도 싸다는 얘긴가? 물론 조금은 극단적인

---

66) 과천의 서울대공원을 비롯한 수많은 대형 공원들은 한 번 둘러보려면 몇 시간씩 걸린다. 흡연자들 입장에서는 보통 고역이 아니다. 간혹 못 참고 숨어서 담배를 피우다 욕먹는 사람들도 있다. 비흡연자 입장에서 그들을 욕하기는 쉽다. 왜 금연구역에서 담배를 피우 냐는 얘기다. 그럼 흡연구역이 도대체 어디에 있는데? 너무나 불합리하다. 심하게 표현 하자면 흡연자들 꼴 보기 싫으니 골탕 먹으라는 이야기다. 용인의 에버랜드처럼 공원 안 에 흡연실 몇 개만 만들어 줘도 해결되는 문제 아닌가? 왜 흡연실까지 못 만들게 하는가? 돈이 든다고? 옹졸하다. 흡연자들 그만한 세금은 낸다. 조금만 너그럽게 생각해 주면 좋 겠다. 흡연자들도 아빠 노릇 좀 하자.

67) 위험한 이야기이고 경우에 따라 심한 비약도 가능한 말이다. 조심하자. 싸움 나기 좋은 발언이다.

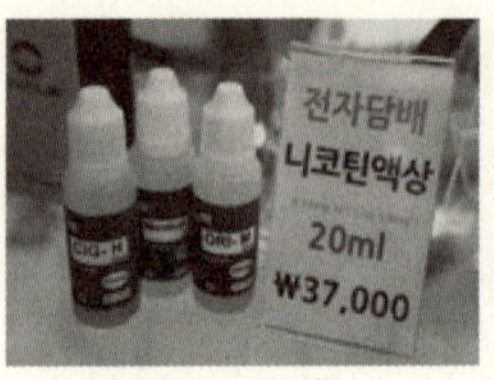

글로리   이프   전자담배   끊읍시다, 담배

예다. 하지만 솔직히 요즘은 그렇게 보기 드문 일도 아니잖은가?(요즘 젊은 엄마들, 무섭고 사납다)

홉연자의 입장에서 볼 때, 담배에 대해 지나친 반응을 보이는 혐연자들은 생각보다 훨씬 많다. 듣자 하니 뭐, 아예 내 집에서도 창문을 닫고 집 안에서 피우라고? 집 밖으로 연기를 내보내지 말라고? 정말 이러지들 마시라. 너무 구박하지들 마시라. 속상하다.

관두자, 어차피 명쾌한 답이 나오지도 못할 얘기를 길게 해 봐야 얼마나 좋은 소리 듣겠는가? 하지만 이 말은 하고 싶다. 싫다고 해서 그것을 자꾸 나쁘다고 얘기하지는 말자. 담배 피우는 사람이 싫으면 그냥 싫다고만 하자. 굳이 시비를 걸려 하지는 말자. 담배는 물론 좋지 않지만 담배를 피우는 행위 자체가 나쁘다고 보기는 힘들다. 요즘 흡연자들은 눈치 정말 많이 본다. 그리고 대부분의 남자들과 <u>상당수의 여성들까지</u>[68], 많은 이들이 한때는 담배 피우는 흡연자들이

---

[68] 시사주간지 『시사 IN』의 편집위원이고 제주 올레의 이사장인 서명숙의 책 『여성 흡연 잔혹사』를 읽다가 웃겨서 죽는 줄 알았다. 일독을 권한다. 그녀의 말대로 우리나라에는 통계에 잡히지 않는 숨은 여성 흡연자가 상상 이상으로 많다. 대부분 남몰래 숨어서 피워야 하는 형편이고 담배를 끊었다는 혹은 끊겠다는 말조차도 하지 못하는 여성 흡연자들의 남모를 괴로움을 새삼 알게 됐다. 아무튼 그토록 좋아하던 담배를 끊으셨다니 심심한 위로를(?) 드린다.

었다. 너무 몰아대지 말자.

　애연가들아! 흡연, 그것 불법 아니다. 기죽지 말고 피워라. 다만 제발 눈치껏 조심해라.

　비흡연자 분들아! 쫌 봐주라 씨. 오죽하면 이 구박을 받으면서도 피우겠냐? 대신 항상 조심하겠다. 솔직히 흡연자들, 이미 약자 아닌가? 측은지심을 좀 가져 달라.

　나랏놈들아! 장난치지 마라. 돈은 돈대로 벌면서 흡연자들 자꾸 갖고 놀지 마라. 열 받는다. 이러다 정말 모두 담배 끊어 버리면 어떡할래?